凌翔阅读丛书

洗脸盆里的荷花

乔秀清　著

中国社会出版社
国家一级出版社 · 全国百佳图书出版单位

作者简介

乔秀清，笔名樵夫，河北省安平县人，1946 年出生。1965 年参军，曾任解放军总后勤部政治部干事，解放军总医院政治部副主任、医技部政委，正师级大校。系中国散文学会理事，中国散文诗学会会员，《解放军报》长征副刊专栏作家。出版散文集《柳笛》、诗集《彩雪》。其散文《古井》被选入全国小学五年级语文课本，《干娘》获全国漂母杯散文大赛二等奖，《甜》获《解放军报》优秀文学作品奖，《洗脸盆里的荷花》获全国第四届冰心散文奖和总后勤部军事文学创作奖；诗歌《杏花雨》获全国人口文化奖，《天使的微笑》获总后勤部军事文学创作奖。

故园是我文学的根基（代序）

乔秀清

我与文学结缘始于中学时代。那时，听说家乡出了一位大作家，他的名字叫孙犁，是“荷花淀”文学流派的创始人和杰出代表，他创作的《荷花淀》、《风云初记》享誉文坛。孙犁故里孙辽城与我出生的张舍村相距四华里，我初中的同班同学李秋扣也是孙辽城人，我俩交往甚密，情同手足，经常一起谈论孙犁。两个志同道合的少年做的是同一个梦，那便是文学之梦。

当时我父亲在角邱新华书店工作，他知道我喜欢上了文学，陆陆续续将《林海雪原》《红旗谱》《苦菜花》《烈火金钢》《黎明的河边》《战斗的青春》等文学佳作送到我手中，我如获至宝，爱不释手。

读高二时，我毅然报名参军，梦寐以求成为一位军旅作家。谢天谢地，我被批准参军啦！高中语文老师徐家良对我这个语文课代表恋恋不舍，特地为我写了一首诗：

是雄鹰，
抖开健翅；
是骏马，
放开四蹄；

是好汉，
把卫国的重担挑起！
风风雨雨，
洗掉书生气；
雷雷电电，
炼成军人体；
刀刀枪枪，
化作诗篇满天飞！

我明白，这首诗不仅勉励我成为合格军人，而且希望我成为军旅诗人。几十年的军旅生涯，我把徐家良老师的诗作为始终不渝的座右铭。

参军，四年后提干，后来走上领导岗位，我在工作夹缝中一直坚持业余文学创作。1991 年出版散文集《柳笛》，1996 年出版诗集《彩雪》。1983 年，散文《古井》在《人民日报》刊登后选入全国小学五年级语文课本；1990 年，组诗《天使的微笑》在《解放军报》刊登后荣获第五届总后勤部军事文学奖；2001 年 11 月，诗歌《杏花雨》荣获第九届中国人口文化奖；2009 年 5 月，散文《干娘》在“漂母杯”全国母爱主题散文大赛中荣获二等奖；2010 年 8 月，散文《洗脸盆里的荷花》在《北京文学》刊登后，荣获第四届全国冰心散文奖及第十一届总后勤部军事文学奖；2011 年，散文《春天在画眉鸟的舌尖上》荣获纪念建党九十周年全国散文大赛二等奖；2013 年，散文《甜》荣获《解放军报》优秀作品奖，同年被《解放军报》聘请为长征副刊专栏作家。

关注并了解我的朋友们都知道，我的散文作品大部分写的都是家乡的人和事，透露出浓厚的乡土气息。

有人对我说，你离开家乡五十年，几乎跑遍了全国，从繁华闹市到崇山峻岭，从锦绣江南到戈壁大漠，从江河湖海到雪域高原，可以说尽览祖国山川之美。可是，我们从你大量的诗文里看到的是大平原之美、滹沱河之美和乡村之美。你为什么对家乡一往情深，痴心不变地思念和眷恋自己的故乡？

坦率地讲，我是一个怀乡的游子。我很喜欢漂泊在异地他乡的李白写下的一首怀乡诗："谁家玉笛暗飞声，散入春风满洛城；今夜曲中闻折柳，何人不起故园情。"这首诗表达了天下游子的思乡之情，在我内心产生了强烈共鸣。故园，是我人生的起点，生命的摇篮，也是我灵魂停泊的港湾。美不美，故乡水；亲不亲，故乡人。这是至理名言。我在散文中写道："参军远离故乡，我像一只飘飞的风筝，不论飞得多高多远，总是被乡思的线牵着。"我的一首小诗《秋思》，表达了我思乡心切："霜寒染枫林，野旷鸣孤鸿；秋思暖冷月，乡情绕博陵。"

博陵就是我的故乡河北省安平县。自汉高祖置县，迄今已有2200年的历史，古称博陵郡。安平位于冀中平原，地势平坦，土地肥沃，滹沱河从境内穿流而过，哗啦哗啦的流水声伴随着平原上的日出日落，送走了平淡而漫长的岁月。安平是人才辈出之地，从古至今，涌现出不少贤臣良相和文化名人。仅博陵崔氏家族自汉迄唐位至宰相者竟多达十二人。东汉书法家崔瑗善章草，著有《草书势》，唐张怀瓘《书断》评其书"点画之间，莫不调畅"，与杜操并称"崔杜"。崔瑗写的座右铭被誉为"天下第一座右铭"，我精心抄录成四条

屏，悬挂在安平县城蓝湾国际的“别墅”之中，并且用行书和草书写了几十幅崔瑗的座右铭，赠送给家乡的朋友。作为文学、书法爱好者，我把“文慕孙犁，书追崔瑗”定为我人生信条和奋斗目标。

我认为，好的散文应该是作者在最熟悉的地方，筛选自己最受感动的人和事，挖掘和表现内在的真善美，把生活变为艺术，用真情点燃读者那一盏盏心灯。所以，从上世纪80年代初直到现在，每当我在散文创作时就把笔触伸到魂牵梦绕的故园。我的亲人们包括祖母、父母、继母、岳母、姐姐、爱人、儿孙都鲜活地出现在我的散文里，与我会面交谈，回忆家乡那些难以忘怀的往事。

散文《偏心眼儿的奶奶》，是我怀着自责、愧疚的心情，真实地记述祖母的仁慈善良。我兄弟姐妹六个，是祖母把我带大的。从我刚学会走路，直到上中学离开家乡之前，我与祖母朝夕相处，白天吃的是一锅饭，夜晚睡的是一个土炕。小时候，我每天夜里尿床，祖母天天给我晒被褥，让我在被窝里饱尝太阳的温暖。我姑姑早年病逝，留下两个可怜的男孩，一个是我表哥，一个是我表弟。这两个失去母爱的孩子隔三岔五来到姥姥身边，与我成了形影不离的童年伙伴。祖母偏爱她的两个外孙，非同一般地宠着顺着，简直是要星星不给月亮。我看在眼里，积怨于心。那年，祖母去了北京，在我叔叔家住了数日，回到家乡，带来不少农家孩子看来是很稀罕的东西，我知道那是当军官的叔叔给的。其中有两样物品军用胶鞋和手电筒，我特别喜欢，恳求祖母送给我。祖母一口咬定“不行”，说是要给她两个外孙。我哭着喊着好说歹说，即使给我一件也行，可是祖母就是不答应。我的肺快要气炸了，指着祖母说："你是个偏心眼儿的奶奶！"那时我是个不懂事的毛孩子，不能理解祖母对外孙的怜悯偏爱之心。如今，我的祖母驾鹤仙逝整整五十年，而她那颗仁厚慈善的心灵时刻感染着我，启迪着我怎样做人。

祖母不仅仁慈善良，而且是一位坚强的女性。抗日战争年代，伪军和汉奸引领日本鬼子到我家，把祖母拖到院子里，用皮鞋踢，用枪托砸，逼问她：你大儿子是村"青抗先"主任，你儿媳是村妇救会主任，他（她）俩藏在哪里？你二儿子参加了八路军，去向何方？我祖母忍受残酷的折磨，没吐露一个字。这真实的经历在我的散文《古槐》中有细致的描述。

在我生活的世界里，母亲是最亲的人。我的散文作品有不少篇是讲述母亲的故事。散文《六棵白菜》讲述"三年困难时期"母亲如何与饥饿抗争的生活片段，此文被《散文百家》刊登，后被《读者》和《军休之友》转载。《雪花净化世界》这篇散文，讲述我母亲在"文化大革命"时期为一位出身地主家庭的妇女作证，证明她在抗战初期加入中国共产党，当年母亲和她一起参加在坟地召开的党小组会，她俩同妇救会的姐妹们为八路军做军鞋、缝补军衣，一针针刺落天上的繁星，一线线牵出地平线上的太阳。母亲对来自北京外调的人斩钉截铁地说："她绝对不是假党员，而是农村地下党抗日的骨干。"正是这位在北京工作的女党员，由我母亲作证才得以昭雪，她得知我母亲来北京探望当兵的儿子，提着糕点来到我所在的总后机关，专程拜访我的母亲。荣获冰心全国散文奖的作品《洗脸盆里的荷花》，叙述的是五十年前，我被批准参军，离别家乡前，作为小脚女人的母亲，颠

颠簸簸往返十多里，从黄城村商店特地给我买了一个搪瓷洗脸盆，盆内铸有荷花金鱼图案。我带着这个洗脸盆跨入军营，辗转南北东西，无论走到哪里，看到洗脸盆便想起母亲，母亲仿佛是荷花，而我好像那金鱼，紧紧依偎在母亲身边。不久前，《解放军报》和大型文学期刊《长城》分别刊登了我的散文《乳名》，编辑对这篇散文给予了很高的评价。文中提到，我兄弟姐妹六个各有乳名，都是刚出生母亲给我们喂奶时想出来的，可以说，我们的乳名是从母亲奶头上掉下来的，是母亲给我们最珍贵的馈赠。我觉得，母亲是一部永远读不完的书，书中洋溢着博大而圣洁的母爱。

朋友们告诉我，读了你的散文，看得出来，你对家乡的父老乡亲牵肠挂肚，对家乡的一草一木感情至深。是的，我爱那片故土，爱得是那么深沉，那么真挚，因为那是我祖祖辈辈生活的地方，我也是在故乡的泥土里长大的。我觉得我是滹沱河畔的一粒沙，紧紧贴在大平原的胸膛。生活就像五颜六色的鲜花，作家就是勤劳的小蜜蜂，采花酿蜜，给人们的精神生活增添甜美。花不是蜜，而蜜离不开花。虽然我在家乡只生活了十八年就参军奔向远方，但那流逝的岁月给我留下了刻骨铭心的记忆，那生我养我的古老村庄，勤劳善良的父老乡亲，牛、驴、鸡、犬的叫声，还有散发着泥土芳香的田野以及田野里四季变换的风景，经常浮现在我脑海里。我的散文《古井》（刊登在《人民日报》）、《石碾》（刊登在《青海湖文学月刊》）、《小街》（刊登在《解放军报》）、《古槐》（刊登在《河北日报》）、《布谷声声》（刊登在《解放军报》）、《滹沱河，故乡的河》（刊登在《解放军报》），像一幅幅朴实的乡村图画，展示了故乡的风土人情。这里我想重点介绍一下《古井》。

《古井》是我1983年写的一篇不满千字的散文，寄往《人民日报》后，编辑从两麻袋来稿中挑选出来予以刊登，1984年被选入全国小学五年级语文课本。我从《教育》杂志看到一位教师写的文章，对《古井》这篇散文进行了具体分析和高度评价。2001年夏天，我奔赴武汉电视台审查“军中白玉兰”专题片，工作结束后乘长江客轮去重庆，在客轮上与导游小姐交谈，她在小学五年级时读过《古井》，有些词句仍然记得很清楚。她庆幸遇到《古井》作者，不厌其烦地为我介绍长江两岸的景观，使我在五天的旅途中写出了三十首三峡赞美诗。记得那年我回到故乡安平，县领导和教育局长陪我到一所中学作报告，题目是“从农村孩子到军旅诗人、散文作家”，讲述我的文学之路。中学附小的学生们举着语文课本，欢迎《古井》作者来校作报告，让我受宠若惊，感动不已。我的文学老师、著名作家王宗仁，在百忙中撰写评论文章《古井是温情的母亲》，对我的拙作赞许有加。

我的同乡、当代文学大师孙犁诗云：“梦中每迷还乡路，愈知晚途念桑梓。”从领导岗位卸任退休后，十多年，我几乎每年都要回家乡转一转，那里不仅是我生命诞生之地，灵魂停泊的港湾，也是我文学创作取之不尽、用之不竭的生活源泉。我一向认为，没有生活基础的散文，即使构思再奇妙、语言再优美、意境再深远，也不过是虚幻的海市蜃楼而已。我用生活做材料，精心构思设计，用一砖一瓦搭建起简陋而有特色的文学小屋，观赏有其韵味，住进去能够遮风挡雨，其不乐哉！近几年，我多次辗转于北京和故乡，与阔别多年的老同学们聚会，了解他们的生活，探寻文学创造的矿

石。2011年，我回家乡走访老同学张铁柱，这位共和国老兵、当年的营长转业到本县工作，当过厂长和局级领导，退休后以养鸟为乐。他养了十只画眉鸟，多次提着鸟笼到外地参赛，屡屡获奖，被本县群众誉为“画眉大王”。受其影响，县城养画眉鸟的人与日俱增。每天清晨，县城公园的松林之中，数十位养鸟人相聚在一起，画眉鸟的欢叫声唤醒小城的黎明。这反映了富裕起来的故乡人清姿亮色的生活。经过采访和亲身体验，我撰写了散文《春天在画眉鸟的舌尖上》，在《中国文化报》刊登后，荣获纪念建党九十周年全国散文大赛二等奖，并入选百家散文精品集。2013年，我回到家乡走访老同学张振坤，他从县广播事业局退休后，子承父业，干起了养蜜蜂的行当。他养了五十箱蜜蜂，因其酿造的槐花蜂蜜质量堪优，故名声远播，被本县群众誉为“养蜂大王”。槐花飘香的五月，包括我在内的二十位老同学约定，一同赶往张振坤的养蜂点观看“摇蜜”。养蜂点周围，满树槐花如雪似银，枝头蝶舞蜂唱，张振坤一家人齐上阵，忙于“摇蜜”，我看见，那一张张笑逐颜开的脸，都写着“幸福”二字。告别养蜂点，每个老同学都提着一桶新鲜的槐花蜜，谁心里不泛起甜蜜的涟漪呢？归来，我写出了散文《甜》刊登《解放军报》，被评为该报优秀文学作品奖。

作为中国散文学会的理事和散文学会作家书画院副院长，我在散文园地辛勤耕耘三十多年，但收获并不让我满意。在万紫千红的散文百花园中，我只不过是一朵无名的小花，但它毕竟是在故乡的泥土里生长出来的，你嗅到了吗，花朵溢出的乡土味？

目 录

Contents

第二辑　洗脸盆里的荷花

第三辑　春天在画眉鸟的舌尖上

第四辑　谁在唤我旧时名

第五辑　情寄鼓浪屿

| 第一辑 |

古　井

六棵白菜

那个冬天很冷，冷得村里老爷爷胡须上挂着冰，孩子们眉毛上结了霜，屋檐下小洞里的麻雀不敢飞出窝。

可是，娘要和我一起出一趟门，到八里外的北郝村我的干娘家去探亲。我明白，说是探亲，实际上是讨饭。因为，我们这个九口之家被饥饿威胁，家里的盆盆罐罐找不出一粒粮食，简直揭不开锅了。前些日子，娘把珍藏多年的首饰取了出来，用布包得严严实实，到十几里外的滹沱河北岸的村子换回了几斤萝卜干，使全家人免受绝粮之苦。在 20 世纪 60 年代初的困难时期，冀中大平原的庄稼人，将树叶和野菜都采光了，正受着饥饿的煎熬，端起碗来像照镜子，粮食成为人们梦中的期盼。

娘说："听说北郝村的境况比咱们村要好一些，兴许你干娘能接济咱们一下，度过这个要命的冬天。"

我说："这不是去我干娘家讨饭吗，丢人，我不去。"

娘生气了，瞪了我一眼："住口，再胡说我撕烂你的嘴!"

我连忙说："娘，你甭急，跟你去还不成嘛。"

我是个已经懂事的男孩了，不愿意接受嗟来之食，可是，不能眼巴巴看着全家人活活饿死！我知道与饥饿抗争，我应该做点什么。天刚亮，我推着一辆用柳树杈自制的木轮小车，跟着娘上路了。

提起我那个干娘，我觉得，除了我爹我娘，没有比她对我再亲的人了。小时候，每年正月，父亲和我骑着自家的小毛驴，拎着一个油漆木盒，里面盛满了母亲亲手做的印花的白面饽饽，到滹沱河边干娘家走亲。

干娘总是给我做一顿我爱吃的肉菜，大肉片、丸子、蘑菇、粉条把我的肚子填得满满的。临走时，干娘把早已准备好的钱锁系在我脖子上，抚摸着我的头，说："我的儿呀，别忘了，明年再来。"

今儿，娘和我来到了干娘家。叙谈中，我知道了干娘家的日子也不是那么好过，吃了上顿没下顿，家里好久没见粮食影儿。可是，爽快而大度的干娘对我娘说："孩子他娘，只要有我一口吃的，就不能看着你们挨饿。这么大老远来了，别管怎么着，不能让你们白来一趟，带几棵白菜回去吧。"

干娘搬来了六棵白菜，捆在我的小推车上。她只给自己留下一堆白菜帮儿。娘实在过意不去，硬要从小车上卸下几棵白菜，干娘死活不让。饱尝饥饿的我心里明白，六棵白菜比一座金山还珍贵，因为这是救命之食呀！我推着车和母亲踏上了归途。

老天似乎故意刁难，悄悄地飘起了雪花。不一会儿，滹沱河畔的田野变成了一片洁白。在距离我家五华里的地方，我的木轮车坏了，前不着村，后不着店，无法求人修理。咋办？娘让我在雪地里守着六棵白菜，她回家去叫人。

雪越下越大了。我凝望着娘的背影，慢慢地消逝在茫茫雪幕中，眼前的雪地上留下两行越来越模糊的雪印。我的亲娘，你在抗战的艰苦岁月，当了八年村妇救会主任，是从刀刃上过来的人啊。挖地道，做军鞋，送军粮，你都干过。日本兵的刺刀对准你，你没眨眼。

你既然生下了六个儿女，我相信，凭着你的刚强和坚毅一定能抚养自己的孩子长大成人。平原上的妇女，哪个不是支撑着一片天呵！

我独自站在空旷寂寥的雪原上，感觉又冷又饿，真是分秒难熬呵。蓦地，远处传来时高时低的竹笛声。不一会儿工夫，一位衣衫褴褛的老大爷走到我跟前，用目光扫了一下雪地上损坏了的小推车和车上的六棵白菜。我的心扑腾扑腾剧烈地跳起来，怀疑他是否要抢我的白菜，我准备用牙齿与他搏斗。他笑了，用慈祥的目光盯着我："孩子，饿不？"我说："有点。"他从肩上的褡裢里掏出一个菜团，递给我："吃吧，吃了肚子就不饿了。我是个讨饭的，养着三个无家可归的孩子。"说完，他扭头就走了。我使劲地对他喊："老大爷，你回来，带两棵白菜走吧。"他向我摆了摆手，渐渐地消逝在雪幕中。多么善良的老人呵！

我在雪野里足足等候了两个时辰，只见父亲扛着一根扁担带着麻绳匆匆赶来了。他疼爱地问我："儿子，冷不冷？"

我说："爹，天再冷，我不怕！咱全家人都挨饿哩，快回家吧。"

父亲将六棵白菜绑成两捆儿，挑了起来。我则扛着柳树杈做的小推车，跟随父亲回家。

走进家门，我发现年过七旬的奶奶饿得盘坐在炕上，不肯下地走动，她说过静能扛饿呀！老人家曾遭受过日本兵和汉奸的折磨，因为她的两个儿子，一个是村青年抗日先锋队主任，那是我爹；一个参加了八路军，那是我叔。奶奶对我讲：日本兵闹腾的那几年，俺没睡过一个安生觉；可现在，

没吃过一次饱饭，肚子饿得咕噜咕噜直叫唤。

其实，奶奶是个很坚强的人，为渡过饥饿难关，她带着我到村边采榆树叶，到地里挖野菜，平原上的风吹乱她头上的白发。

“奶奶，我干娘给了咱家六棵白菜。”我话音刚落，奶奶满是皱纹的脸上有了几分喜色。

“你干娘是个好人。”奶奶低声说。

不错，干娘的确像好多好多的平原人一样，淳朴善良，乐意助人，当她说送给我们几棵白菜时，我看到她的目光是真诚的。我正在低头沉思，这时，弟弟手里提着一只灰色兔子走进屋，他兴奋地说：“奶奶，今儿我逮住了一只野兔，娘要给咱们做肉菜哩！”

在那个饥饿的年代，我们全家人和娘请来的邻居们，欢欢喜喜、热热闹闹吃了一次白菜炖兔肉，这真是难忘的一次盛宴。

“文化大革命”中，村里有人放风，说我家祖辈雇过长工，应将贫农改为富农。我的干娘因送给我家六棵白菜，被造反派定罪为与“黑五类分子”串通一气，惨遭游街批斗。

参军远离故乡，纵然我是一片漂泊的云，但我毕竟是故乡小河里的一滴水，映着故乡的昨天、今天和明天。如今，冀中平原发生了翻天覆地的变化，农民的日子越过越红火。

我的奶奶、爹和娘已驾鹤西去。干娘也已经作古，她送的那六棵白菜似乎积压在我心底，成为我永远珍藏的一份沉重。那个难忘的岁月，坚强和善良，饥饿和苦难，构成了冀中平原农民的生活状态，恰似狄更斯小说开头语所说的那样，“这是最好的年代，这是个最坏的年代”，总是让我回味悠长。

石　碾

平原上，石头是罕见之物。小时候，偶尔看见一个小石子，真像得到宝贝似的，童稚的心，腾起一种奇异的激动。村里人管石子叫老鸹枕头，说那小石子是老鸹从遥远的大山里衔来的。村里世代的农民，有不少人一辈子没见过山。我长到 18 岁，还没见过山的模样呢。我曾手捧着好不容易才得到的小石子，看大山的剪影，听大山的音韵……

从我家门口往西走上几十步，有一个石碾，临街，旁道。碾盘是一块偌大的圆形青石，镜儿般平滑、光亮；碾碌也是青石的，圆滚滚，光溜溜的。石碾是什么人造的，从哪个大山里运来的，村里人谁也说不清楚。从早到晚，推碾的人来了又走，走了又来。麦子，碾成雪一样的白面；谷子，碾成黄灿灿的小米；玉米，在碾碌下“咯嘣嘣”脆响，溢出淡淡的清香。

每天一大早，我就被咕噜噜、咕噜噜的石碾声唤醒了。那古朴的、雅淡的、优美的旋律，是村里农民奏响的第一乐章。我，我的父亲，父亲的父亲，祖辈几代人都是从这黎明的乐章中开始一天的生活，石碾声，送走了故乡漫长的岁月。

石碾北边十几步远的地方，有一户人家，是我家的西邻。西邻有一老妇，辈儿大，连我父亲都叫她老姑。我也是

这样称呼她。这位老姑，是典型的农村老妇，个子矮小，身板蛮硬朗，岁月的风霜在她那黝黑的脸上刻下了密匝匝的皱纹。她的头发已经灰白，后脑勺梳着一个簪儿，用黑色的纱网罩着。她的两只脚出奇的大，和矮小的身材实在不相称，走路时“噔噔”响，一脚一个坑儿。石碾上的两根推碾棍儿，不用时都抽下来在老姑的院子里存放着。虽说石碾归全村人所有，而老姑仿佛是石碾的主人。雨后，碾道积了水，有烂泥巴，老姑就用铁锨平整。雪霁，又是老姑清扫碾盘和碾道上的积雪。村里有几户常年裹二踢脚的人家，有时在石碾上碾硝炭，每每把碾盘、碾磙弄得黑乎乎的，总是老姑用水冲刷干净。

孩提时代的我，是村里有名的淘气鬼。一次，我和几个小伙伴推空碾子转，正玩得自在，被老姑发现了。她气冲冲地朝我们吆喝起来：“你们觉得闲着不舒服吗？那就去蹭墙角去。要是把碾子弄坏了，我非和你们算账不可！”好像那石碾是她的眼珠子、心肝儿，摸不得，碰不得。她一吓唬，我们几个毛孩子都撒开腿跑远了。这件事，在我幼小的心灵上打下了印记。此后，老姑每到我家串门，我故意绷着脸，不搭理她，还偷偷地朝她翻白眼。

听村里大人们议论，老姑心眼好，为人厚道，是打着灯笼也难找到的“活菩萨”。她从年轻时候起，就经常帮人们推碾子，村里人说她的鞋底子都是为乡亲们磨破的。

我家推碾主要靠父亲，姐姐和我年幼力小，只能给父亲当小帮手。母亲是一位小脚妇女，还长着硬硬的脚垫，走路不方便，很少去推碾。父亲调到十几里外的新华书店工作后的第三天，母亲和我们姐弟俩一块去推碾。我第一次感到碾盘是那么沉重，似乎故意刁难我们。推了一会儿，大小三口人都累得呼哧呼哧喘粗气，这当儿，老姑来了，不言不语，就帮我们推起来。

母亲不乐意地说："老姑，你老了，甭为俺们淘力气了。"

老姑一边推，一边说："论老，谁也没这石碾老，少说也有一百多年了。可它整天价转呀、转呀，数它为乡亲们出的力气大。"

老姑的话，启迪了我的心灵，使我对石碾产生了爱慕的情感，觉得这石碾，虽然质朴无华，却有一种潜在的美。咕噜噜、咕噜噜的石碾声，多么像一支古老而又动听的歌啊！

自从父亲离开家后，老姑隔三天五晌就到我家来一趟。"孩子他娘，碾点面吧，给孩子们包顿饺子。""行啊！"隔几日，老姑又对母亲说："存着那么多绿豆，不吃会生虫的。走，碾点杂面，给孩子们擀面条儿。""行啊！"又隔几日，老姑又对母亲说："碾点小米子面吧，给孩子们蒸一次丝糕。"母亲又同意了。老姑替母亲当了半个家，我把老姑当成了自家人。

一天傍晚，玫瑰似的晚霞给恬静的村庄洒下一片嫣红。放学后，我路过石碾，见老姑正帮着居住在村西头里的一对老夫妇推石碾。我把书包放在地上，也帮着三位老人推起来，只觉得身上有使不完的劲。老姑笑了。老两口也笑了。西边的晚霞更美丽了！

咕噜咕噜的石碾声，把我这个土生土长的农民的儿子，由少年带进了中年。老姑还健在，她已经90多岁了，耳不聋，眼不花，只是走路不像先前那样"噔噔"地响，而是蹒跚地挪动着脚步。白天，她时常提着小凳，在石碾旁坐下

来，长久地、眼巴巴地看人们推碾子。

当她看到推碾的人你帮我、我帮你，推着碾磙咕噜噜咕噜噜地转，布满皱纹的脸上常常浮现惬意的微笑。

啊，石碾，从早到晚不知疲倦地转动、转动。那古朴的、雅淡的、优美的旋律，陶冶着平原儿女的情操，唤起我对人生的思索和向往。

古　井

我的故乡村东头，有一口古井，究竟修于何年，已无从查考了。古井里的水，清凉可口，没一丝咸味儿。大半个村子的人，都到这儿取水。古井像一位温情的母亲，用醇美的乳汁，养育着平原上的儿女。

我家距古井几十米远。每日里，从熹微初露到暮色降临，到古井边取水的人，从我家门前络绎不绝地闪过，桶儿、筲儿发出的吱悠吱悠、叮儿当儿的响声，像一支支快乐而优雅的乡间小曲，不时传进我的耳朵。我家门前的路面总是湿漉漉的，像刚落下一场金色的雨。

东邻有一对年过六旬、相依为命的老人。男的，是个老党员，在抗战时期，腿负过伤，走路一瘸一拐；女的，是个老妇，又矮又瘦，身子单薄得简直一阵风能把她吹倒。老两口只有一女，在外地教书。乡亲们晓得这两位老人用水难，今儿这个帮着挑一担，明儿那个帮着挑一担。老人院子里那个大水缸，常年不空，总有半缸水。我听村里人讲，两位老人多次表示，对帮着挑水的人要支付一定的报酬，可是，谁也不肯接受。

“日子长着哩，俺们不能总让你们白出力气。”老两口总是歉意地说。

“那口古井给人们出了多少力气。可她从来没跟人们要

过报酬。”乡亲们总是这样劝说两位老人。

故乡的古井啊，不仅为乡亲们提供着生命的泉水，还陶冶着乡亲们的品格，使他们懂得了应该怎样做人。村里的人们都清楚，那口古井只占了巴掌大的一块地方，可是，她对人们的生活，发挥着难以估量的作用。她不争地位，不计报酬，对人们无所求，无私地向人们贡献着自己的力量。

我参军远离可爱的故乡已经 17 年了。我总想起故乡那口古井，它时时在启迪着我怎样生活，怎样做人……

布谷鸟

连续几日了，从天色微明到夜静更深，窗外不时传来布谷鸟的叫声，咯咕咯咕，咯咕咯咕……这熟悉的声音，让我浮想联翩。

我喜欢布谷鸟。布谷鸟又名杜鹃、杜宇或子规，身体黑灰色，尾巴有白色斑点，腹部有黑色横纹。不知道为什么，布谷鸟会引起人们诸多的情愫和感怀。所以在唐诗宋词里，也不乏描写布谷鸟的佳句。“碧竿微露月玲珑，谢豹伤心独叫风。高处已应闻滴血，山榴一夜几枝红。”（唐·雍陶《闻杜鹃》）这首小诗写得多美呵，月色清风，杜鹃啼血，一夜之间深山的石榴花开了，火红欲燃，怎能不令人陶醉呢？“墙西绿柳杜鹃声，老我何堪侧耳听。我自赋归归不得，不须苦语更丁宁。”（宋·楼钥《行香闻杜鹃》）好一幅柳色如烟、杜鹃声声的画面，牵动着出行人的思归之情。“更无一个子规啼，寂寂空山花自飞。啼得春归他便去，原来不是劝人归。”诗人落笔不在写景，而是着重写意，更是耐人寻味。

窗外，那远了又近、近了又远的布谷声，是在召唤我那颗早已逝去的童心吗？此时此刻，我的心飞回遥远的故乡。

故乡冀中大平原，布谷鸟是人们非常熟悉的一种鸟，那咯咕咯咕的鸟声，清脆响亮，就是在很远的地方也能听到。平原上，一夜榴花红，十里布谷声！每当进入榴花初绽的夏

季，便可看到布谷鸟在空中飞来飞去。布谷声里，麦梢黄了，憋足了劲的庄稼人准备开镰，村里馋嘴的毛孩子则盼着吃上香喷喷的麦子面。

小时候，我喜欢在夏日的林荫下听鸟叫。当如火的太阳把大平原烤得冒烟儿，谁不想寻一块清凉之地避开难熬的闷热呢？于是，村边的小树林便成了孩子们避暑玩耍的自由天地。我和童年的小伙伴几乎天天钻进树林，陶醉于百鸟欢唱。树上那些叫个不停的小鸟，是赞美阳光的明丽、树木的苍郁、清风的柔曼，还是在袒露自在和愉悦的心境呢？那时的我和小鸟一样，无忧无虑、自由自在地和鸟儿们一起融入大自然，体味着童年的乐趣，的确其乐融融。树上的鸟儿，许多我是叫不上名来的，除了枝头上跳来跳去、叽叽喳喳的麻雀，真正知其名熟其声的，也唯有布谷鸟了。一听到这声音，我就自然想到那金灿灿的麦浪。布谷唱，麦梢黄，农民一片收割忙呵！

记得，父亲带着年幼的我到自家的麦田割麦子，蓦地，我发现麦田里惊飞一只布谷鸟，鸣叫着，消失在蓝天白云里了。布谷鸟呵，你飞向何方？我顿时萌生了一个欲望：什么时候能捉住一只布谷鸟，把它养起来，朝夕为伴，这样就能经常听到布谷鸟的叫声了，因为这鸟声能带来丰收的喜悦。

那是个夏日的晌午，太阳像燃烧的火球高悬在天空，阳光洒满了我家的小院。院子里很静，只能听到附近传来的绵绵蝉鸣。我在院内用木棍支起一个铁丝筛子，木棍上拴了长长的绳子，筛下撒了一把米，我隐藏在屋内，手攥着绳子，等待布谷鸟飞来啄米。没多久，两只贪吃的小麻雀飞落到院子来偷食，我没理睬，殷殷期待我宠爱的布谷鸟。谢天谢地，终于盼来了一只布谷鸟，只见它扇动着黑灰色的翅膀飞落下来，钻到了筛下，一边啄米，一边不时地抬头观察着四周的动静。“呼啦”一声，我拉到了绳子，筛子罩住了布谷鸟，它扑扑棱棱地振翅欲飞，却陷入“牢笼”而不能逃脱。

“爹，快来看，我捉住了一只布谷鸟。”我心里腾起一种异样的惊喜。

“好孩子，听话，放了它吧。”父亲走过来，抚摸着我的肩膀劝说。

“好不容易才捉住，为什么要放飞？”我迷惑不解地问。

“布谷鸟喜欢白云天，喜欢大平原，你若把它关在鸟笼里，失去了自由，它会急死哩。”

“我天天喂它好吃的东西，还不行吗？”

“不行，要是把你关在屋里，哪儿也不许去，你好受吗？”

我再也无言以对了，掀开筛子，放了布谷鸟。眼瞧着，那只布谷鸟展翅飞上了蓝天，惊恐地鸣叫着，那声音似乎带着几分余悸，几分委屈，几分凄凉。

我终于理解了布谷鸟，这吉祥的鸟儿，原本属于白云蓝天，属于大平原，属于茫茫的大自然。

近几日，窗外布谷声声，不绝于耳。我多么想返回阔别的故乡，多么想见到久别的亲人！可是，因繁杂的琐事缠身，欲归不能啊。我决意给远方的亲人写封信，顺便抄录宋代晏几道写的一首词，一并寄往家乡。

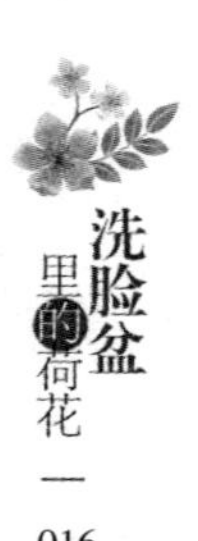

十里楼台倚翠微，
百花深处杜鹃啼。
殷勤自与行人语，
不似流莺取次飞。
惊梦觉，
弄晴时。
声声只道不如归。
天涯岂是无归意，
争奈归朝未可期。

小　街

小街，还记得那个在你怀抱里长大的农民的儿子吗？还记得那早已流逝的乡村的岁月吗？

我记忆中的小街，是河北省安平县张舍村的东街，它是冀中大平原上一个古老村庄的普通街巷，长不过二百米，街道是坑坑洼洼、高低不平的黄土路，道路两旁散居着几十户人家，全是古朴简陋的平房屋舍。小街民风淳朴，日子过得悠闲而平淡。夏日里，街边槐树下是村里人乘凉的好地方，大人和小孩都喜欢槐花那醉人的芳香。收完了秋，庄稼人开始闲在起来。夜晚，村里人聚在小街上看皮影，或者听说书人讲杨家将的故事，的确是其乐融融。我家居住在街心路北，祖辈因打造金银首饰留下了一份不小的家业。自从抗日战争爆发，我的父亲、母亲分别担任了村青抗先主任、妇救会主任，叔叔参加了八路军。中华人民共和国成立后，我和弟弟先后应征入伍。村里人很羡慕我们这个家庭。

我的青少年时代是在小街上度过的，小街，是我生命的摇篮。参军离开故乡多年，我不会忘记那条溢满乡间风情的小街，特别是小街那清姿亮色的黎明。每日清晨，当小鸟啄开天光曙色，村子里便升起袅袅炊烟。那些挑水的庄稼汉子，悠然而来，匆匆而去，桶儿、筲儿发出的叮儿当儿的声音，奏响了村庄黎明的第一乐章。在这黎明的乐章中，小街

的黄土路变得湿漉漉的，仿佛刚下过一场雨，这时你会感觉到乡村的早晨是多么的清爽。小街上，经常听到卖鱼人的吆喝声。那鱼儿是刚刚从滹沱河里打捞上来的，很新鲜，放在油锅里一煎，可好吃哩！

清晨，每当我走出院门，来到小街上，就能看到一位穿着褪了色的旧军装的中年汉子，挥舞着扫帚，“唰啦唰啦”地打扫街道，从村中央一直到村东头，小街被他打扫得干干净净。那时，我还是个不大懂事的毛孩子哩，对于那个穿着旧军装的扫街人，觉得很奇怪，为什么每天早晨他都来扫街呢，是做错了什么事，还是犯了什么罪，要受到如此的惩罚呢？

我问父亲：“那个扫街人是好人还是坏人？”父亲告诉我：“他叫乔增瑞，是个大好人，当过兵，打过仗，抗美援朝回来，又在坦克部队里干了几年，就复员回家了。他现在是咱们村生产大队的队长，肩上的担子可重哩。”

“他当过坦克兵？”

“对呀，一看他身上的军装，绿夹克，瘦腿裤，就知道他开过坦克。”

“他为啥天天扫街呀？”

“他说这是在部队里养成的习惯，每天早晨军号一响，他就和战友们一起出早操，打扫卫生。”

哦，军号？村子里哪有军号呢？莫非那挑水的叮儿当儿的响声，就是村里的军号？我暗暗地想，幼小的心灵产生了对坦克兵生活的向往。

小街黎明那“唰啦唰啦”的扫地声伴随着我渐渐长大了。读中学时，每逢假日回家，天刚蒙蒙亮我就走出院门，来到小街上与那位扫街人交谈。

“我想当兵。”我向他袒露了心愿。

“你不怕吃苦，不怕牺牲?”他直截了当地问我。

“不怕。”

“你愿意为老百姓做好事?”

“愿意。”

“那好，咱们就从小事做起。小事不愿做，大事也做不好。比方说这扫街吧，事儿不大，谁也能做，可好多人不愿做，也做不到。咱当过兵的人和他们就不一样了，只要是对老百姓有益的事儿，咱就去做。再说啦，人活着，不为老百姓做好事，那活得还有什么意思呢?”说到这，他把扫帚交给了我，我感到这扫帚是那么沉重！小街上往来的乡亲们看到我扫街，都向我投下敬慕的一瞥，我第一次感受到为老百姓做好事的荣耀感。

那位当过兵的扫街人影响了我，启迪了我，坚定了我当兵的志愿。一九六四年冬季，正在读高中的我被批准参军了。父亲告诉我，自从抗日战争以来，村里有一百多个小伙子离乡从军，他们有的牺牲在战场上，有的转业到地方工作，有的复员回乡，有的已经离退休，有的还在军队里服役。村民们不会忘记这些当兵的人。就说那个扫街人吧，他从坦克部队复员多年了，可在咱们村老百姓的心目中，他永远是个兵呀!

父亲说的没错，从那位扫街人身上，我看到了军人的本色。

参军离开家乡之前的那天早晨，我起得很早，怀着一种崇敬的心情特地向扫街人辞行。当我来到小街上，只见东方

的天际闪动着黎明的眼神儿，那位穿着褪了色的旧军装的人，正挥舞扫帚扫地，“唰啦唰啦”的声音打破了小街黎明的寂静。这些年，他每天早晨扫街，而且打扫得那么干净，使小街变得更美了，使村民们活得更有精神了。生活在小街上的每一个村民，谁不向往和追求美呢?！可是，又有多少人像扫街人那样自觉地去创造美啊！我走上前去，夺过他手中的扫帚说：“我被批准参军啦，让我再扫一次街吧。”

他睁大眼睛看了我一眼，目光里流露出异样的喜悦，他拍了一下我的肩膀说：“好小子，到部队里好好干，当个好兵。”我冲他点了点头。这时，美丽的早霞染红了大半个天空，整个村庄都浸润在霞光里了。我挥舞着扫帚，扫出了一条金色的路。小街很静，仿佛在期待着什么……

古　槐

槐花飘香的时节，我的心又飞回到遥远的故乡。参军远离故乡，身似一只飘飞的风筝，心却被思乡的线牵着。忘不了勤劳善良的父老乡亲，天真淳朴的童年伙伴，古老简陋的村舍磨坊；还有袅袅的炊烟，村边的绿柳，水塘的粉荷，广袤的田野，乡土的气息……而更清晰地深植在记忆里的是那棵让我魂牵梦绕的古槐树。

故乡是冀中平原零落的村庄中最平常的一个，生活平淡而自然，几乎遗忘了世界，也快要被世界遗忘。从我记事起，我家门前就有一棵高大粗壮的槐树。我喜欢和同伴在槐树下玩耍嬉戏，采摘槐花槐豆；我喜欢倾听乘凉的老人讲老槐树的故事，我喜欢绕着槐树一圈圈地嘟囔我的心事，投诉我的不平。日复一日，年复一年，我与槐树共享喜怒哀乐，共度悲欢离合，古槐那历尽天华的博大总能包容我的一切……

古槐究竟栽于何年，父亲不知道，奶奶不知道，连我那位年近九旬的曾祖父也不知道。那棵古槐饱经风雨沧桑，高大魁梧的躯干巍然挺立，遮天蔽日的树冠宛若绿云，那浓郁青翠的叶子在风中摇曳着，像千万只绿色的蝴蝶翩翩起舞。最令人陶醉的是槐树开花的时节，“蒙蒙碧烟叶，袅袅黄花枝。”（白居易《庭槐》）繁茂的枝叶间腾起一簇簇雪雾，

芳香荡漾，数不清的小蜜蜂在槐花间飞舞吟唱，还有绿色的蜻蜓展开薄翅飞来飞去，真比乡下的庙会还热闹呢！唐代诗人常衮写过这样一首《咏冬槐花》，耐人寻味："丽日千层艳，孤霞一片光。密来惊叶少，动处觉枝长。"这诗句经常使我想起我家门前那如烟似霞、芳馨沁人的槐花。据说，抗日战争年代，那棵古槐是村里儿童团一个绿色的岗哨，树上那警惕的眼睛比天幕上的星星还明亮。古槐呀古槐，你像一支巨笔，饱蘸着来自天上的碧绿，写着一部古老而生动的村史。

听我父亲说过，我的曾祖父就是我那位白发苍苍、满脸皱纹的老爷爷，兄弟三人，家境贫寒，分家之后，曾祖父带着我祖父学会了打造金银首饰，不久便发家致富了，一下子盖起十多间砖房，分前后两个院，临街院门是两扇漆黑的大门，这在当时一看便知是村里的富户了。

小时候，我经常见到曾祖父一手拄着拐杖，一手提着小凳，蹒跚地走到老槐树下，坐着歇息。平原上的高粱熟了，曾祖父用高粱秆儿和马尾做成儿童玩具，那是两个小人，头戴帽盔。曾祖父乐呵呵地教我玩耍，口里还念叨着："小人戴帽盔，一人戴一会……"逗得我笑得合不拢嘴。老人高兴得把我搂在怀里，对我讲打造金银首饰的事儿，可惜我年幼听不懂那么辉煌的家史。曾祖父讲的一件事让我刻骨铭心，那是我祖父正当壮年的时候，家里养着一头黄牛，一天，黄牛受惊发起疯来，一头将我祖父撞倒，事发不久我祖父便与世长辞了。那年秋天风特大，刮得古槐的树枝东摇西晃，落叶萧萧而下。慈爱的祖母带着父亲、叔叔、姑姑三个十多岁的孩子，度着艰难的时光。

我记得，炎热的夏天，祖母盘坐在古槐的绿荫下纺线，那嗡儿嗡儿的纺车声，像一支悠远绵长的小曲，在我耳边回荡。我一边看祖母纺线，一边听她讲抗日的故事。那个年代，我父亲担任村青年抗日先锋队主任，母亲担任妇救会主任，叔叔参加了八路军。有一天，汉奸和日本鬼子到我家搜捕我的父母，父母早已躲藏在地道里了，敌人扑了个空，气急败坏，把我家房顶上的高粱统统弄到地上，一把火烧光；鬼子用刺刀把我家那口大肥猪捅死了，猪圈里满是血迹。敌人要我祖母说出我父母藏在哪里，叔叔转移到哪里。祖母从牙缝里挤出三个字："不知道!"鬼子把我祖母拖到古槐下，用枪托砸，皮鞋踢，折磨得可怜的祖母死去活来。她从地上挣扎着站起来，双手扶着古槐，眼睛里只有怒火，没有泪水。刚强的祖母就像那棵晴天遮阳、阴天避雨的古槐，荫庇着她的孩子。

我刚上小学的时候，从山东来了两位铁匠，在我家老槐树下支起了火炉，那位老铁匠是撑钳的，大约 40 多岁。他的儿子是一位膀宽腰粗的青年汉子，抡起铁锤叮当叮当地砸着那烧红的铁块，火星飞溅。我一放学回家，丢下书包就跑到槐树下看打铁的。我怕飞溅的火星落到身上，顾不得磨破肚皮，爬到老槐树上，看着铁匠是如何把废铁烧红打造成菜刀、镰刀和锄头的。红红的炉火映照着绿绿的槐叶，叮当叮当的铁锤声，打破了乡村的宁静，吸引了不少村民围观。

秋收过后，是村民们难得的闲在日子。父亲和几位有点文化的乡亲不甘寂寞，吃罢晚饭在槐树下放皮影，招惹来大半个村子的人观看。槐树梢上挂着杏黄色的月亮，月亮下面，是一个喧闹的世界。

记得我18岁那年参军离开家乡时，母亲把我送出家门，她站在那棵槐树下，对我说："1940年，你奶奶就是在这棵槐树下送你叔叔参加八路军的。今儿，你也去当兵，要记住，不论到天涯海角，别忘了这棵老槐树呵！"母亲的话我铭记在心。

随着流水般的岁月，我的曾祖父、祖母、父亲、母亲相继作古，家里的房屋大部分拆掉，只留下几间破旧的老屋，门前那棵古槐也早已无影无踪了。但，我这个漂泊天涯的游子，没有忘记母亲的叮咛，没有忘记那棵高大魁梧、枝繁叶茂的古槐，它遮天蔽日，拦风挡雨，庇护着乡民，它是为民而活呵！如今，那棵古槐不在了，但是槐魂永存！每当我想起那棵古槐，就觉得我应该像它那样活着……

又是一年一度槐花开。在玫瑰色的夕阳里，我仰望长天，遥望故乡，情不自禁吟诵起唐朝诗人郑谷的《槐花》诗："毵毵金蕊撲晴空，举子魂惊落照中。今日老郎犹有恨，昔年相虐十秋风。"此时此刻，我又想起了我家门前那棵古槐。

乡村晴雪

滹沱河畔那场雪，下得真叫大，哇，一夜间，大平原变成了茫茫雪海。村庄被白雪覆盖，街上连个人影也看不到，天呐，仿佛整个世界被雪吞没了。乡村的黎明，雪雾蒙蒙，死一般寂静。

雪雾渐渐淡了。屋檐垂挂着亮晶晶的冰柱，小洞里的麻雀探出头，眨巴着眼睛望着外面银色的世界。街道上铺满了厚厚的雪毯，树枝树杈，看上去如裹银镶玉。牲口棚里的牛和驴，静静地吃草，听不到往常那悠长的叫声。偶尔，能听到公鸡的鸣叫，农家小院的雪地上，觅食的鸡留下杂乱的"个"字。村里的老爷爷胡须上挂着冰碴，孩子们的眉毛上结了霜。母亲好不容易点燃了湿润的柴火，屋顶上的炊烟，直直地升上天空。

雪花稀稀疏疏地飘落，热烈地亲吻大地。乡村的孩子们也苦恋雪花，雪花打梦，梦中的雪花翩翩起舞，那么纯洁，那么晶莹，一袭白衣，天使般美丽，俏了平原的寒冬，也温暖了一颗颗童心。雪天，我是乡村里最不安分的孩子，村里村外，有我孤独的身影。

太阳从地平线露出红红的脸蛋儿，不一会儿，便升得老高，给人感觉那太阳湿漉漉的，像一朵沾满晨露的红玫瑰，花冠硕大，绽放着美丽的嫣红。太阳无声，却把村民们从酣

梦中唤醒了。村里的小伙子、老大爷们，在雪天，啃着金黄的玉米饼子，扒拉着碗里热气腾腾的红薯粥，眨巴眼工夫就填饱了肚子，开始清扫屋顶和院里的积雪。整个村庄弥漫着白色的雪雾，看不清往日的模样了。

雪后，天空湿了，大地湿了，疲倦的心也湿了，润润的，爽爽的，仿佛灵魂也洗了个澡，没一丝烦忧。雾的纱幔，悬挂在空中，依稀看到，柳梢泛绿了，麦苗返青了，枝头上的花蕾咧嘴笑了，小蜜蜂和花蝴蝶跳起春天的芭蕾。

父亲是很勤快的庄稼人，一大早，他就取来扫帚和铁锹，搬梯子上房，把房顶上的积雪一股脑儿扔到院子里，然后，又把院里的积雪搬运到街旁。我在院内堆起雪人，嘿，那雪人个头高，膀宽腰粗，两只眼睛是用煤球做的，白雪衬托得乌黑发亮，还张着大嘴巴，样子很憨厚。

爹问：雪人的嘴巴，为啥整得那么大？

我答，为的是，让雪人能一口吞下太阳。

爹笑了，说我小小年纪，口气比天大。

我说，平原上的孩子，不能让这个世界上的人小瞧哇。

爹的脸上溢出满意的表情，对我说：走，跟爹到街上扫雪去。

走出家门，爹和我挥舞着扫帚和铁锹，清扫街道上的积雪。

那时的我年幼无知，不明白爹为啥要打扫街道上的积雪。常言道，各扫门前雪嘛！望着爹那满脸的热汗，我嘟囔着甩给他一句：真是自讨苦吃。

爹说，我是村里的共产党员，党员不带头，街道上的积雪谁去打扫呢？

我沉默了，心里顿时生起对父亲的仰慕之情。

距离我们二百米远，小街的东端也有一个人在扫雪，影影绰绰的，看不清那人是谁。等彼此越来越近，我才看清他是同一条街上的乔增瑞。对他，我再熟悉不过了。他是一位复员军人，在部队开坦克，还参加过抗美援朝呢。几年前他复员回乡，担任生产大队的大队长，是村民们百里挑一选出来的村干部。瞧他，依然穿着一身褪色的军装，保持着军人威武的风采，只是他的旧军帽落满了雪花，眉毛上挂着白霜，脸上热汗淋漓，嘴里喷着热气，样子略显疲惫。

这条积雪的小街，被一位共产党员和一位复员军人打扫得如此干净，来往的行人都情不自禁向他俩投去敬佩的眼神儿。

我走上前去，说，叔叔，你起得早，不论刮风下雨，还是雪天，在这条街上总能看到你的身影。

他说，这条街上的百姓，都是咱们的乡亲父老，啥时候也不能忘了他们。他们生活得幸福，我才高兴哩。

原来，这位宅心仁厚的复员军人，心里装着老百姓。他的话，像一片片晶莹透亮的雪花，融化在我脚下这片土地，孕育着平原上的春天。想到这儿，我愈加喜欢雪花了。雪花啊，我不愿把你捧在手心，怕我的体温将你融化；我不敢亲吻你的肌肤，怕我的痴情伤了圣洁的冰心。我只想远远地望着你，静静地思念你，让你在我梦中成为永恒。

我问增瑞叔：你喜欢雪吗？

他动情地说：喜欢呀，雪，救过不少人的命哩。你知道吗，在抗美援朝战争前线，我们志愿军官兵吃的啥？一口炒面，一口雪呀！如果没有雪，那就惨啦，不知有多少志愿军

官兵会渴死饿死。你知道志愿军吃了多少雪吗？告诉你吧，加在一起，就是一座大雪山！

哦，我惊愕了！又问：雪冰凉冰凉的，难吃吧？

他笑了笑，说：饿了，啥都吃着香。何况，那是救命雪，香着呢。

救命雪，香雪，我第一次听到。说实话，长这么大，我还没尝过雪的味道呢，那一刻，我不由自主地从街旁雪堆里捧起一团白雪，大口大口地吃起来，感觉这家乡雪很香很甜。

冰清玉洁的雪花，净化我的灵魂，滋润我的岁月。即使斗转星移，海枯石烂，我永远不会忘记雪花暖心的一幕。记得，那是冀中平原一个飘雪的清晨，被批准参军的我要离开家乡，奔赴北方的军营。爹娘踏雪一直送我到村口，那位复员军人增瑞叔叔也匆匆赶来了。他们站在雪幕中，眼巴巴望着我渐行渐远的身影，久久不肯离去。我依稀看到，他们都变成了雪人。

每当回忆起这一幕，我不禁潸然泪下。参军五十个年头，我写了一首小诗《雪人》，怀念早已驾鹤西去的母亲，还有已经作古的父亲，以及增瑞叔——我一直敬重的复员军人。

风卷着雪花在天空狂舞
村里村外都被白雪覆盖
母亲送我参军到村口
站在雪地，久久不肯离开
忽忽的北风，吹乱了她的头发

飘落的雪花让她全身变成了洁白
雪人，我慈祥的母亲
凝望我走进茫茫雪海

我回头眺望村口的雪人
母亲的泪滴挂满两腮
那依依不舍的目光
透出对儿子的期待
当年的妇救会主任
给八路军送去一大批农民的后代
母亲啊，我的亲娘
你的期待儿明白
当兵就当个好兵
做娘的脸上也光彩
我向村口的雪人挥一挥手
几句心窝子的话喊了出来
娘，你等着吧，立功的喜报会告诉你
儿不是孬种，是平原农民的好后代

这首诗先后刊登在《中国文化报》《解放军报》和《中国国防报》。

亲爱的朋友们，你们知道我是一个乡村长大的土里土气的农家娃，没进过高等学府，自然没有古代文人煮雪烹茶、听雪敲竹、踏雪寻梅、雪夜访友的雅兴和浪漫，但我对雪的感情是真挚的、淳朴的、深沉的。雪落平原，每每给我带来异样的激动和惊喜，那飞舞旋转的雪花，在我看来，是苍茫

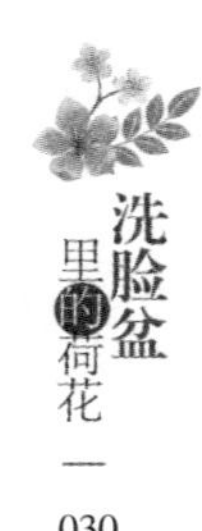

宇宙中最美的精灵。而乡村晴雪，让我眷恋，让我陶醉，让我心驰神往。每当跨进冬天的门槛，我的心里就冷不丁地下起雪来，眼前不时浮现乡村那美轮美奂的雪景。

参军远离故乡，我觉得自己就像一片雪花。是的，我很渺小，渺小得像银河里的一颗星，我却能把整个大地拥抱。当一切生命畏惧严寒，瑟瑟冬眠，我却在风中狂舞，彰显平原农民儿子的自傲。真的，我愿变成雪花，第一个敲响冬天的大门，把洁白的礼物，送给这个世界。倘若能给大地一丝滋润，我宁愿在阳光下融化自己。

冬天来了，我这个共和国老兵的心，又飞往故乡，拥抱和亲吻乡村的晴雪，寻找雪花般的童心和雪地上的足印。

★创作感言

我喜欢雪花，她晶莹透明，洁白无瑕，仿佛带着神圣的使命，净化天空和大地。她有一颗冰心，也有献身的精神。

总觉得，雪花是苍茫天宇中最美的天使，最神秘的精灵。她用纯洁的爱，亲吻大地，或许，她把大地当成了自己的孩子，用厚厚的雪被包裹起来，怕冻伤稚嫩的躯体和灵魂。

让我最钦佩的是雪花那甘愿奉献而不惜一切代价的品格。不是吗，她为了滋润大地，孕育春天，宁愿在阳光下融化自己。

回忆我的文学创作历程，有不少诗歌和散文是写雪花的。我希望漫天飞舞的雪花变成我笔下的文字，也期盼我纸上的文字变成漫天飞舞的雪花，滋润和净化人们的心灵。雪花打梦，但愿读者在梦中看到雪花的微笑！

滹沱河，　桥流水不流

小时候，每天早晨天刚蒙蒙亮，村里的小街上便传来卖鱼人的叫卖声，“买鱼喽，葡萄河的活鱼！”儿时的我不晓得葡萄河在哪里，只知道葡萄河的鱼可好吃哩，新鲜、肉嫩、味美，所以每听到卖鱼人的吆喝声，馋得我要流口水。不管母亲买不买鱼，我都要跑出门去看看卖鱼人刚刚从葡萄河里打捞上来的鱼。卖鱼人手扶着自行车沿街叫卖，自行车后座上挂着一个竹篓，从竹篓里抓出来的鱼放在秤盘里，啪啦啪啦活蹦乱跳，给乡村的早晨增添了不少快活的气氛。

渐渐长大了，我才知道故乡人挂在嘴边上的葡萄河，准确地说那就是滹沱河，距我们村的北边，七八里远的地方。

我无法弄清楚是谁给故乡的河起了这么个好听的名字——葡萄河，怎么想的呀，是河水像葡萄一样甜，还是碧波像葡萄一样美？我觉得，葡萄河这个名字比滹沱河好听一百倍，每当我听到家乡人说出葡萄河，哎呀，我感觉太好听了，太亲切了，真的快要醉了。葡萄河，这名字好美好美呀！

八岁那一年的冬天，我第一次见到葡萄河。河面很宽阔，结了厚厚的冰，人们络绎不绝地在冰上穿行。我跟随村里的大人过河赶集，小心翼翼地踩着河面上的冰，好害怕哩，真的担心踩塌了河冰，掉进河里。大人们劝我，别胆

小，河面的冰比铁板还结实呢。在集市上，我买了一块白面饼，又买了两条油煎小鱼，裹起来，吃着好香。我猜想，那小鱼铁准是葡萄河的鱼，大冬天，只能破冰捕鱼，费老鼻子劲了，想到这就觉得那煎鱼价格不贵，值！

我记得很清楚，那是一九五六年的夏天，我刚满十岁。那天下午，我跟着父亲到村南自家的菜园干活，听见有人喊：水来了，葡萄河发水了。父亲扛起铁锹，拉着我的手往家赶。来到村边，只见村埝外的壕沟里水在流动，哗啦哗啦响。进村必须穿越壕沟，往常沟里没水，今儿个水灌满了沟，水多深不知道。眼巴巴望着壕沟里的水，父亲踌躇起来，他压根儿就不会游泳，怎么过去呢？真的犯愁了。幸亏我每年夏天到清水塘里打扑腾，学会了“狗刨”，对于我来说这小小的壕沟不算个啥，我纵身一跳，用手划拉了几下便游过去了。我站在埝上对父亲说，爹，你蹚水过来吧，沟里的水可能有齐腰深。父亲不敢独自下水，一直等进村的几个庄稼汉子搀扶着他才蹚水渡过了壕沟。村里人眼睁睁看着水进了村，街道上水流很急，我家地势高，水进了院，没进屋。

几天后，水势减弱，地里的庄稼被洪水冲得七倒八歪，一片狼藉。收成无望，村民们还来不及皱眉头，政府的救济粮就发到了各家各户，白花花的大米，我还是第一次见到呢。冀中平原世世代代的农民没种过水稻，见到大米觉得新鲜，吃法也与南方有别，不光焖米饭，还将大米碾成面蒸馍馍，我吃着大米面蒸的馍不如小麦面蒸的馒头好吃。不过，六十年过去了，我对大米面蒸的馍还有点念想哩。

最难忘的是洪水过后捞鱼的美事，父亲和我扛着铁锹，提着水桶，带上洗脸盆，到村外去捞鱼。田地被没膝深的洪水泡着，父亲和我用铁锹挖泥围水，在田间围起一个几十米见方的“水塘”，我们用洗脸盆将“水塘”的水淘出去。嗬，没想到有那么多大大小小的鱼，两个水桶几乎装满了鱼，母亲乐得合不拢嘴，兄弟姐妹们高兴得拍巴掌，我们那个农家小院好多天飘散着炸鱼的香味，馋得四邻八舍的猫乱蹿乱叫。也许五十岁以上的人还记得《抗洪图》这部影片，真实地反映了一九六三年冀中平原人民与百年不遇的特大洪水抗争的场景。那年夏天，中考刚刚结束，我回家等待考试结果。瓢泼大雨连续下了七天七夜，葡萄河水暴涨，洪峰肆虐，汹涌浩荡，淹没了冀中平原的村村寨寨。我和家乡人所经历的与暴雨洪水抗争的七个昼夜终生难忘。洪水进村那天，我和姐姐一起推磨，将新收获的小麦磨成白面，听到有人喊，到村东大堤上集合，修堤抗洪。我跑回家抄起一把铁锹，朝村东跑去。围村的堤坝上站着黑压压的人群，大都是强壮的男子汉，有的给堤坝添土加高加固，有的用棒子、麦秸和泥土堵堤坝的缺口。洪水已将整个村庄包围，情况危急。我和几位壮小伙一起游泳到村边打麦场运送麦秸，企图围堵缺口，没料到被湍急的洪流冲出十几米远。我抱住一棵柳树歇息了几十分钟，拼尽全力才游回来。洪水势不可当地进村了，我家院子里的水已经没膝，北屋地势高没有进水，街坊邻居家的几位老太太躲在我家北屋，惊慌失措地喊着阿弥陀佛。

我明白，在这个节骨眼上，呼天喊地没用，只能靠自己保护自己。父亲带领我们兄弟姐妹，用泥土将梢门口围了起来，取来洗脸盆淘水，一直忙活到半夜，又累又饿，打算起

灶做饭，没想到风箱被进屋的洪水漂浮起来，无法做饭。

我家的磨坊在连日的暴雨中倒塌了，在院内形成了一个高高的土岗，我和弟弟将两个宽大的梢门扇搬到上面，又抬来一张木床，在木床上搭起一个塑料篷，哥俩在四面透风的塑料篷里度过了整整七昼夜。这次特大洪水，激起了我对葡萄河的愤怒，恨，凝聚在牙齿上。后来我才省悟，我错怪葡萄河了，多年以来，葡萄河像孤独的母亲，她得到孩子们多少爱呢？

葡萄河，家乡的河，母亲河，我仰慕你博大的胸怀，善良的心灵，浓厚的情义。当年，为修建岗南水库，你顾全大局，将自己拦腰截断，把痛苦留给自己，把幸福献给上游；你用乳汁养育了儿女，让儿女健康成长，宁愿自己干涸却无怨无悔；许多人为一己私利将脏水泼向你，你忍辱负重，身受重伤而默然无语。你伟大的品格让我高山仰止，景行行止！

自从我参军远离故乡，葡萄河日夜在我心中流淌，滚滚奔流无休时。即使濒临干涸，她依然紧紧贴着安平大地，聆听祖国母亲心脏的跳动。我爱葡萄河，我恋葡萄河，我想葡萄河，作为共和国老兵，退休后每年我都回家看一看葡萄河。看葡萄河畔的桃花喷火，看葡萄河岸的柳丝荡翠，看葡萄河滩的芦花飞雪……我觉得自己就是葡萄河里的一滴水，映着故乡的昨天、今天和明天。

这些年，每当我回到故乡，望见葡萄河大桥凌空飞架，气势若虹，而桥下不见碧波荡漾，只有涓涓细流，桥上那川流不息的车辆使我想起一首禅诗所说的“人从桥上过，桥流水不流”。是呵，桥在流，故乡作为名副其实的天下网都、国际丝网基地，每天葡萄河大桥要承载多少南来北往的车辆？一批批的丝网通过大桥运往全国各地乃至全世界。所以我要说，只有了解葡萄河的今昔，才能理解“桥流水不流”的深刻内涵。

小城秋思

已经立秋了，我还待在小城，可不呗，我从北京来到这个小城两个多月了，似乎还没有待够呢。记得我在遥远的军营里曾写下一首《秋思》：“霜寒染枫林，野旷鸣孤鸿。秋思暖冷月，乡情绕博陵。”博陵是我的故乡河北安平，汉代刘邦在这里设郡为博陵郡。几千年过去了，秋夜那悬挂在天空的一弯冷月依然如眉，月光柔柔的、静静的，悄然洒落在我居住的蓝湾小区。

蓝湾的夜怎么这样静谧，月色与星光交辉，秋虫与塘蛙共鸣，静夜自然能引发秋思，今夜的我真的不想入眠。有一首唐代王建的诗是写秋思的，我很喜欢：“中庭地白树栖鸦，冷露无声湿桂花。今夜月明人尽望，不知秋思落谁家？”

我的秋思亦如飞翔的翅膀穿越夜空，飞到小学同桌的她身边。是的，她也居住在这个小城，我来小城两个多月了，见了许多亲朋好友，与中学的同学两次聚会，遗憾的是，至今没与小学同桌的她见面。

一眨眼，六十年过去了，那时我们还是情窦未开的少年。她一直没有忘记，我在桌面中央比画着画了一道线，告诉她胳膊不要越过那条线。她对我的话很在意，同桌一年多，她的胳膊从来没越过我画的那条线。她不可能明白，我心里很喜欢她，因为她是班里最漂亮的女孩。

而今，我俩都是年逾古稀的老人了。记得去年我从北京回到这个小城，一起共进晚餐，她对我说起小学同桌画线一事，很认真地告诉我："我永远忘不了我俩同桌你画的那条线！"我愕然了，年幼无知的我，竟然在她心灵深处画了一条深深的伤痕呀！

流水般的岁月会使人淡忘许多事情，却没有让她忘掉那条线，也没有让我忘记小学同桌的她。

现在看来，上小学时当着同桌女同学的面在课桌中间画的那条线，是一座堤坝，阻挡住了两小无猜的少男少女纯洁心灵的沟通；或者说是一条壕沟，隔断了两个天真无邪的少年情感的源头活水的流动。因为心存芥蒂，我才特意画的那条线呀，如果没有芥蒂会怎样呢，我不得而知。也许，像湛蓝的天空没有一片云朵，我们在阳光下笑得无比灿烂；也许，像跳进没有桥也没有船的早恋的河流，我们会被感情的河水冲撞得东倒西歪，最终漂流到荒芜的河滩；也许没有预知的也许……

至今我仍然记得，上小学的时候，同学们都是乡村里土里土气的孩子，身上穿的大都是粗布做的衣裳，偶尔见到哪个同学穿洋布做的衣裳，真令人羡慕死了。我那个同桌的她，不仅人长得漂亮，穿的衣服也很时尚，听说她母亲是个裁缝，春夏秋冬都给宝贝女儿做成不同样式但都合体的衣服，把本来是一个乡村的女孩打扮得像天仙一般，很招人喜欢。那是夏季的一天，我那个同桌的她穿了一条杏黄色的新裤子来到学校，好多同学围着观看，有的直咂舌头。我偷偷看了几眼，觉得她越发的好看了，心里真待见，转而又暗自责怪自己，一个毛孩子懂什么，别胡思乱想。

上课了，我的钢笔没墨水了，于是我拧开墨水瓶盖，把钢笔插进瓶内吸墨水，没料到不小心将墨水瓶碰倒了，墨水溢出来，从桌面流到桌下，竟然流到同桌女生的裤腿上，留下铜钱般大小的一片痕迹。同桌的她没吱声，甚至丝毫没有埋怨我，可能认为我不是故意的，又何必动气呢。这件事就无声无息过去了，淹没在平平淡淡的日子里，没有显现出一点微澜。

连续好多天，我心里一直忐忑不安，总觉得自己像惹了一场大祸，我对不起同桌的她。她默不作声，仿佛什么事也没发生。我的心情却无法平静，常想起墨水瓶倾倒的一刹那，随即内心掀起狂风巨浪。

我总想找机会当面向她表示歉意，这一天终于来到了。自从放了寒假，我已有十多天没与她见面了，说实话，我几次梦见她，想对她说些什么，她却悄然离去，导致我泪花打梦，伤心的泪水浇湿了漫长的黑夜。正如农谚所云：小寒大寒，杀猪过年。这不，父亲养了一年的一只大肥猪被宰了，村东街那几位杀猪的壮汉子可费了老鼻子劲了。这几日，母亲又是煮肉，又蒸馒头花卷包子和丝糕，从早到晚忙得脚跟打后脑勺儿，但有一件事情她没忘，就是每年春节给我做一身新衣服。吃过早饭，母亲拎着在集市上买的一块蓝布，要我跟她到南街姓赵的一家去做衣服，我高兴得蹦起来，因为姓赵的一家就是我同桌的她家。能与她见面，并表示歉意，这是我梦寐以求的事情了。

同桌女生家的房子与众不同，正房三间北屋的屋顶上建了一间简陋的小屋，登梯而上，我同学的母亲正在小屋里忙碌着，一会裁剪布料，一会蹬着缝纫机做衣服，“咔咔咔”

的声音震荡着村庄。在我看来，这是全村唯一的小楼了，小楼里的风景让我产生许多联想。

这次登门做衣服，没见到同桌的她，我一脸的不高兴，母亲却不知缘由。是啊，我内心的一点小秘密连母亲也不愿告诉。

那是1960年夏天，小升初的考试终于结束了，我以优异成绩考入本县重点中学，同桌的她考入了另一所县立中学，两个学校相距只有五华里，但我俩初中三年没见过一次面。

不仅如此，自从一九六五年我从深县高中应征入伍后，远离家乡，与小学同桌的她更是天各一方，杳无音信。

所谓“人如秋鸿来有信，事如春梦了无痕”，我不以为然。我觉得，人与人之间无信往来，有的却无法忘记，往事虽久，有的却留下深深的痕迹。漫长岁月不经意间在指缝里溜走了，许多往事如风吹竹林，风过而不留声，亦如雁度秋湖，雁去而不留影。但是，我与小学同桌的她度过的平淡的日子，却清晰而鲜活地镌刻在我记忆的石碑上，风吹雨打而面貌依旧。

那是去年刚刚立秋，我和几位朋友在县城“农家老味道”饭馆一起就餐，小学同桌的她也应邀而至。席间，她不住地夸我，我问她既然对我印象不错，为何当年不给我写一张纸条？她的脸腾地红了，轻轻拍打了一下我的肩膀，羞涩地对我说，人家是女孩，好意思吗？

哦，我明白了，人生难懂是少年！少年心无旁骛，纯洁无瑕，但他们有美好的愿望却不好意思说出来，正如秋夜那一弯新月，时而被薄云遮盖，朦胧而不失皎洁。

我喜欢秋天，尤其喜欢秋夜那如眉的新月。

又想起那口古井

坐落在滹沱河南边的这古老村庄，像一颗莲子在冀中大平原，不仅生了根，还长出碧绿的叶子，开放出粉红的花朵。年复一年，那莲子的故事古老而新奇。

我是青莲上的一滴露珠，你会发现露珠里藏着一枚小太阳。

青莲离不开水，村东头那口古井是取之不尽的渊薮。

我忘不了那些到古井边挑水的庄稼汉。

早晨，伴随着村里的汉子们井边挑水那颤悠悠的扁担声，村子东头开始抖动黎明的眼神。

红红的太阳升起了，那是乡村跳动的心脏。

井台上，挑水的汉子们互相打招呼，聊几句天儿，时而爆出粗犷的笑声，乡村的宁静被打破了。

村街上，来来往往的挑水人脚步声急促而沉重，早已把沉睡的大地惊醒了。

小街的路面不一会儿便湿漉漉的，似乎刚落下一场小雨，街上的空气润润的，猫儿狗儿还有刚钻出窝的鸡们都显得很有精神。

儿时的我经常站在家门口，眼巴巴地看着挑水的汉子们，期盼着自己快快长大，也成为一个挑水的汉子，接过父亲用了多年的扁担，挑着水桶去迎接乡村的黎明。

我刚上小学，父亲由农民转变为国家公职人员，到十里外的一个小镇上的新华书店上班了。家里人，祖母、母亲还有我们兄弟姐妹六个，每天需用半缸水，而挑水的父亲却不见了踪影。

母亲找来一根胳膊粗的木棍子，有几尺长，看样子蛮结实哩。我和母亲抬着水桶到井边取水。

是的，母亲是一位小脚女人，可是村里人谁都不敢小瞧她。抗战八年，她在村里担任妇救会主任，是很受村里人尊重的党员干部。来到井台，挑水的汉子们争先恐后地将我们娘儿俩的水桶抢过去，用又粗又长的井绳系着水桶，不一会儿就从水井里弄上来一桶水，满满当当的。母亲和我都心存感激，谁也不说一声谢，因为说谢就见外了。

一个是小脚女人，一个是七八岁的毛孩子，娘儿俩抬着一桶水在小街上艰难地走着，路，仿佛没有尽头。

累了，就把水桶放在地上歇一会儿。

乡村的黎明和黄昏，都叠印着母亲和我抬水桶的身影，小街土路上娘儿俩的脚印，早已消逝在遥远的岁月里。

自从父亲到新华书店上班后，乡亲们都关注我们家用水的难事。说来也巧，村里有一位腿瘸的农民和我父亲是同窗好友，他家有一对小木筲儿和一条扁担，闲置没用，自愿送给我家，我猜得出来，是想让我这个在小学读书的毛孩子担当起挑水的重任。不好意思推托，谁让我是老大呢！三个弟弟还都是穿开裆裤的小屁孩哩。

有了这对小木筲儿，母亲可以不必和我抬着水桶到井边取水了，我自己去挑水。我自信这一对小木筲装满了水我也能挑起来，可就是扁担两端带铁钩的铁链对我来说偏长，钩

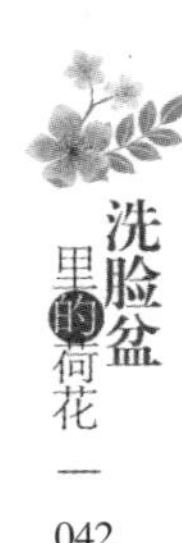

上小木筲，我这个小个子少年挑不起来。于是我想出了一个办法，把铁链挽在扁担上，这样便可以挑起小木筲。

我高兴地用扁担挑着小木筲来到井台上，请挑水的大人帮我将两个小木筲灌满水，挑回家时，我已是大汗淋漓，母亲心疼我，用毛巾擦干我脸上的热汗。

记得，那是个夏季的星期天，就读小学五年级的我做完作业，就去挑水。这时的我已经能够用麻绳系着小木筲从井里取水了，正当我弯下腰将小木筲送到井里，摇晃了几下，灌满了水，还没来得及将小木筲提上来，只听“啪”的一声，我胸前衣兜里的钢笔掉进了井里。

我知道，这支金钢牌的钢笔是父亲到新华书店上班后花了一块六毛钱给我买的，那时父亲每月的工资只有十八块钱呀。我回到家，在母亲面前哭了。这当儿，从十里外的小镇回家的父亲见我哭鼻子抹眼泪，劝我不要哭，他决定找村里几个小伙子帮忙把掉进水井里的钢笔捞出来。我破涕为笑，跟着父亲去井边。父亲提着一瓶老白干酒，肩膀上扛着木梯，让我带了一条麻绳，父子俩直奔村东头那口古井。

闻讯赶来的村民们把古井围了个水泄不通，有好几位小伙自告奋勇要下井捞钢笔，父亲选定了西邻的小荣叔叔，他二十岁刚出头，壮实得赛过农村的牛犊子。下井前，父亲让他喝了几口老白干酒，因井水凉，白酒可以御寒。为了保险起见，父亲将麻绳捆在荣叔腰间，先把梯子送下井，然后让荣叔登着梯子沉到井底。井水漫到荣叔的脖子，他憋足了气，扎猛子到井底用手摸呀摸呀，折腾了一阵子没有摸到钢笔，却摸到一支带着刺刀的步枪。抗战时期在村里担任青年抗日先锋队主任的父亲告诉大家，当年被日本鬼子活捉的老支书欺骗敌人，带路找地道出口，与一个持枪的日本兵拉扯着一起跌入井内同归于尽，事后，村民们把老支书和那个日本兵从井里捞出来，鬼子的那支步枪却遗落在井底。

我那支钢笔没有捞出来，却捞出了一个悲壮的故事。

参军远离家乡，我经常想起乡亲父老，自然也想起那口古井。1983 年，我写了散文《古井》寄往《人民日报》，据说编辑从两麻袋来稿中选中我写的《古井》发表了，之后被选入全国小学五年级语文课本。

我忘不了那天傍晚，我的战友的两个男孩曹鹏、曹凯一对双胞胎来到我家。他俩是小学六年级的学生，准备考中学，请我爱人这位语文老师辅导作文。我爱人正忙着做饭，于是，我让他俩在客厅沙发上坐下来，并对他们说：我来给你们辅导作文吧。这对双胞胎都向我投来疑惑的眼神，我明白他们想说你是个穿军装的，又不是老师，怎么能给我们辅导作文呢？我问他俩：最近区教育局是不是对各学校六年级学生进行了小升初的模拟考试？他们回答是。我又问：语文考试是不是有一道题是关于《古井》这篇课文的主题和成语的提问？他们又回答是，反问我怎么知道的。我说是我爱人把试卷带回家，并且告诉我有一道试题涉及《古井》这篇文章，现在我给你们背诵一下《古井》吧。他们惊讶地问：你怎么能背诵《古井》？我说：那是我写的，当然能背诵。

我将《古井》这篇文章背诵了一遍，然后给这对双胞胎认真地辅导如何作文。他俩满意地回家了。如今，曹鹏、曹凯在同一个军医大学工作，两人都是博士。一年前我去上海见到了曹鹏，交谈时他还提起当年我给他兄弟俩辅导作文的往事，对我说：伯伯，你强调作文选材很重要，选材应注重

积极向上，千万不能写大小便，写得越细越糟糕。说完之后，我们都禁不住哈哈大笑起来。

《古井》这篇散文被选入全国小学五年级语文课文已经三十多年了，可是网上至今还在误传这是老舍的作品。凡是读过《古井》的人都能明明白白看出来文中写的是乡村的故事，而老舍久居北京，没有乡村生活的经历，他的笔下怎么可能会出现充满浓厚的乡土气息的散文呢?!

此刻，我又想起故乡那口古井。虽然，随着乡村的变化那口古井已经湮没在悠悠岁月里，但是，古井的故事在一代又一代的学生中留下了抹不掉的记忆，像清澈的泉水滋润着孩子们的心灵。

| 第二辑 |

洗脸盆里的荷花

井边小茅屋

在我儿时的记忆里，故乡冀中平原滹沱河畔的黄土地上，村村寨寨，土坯茅屋随处可见。小茅屋十分简陋，但可遮风挡雨，那是平原农民的栖身之所。如今，平原农民的生活今非昔比，日子渐趋富裕，家家户户都是青砖瓦房，有的还盖起了楼房。土坯茅屋已被岁月淘汰，偶尔见到残存的土坯茅屋，那实属罕见的乡村“古董”了。

参军远离故乡，久居大城市，我时常想起外婆家附近井边的小茅屋。虽然我在那小茅屋的土炕上只睡了一夜，却让我终生难忘。时隔多年，那井边小茅屋，成为我记忆中的一幅画、一片云、一颗星，总是让我回味悠长。

外婆家那个村庄谷家左，与我出生的张舍村相距五华里。小时候，母亲隔些日子便带我去外婆家走亲戚。每次去外婆家，都要路过村东街井边的小茅屋。茅屋的主人是个中年汉子，光棍，瘸子，他的右脚后跟不能着地，只能用前脚掌踮着走路。这样一来，他的身子便失去了平衡，右肩偏高，屁股向后撅起，走路一瘸一拐，那姿态颇似乡下巫婆跳大神的样子。这位瘸子好像与我母亲很熟悉，每次遇见都主动打招呼：彩姐，回娘家看看？俺婶子早就想你和孩子们喽。母亲拍着我的肩膀说：快，叫舅。他是个大好人，还是咱们的恩人哩。母亲曾告诉我，抗战时期，我外公名为村维

持会长，实际上是为共产党办事。当年，瘸子舅跟着我外公，烧日本鬼子的炮楼，拦截鬼子的运粮队，伏击进村扫荡的日本兵，他的右脚就是在战斗中被炸伤的。那次，日本鬼子捉住了我的外公，扔进猪圈里，用土坯砸，欲置之死地而后快。猪圈里的外公，在猪的粪便中呻吟，在土坯的重压下挣扎，痛苦难熬，在奄奄一息的危急时刻，幸亏家里的茅厕与猪圈相连，外公爬到茅厕用于大小便的豁口处，才能呼吸喘气。鬼子一撤退，瘸子舅闻讯第一时间赶到，跳进猪圈，扒开土坯，将我外公救了出来。谈起打鬼子，担任村青抗先主任的父亲和担任村妇救会主任的母亲经常挂在嘴边的一句话就是：把脑袋别在裤腰带上，豁出命来同日本鬼子干。我明白，瘸子舅正是这样的好汉子。

或许是因为腿瘸，又是一个满脑袋高粱花子、斗大的字认不出几个的庄稼人，哪一位姑娘能屈身跨进他的门槛呢？没有，他只好孤身一人，在小茅屋里打发着孤寂的日子，久而久之，瘸子舅早已习惯了这样的单身生活，他并不觉得孤寂。白天，只要是天朗气清、风和日丽的好日子，他便提上木凳，坐在茅屋前晒太阳，自然少不了与来来往往的挑水人搭讪几句，给平淡的生活增添几许乐趣。夜晚，小茅屋的窗口透出微弱的灯光，而屋内唠嗑的声音随着风儿飘到遥远的天边。

在谷家左读完小那两年，我隔三岔五到外婆家去蹭顿好饭，进出家门，总要经过井边小茅屋，与瘸子舅见面的机会自然不算少。他一再叮嘱我要好好念书，长大了去当兵。他对我说，日本鬼子是一群恶狼，盯着中国这块肥肉，垂涎不止。他断言日本鬼子亡我之心不死，很有可能卷土重来，一旦战争爆发，希望我继承平原军民的抗日精神，驱日寇，打豺狼，捍卫国家领土安全和人民的生命财产。

瘸子舅的嘱托，我铭记在心。

就在我读完小的那个暑假，我和同班非常要好的同学燕春友商定，合伙做蔬菜买卖，想赚点零花钱。那个年代，农村孩子身无分文，即便向父母要到几毛钱，在手心里攥出汗来也舍不得花呀！

那天，吃过早饭，我和燕春友同学各自带上向母亲要的一块钱作为本钱，推着自制的独轮小木车上路了，到八里外的黄疃村买韭菜。黄疃位于谷家左村南，距离三里远。这个村子是蔬菜之乡，举目望去，遍地葱绿。我俩在一家菜园子买了二十斤韭菜，用包袱包好，捆在小木车上，一人推，一人拉，沿着弯弯曲曲的乡间小路，踏上归途。刚进入谷家左村口，头顶乌云翻滚，雷声震天，一场滂沱大雨铺天盖地而来。我俩冒雨在泥泞路上艰难行进。不好，小木车的车轴突然断裂，无法前行。咋办？商量片刻，我扛着损坏的小木车，燕春友背着盛满韭菜的包袱，匆匆赶到井边小茅屋。为啥没去外婆家？怕丢人呗。

我朝门口喊了一声“舅”，门开了。一道亮闪，使我看清了瘸子舅那熟悉的脸庞。

“哦，是你呀，孩子，快进屋。”

“舅，他是我同学燕春友。”

“这大雨天，你俩干什么去咧？”

“去黄疃买韭菜。”

瘸子舅豁然开朗，知道了我俩的“小秘密”。他随即让我俩把小木车和装韭菜的包袱搬进小茅屋。当他瞅见我俩身

上的衣服被雨水浇得湿淋淋的，顷刻从柜子里取出两件褐色的粗布褂子，让我俩脱下湿衣服，换上宽大的粗布褂子。他把我俩的湿衣服拧干，挂在竹竿上，说晾一宿就能穿咧。我央求瘸子舅为我俩的尴尬遭遇保密，不要让外婆家的亲戚们知道。瘸子舅嗔怪地说：你这毛孩子，还知道爱面子哩！

晌午，雨还未停下来，黄豆大的雨点，噼里啪啦地敲打着小茅屋的窗棂，也敲打着我一颗焦灼的心。我想，家里的父母一定惦记着风雨中年幼的孩子，不知道急成了啥样子呢。

瘸子舅见我心神不定的窘迫模样，安慰我说，甭着急，这小茅屋就是你的家。你们待会儿，我给咱们做饭。窗外风雨交加，屋内真情无限，我们只能随遇而安。“人生到处知何似，应似飞鸿踏雪泥。泥上偶然留指爪，鸿飞那复计东西。”（苏东坡诗句）那时的我，刚满十二岁，面对突如其来的一场风雨，虽然不能说是惊鸿，却像一只受惊的小鸟，而这小茅屋，是风雨中安全舒适的鸟巢。

仁慈善良的瘸子舅，把我和同学视为自己的孩子，他忙活了一大阵子，将两大碗热气腾腾的面条，端上了饭桌。

“孩子们，趁热吃吧，锅里还有，一定要吃饱。”瘸子舅说着，将筷子递到我俩手里。

“舅，你待我们这么好，真不知道怎么感谢你。”我眼里噙着泪花说。

“你们两个要好好上学念书，长大了要有出息。如果能参军到部队，那是再好不过咧。”

我和燕春友会意地点了点头。

直到后半晌，雨才停下来。从茅屋窗口望见，雨后的天空出现了七色的彩虹，横跨冀中大平原。我觉得，彩虹两端，并不遥远，从一端开始，奋力攀登和跨越彩虹之桥，就能达到另一端，那是人生理想的彼岸。

瘸子舅出门请来了村里的一位木匠，那位木匠带来锯、斧头和一根枣木棍，天擦黑时，才把我们的小木车修好。

我连声说“谢谢”，木匠憨厚地冲着我笑了：“孩子，不用谢，我和你父亲、母亲都是老熟人，还一起打过日本鬼子呢。你不知道，我和你叔是战友，同年参加八路军，跟着吕正操司令员在咱们冀中平原反扫荡。我在战斗中负了伤，伤愈后复员回家了。听说你叔还在部队里，当了科长。”我望着木匠脸上的笑容，那微笑，泉水般清雅，阳光般温暖，可以说，是平原人一颗真实的善心。

怎么这么巧，我眼前的瘸子舅和素不相识的木匠，与我的父母在抗战时期同甘苦、共患难，与日本鬼子进行过殊死搏斗，是抗日战争的幸存者，使我们晚辈油然产生敬仰之情。

吃罢晚饭，瘸子舅给我们在土炕上铺好被褥，叮嘱我们早点睡觉，明儿个好继续赶路，尽快将韭菜卖出去，免得烂掉。

我躺在茅屋的土炕上，久久不能入眠。或许，这小茅屋是村里最简陋的栖身之所，我却觉得小茅屋是如此静谧，如此舒适，如此温馨。冥冥之中，我觉得这小茅屋是我人生的一个无法避开的驿站，也是命运的安排吧。瘸子舅是这个古老村庄普普通通的庄稼人，而他那颗善心所释放的能量竟强烈地感染了我，他虽然是一个村野农夫，我倒觉得他是一位真正的“白屋圣贤”。翌日清晨，当雄鸡唤醒沉睡的太阳，

小茅屋里浴满玫瑰色的霞光。我和燕春友翻身起床，穿上晾干的衣服，将装满韭菜的包袱捆在小木车上，便匆匆上路了。瘸子舅一瘸一拐的，颠颠簸簸地把我们送到村口。他目送我们离开了谷家左，挥了挥手，那送别的情景深深定格在我幼年的记忆里，至今依然那么清晰。

五年之后，我和燕春友分别在高中应征入伍，我到了陆军，他去了空军。我俩都牢记瘸子舅的嘱托，开始了崭新的军旅生涯。

身在军营，心系家乡。这些年，我多次回故乡探亲，并特意到谷家左寻踪怀旧。瘸子舅和他居住的井边小茅屋早已不在，但我内心深处的一缕乡思氤氲绵长。

井边小茅屋，虽然对我只有“一夜情”，却让我回味无穷，不断激起我心海感情的波澜。知否，我为什么一次次将闲云装进行囊，将往事背在肩上，到谷家左寻觅井边小茅屋？因为我一向认为，知恩感恩报恩是包括我在内的芸芸众生不可或缺的人格，也是处世之根本，所以我苦苦寻觅，总想找到故土的岁月陈香和人生的温馨驿站。

偏心眼儿的奶奶

今天我的心是在想家了，在想着那跨过时间之海的那一个甜蜜的时候。

——引自泰戈尔《飞鸟集》

假如有人问我："铁蛋，你最亲的人是谁？"我会不假思索地回答："我最亲的人是奶奶。"也许，你们会纳闷儿。俗话讲，亲不过爹娘嘛！可我觉得，奶奶比爹娘还要亲。

母亲生下我们兄弟姊妹六个，可真够她受累的。缝、补、洗、涮，拉风箱做饭，推碾子倒磨，整天价忙得她脚跟打后脑勺儿。全家老少九口人的衣裳，单的、棉的，靠母亲一人做。每天晚上，母亲在小油灯下默默地做针线活儿，有时鸡叫头遍，她还在灯下忙碌。

冬天，平原上贼冷贼冷，母亲的手冻麻了，捏不住针，她就在火炉上烤烤手，又拿起针来，给我们做衣服、鞋子。小时候，我是个活泼好动的孩子，跳绳，踢毽子，翻跟头，荡秋千，爬树，滑冰，我都感兴趣。

母亲给我做的新布鞋，穿上没几天，就让我踢蹬破了。母亲又气又急，训斥我说："你穿鞋比吃鞋还费哩，赶明儿，叫铁匠给你打一双铁鞋，让你去踢蹬！"奶奶为我打抱不平："好动的孩子皮实，多踢烂几双鞋子，才少闹病哩，省得花

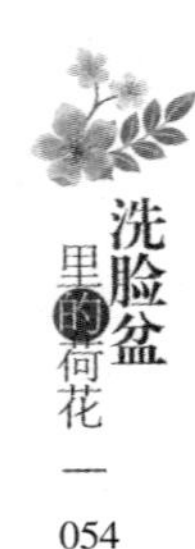

钱买药，有啥不好？”

常言道，没有不碰锅沿的马勺。我们兄弟姊妹天天生活在一起，免不了吵嘴打架，惹母亲生气。母亲气急了，这样咒我们：“你们咋不躺在车沟里，让车轮子嘎嘣嘎嘣轧死几个才好哩！”奶奶有点迷信，自然不爱听这不吉利的话：“瞎说些什么?！孩子哪个不是你身上掉下来的肉？”

“瓜菜代粮”的年月，全家人端起碗来照镜子。母亲愁得头发涨，狠了狠心，打算把小妹送给人家。奶奶一百个不答应，对母亲说：“你这是拿刀子捅我的肺叶子呀！要送人，把我送出去，甭打孩子的主意。”

奶奶把我们当成了她的心肝儿、眼珠儿，当着奶奶的面，谁都不敢用手指动我们一下。

说实在的，生我的是母亲，拉扯我长大的是奶奶。奶奶的怀抱就是我的摇篮。我在她怀里屙屎撒尿，她不嫌脏，没有怨，她的衣裳就像孩子的尿布，常带着一股难闻的臊味儿。我断奶以后，我就和奶奶睡在一个土炕上。闷热的夏夜，奶奶手里摇着蒲扇，给我驱赶讨厌的蚊子。扇呀扇，扇落天上的月亮，扇走吓人的噩梦。寒冷的冬夜，奶奶总是用炉火烤烫了青砖温暖好被窝，再让我脱衣裳钻进去。她还常常用身子暖我那冰凉的小脚丫儿。儿时，夜间我常尿炕，白天，奶奶不声不响地把我尿湿的被褥抱到院子里晾晒。

“又尿炕了，没出息。”母亲每每看见被褥上的“地图儿”，总要数落我几句，说得我脸上火辣辣的难受。

“他是个孩子，又不是故意尿的。”奶奶常这样为我辩解。

在我童稚的心灵里，奶奶是天底下最善良的人，打着灯笼也难找到她这样的“活菩萨”。

真是天有不测风云，人有旦夕祸福。奶奶唯一的女儿、我那不满 30 岁的姑姑溘然长逝了，留下了一个 9 岁的孩子，乳名小泥鳅。这件不幸的事，对奶奶打击太沉重了。先前她脸上常挂着的慈祥的微笑消失了，眼睛明显地深陷，头发由灰白变成了全白，像落了一层雪。她可怜小泥鳅这没娘的孩子。小泥鳅比我小一岁，长得和我一般高，黝黑的皮肤，浓眉毛大眼睛，敦敦实实的像根木桩。姑姑死后，小泥鳅每逢星期天就来我们家一趟，走时抹着眼泪儿，恋恋不舍地离开我们。暑假寒假，小泥鳅都是在我们家度过的。

奶奶疼爱她的外孙，胜过疼爱我。小泥鳅每次来，要星星不给月亮，奶奶总是给他买一点乡村里的孩子们爱吃的东西，像烧饼裹肉啦、油饼啦、凉粉啦、豆腐脑啦、冰糖葫芦什么的，有时还瞒着我们，让小泥鳅躲在屋里偷偷地吃“偏心食”。小泥鳅和我最要好，奶奶给他买了好吃的东西，他经常给我留下一半儿。

我和小泥鳅常在一起玩耍。我们都爱溢着泥土芬芳的大平原。每当柳枝泛起鹅黄，麦苗荡起绿色波浪的时候，我们俩手挽着手，到田野里寻找小桃树、小杏树，捧回家，奶奶亲手给我们栽上。

一天，我和小泥鳅到田野里寻找小桃树、小杏树，遇上了一场急雨。黄豆般的雨点打在地上，噼里啪啦地响。我和小泥鳅提着鞋子，光着脚丫往家跑，一边跑，一边喊：

老天爷，下大雨，
熟了麦子供给你，

你吃瓤，我吃皮，
剩下麸子喂小驴儿。
……

刚跑到村口，我发现奶奶撑着一把雨伞，站在白茫茫的雨幕中呼唤着：“小——铁——蛋，小——泥——鳅……”

我跑到奶奶跟前，抹了一把脸上的雨水，傻气地朝奶奶笑了笑，说：“奶奶，来，我和小泥鳅搀着你走。”

奶奶见我们俩淋得像落汤鸡，便嗔怪地说：“光知道疯玩，不怕雨把你们浇病了？”

回到家，小泥鳅不住地打喷嚏，晚上发起烧来，喃喃地喊着“姥姥”。

“铁蛋，快起来，给小泥鳅请先生去。”奶奶说。

我假装没听见，躺在被窝里一动不动。因为外面黑咕隆咚的，我害怕。

奶奶撩开我盖的被子，拍了我肩膀一下：“小东西，你跟我装聋作哑！”

这是奶奶第一次打我呀！其实，一点也不痛。我故意嘤嘤地哭泣起来。哭啥？我觉得奶奶不像以前那样疼爱我了。她从来没打过小泥鳅，却动手打了我。哼，偏心眼儿！

那年，我听说奶奶要去探望在省体委工作的叔叔，便央求她说：“奶奶，带我去吧，我还没见过火车哩。”

“你正在念书，不能误课。”奶奶那干枣似的嘴唇嚅动着说。

“回来让我爹给我补课。”

“不行，不好好念书的孩子，长大了没出息。”

“你不带我去，我不给你好好念书。”

“傻孩子，你爹和你叔小的时候，你那死去的爷爷常对他们讲：‘少年读书不用心哟，不知书里有黄金哟，老来才知道黄金贵哟，再想读书晚几春哟。’旧社会，只有读书识字的人才能当官发财哩。如今是新社会，不考什么状元啦，读书不求发财，是为了明白天下的事。”

我捂住耳朵，不想再听奶奶说下去，小脑袋摇得像拨浪鼓。不管奶奶说天道地，反正我拿定了主意，非跟她去一趟省城不可。她不答应，我就哭个没完。

“铁蛋，你甭哭啦，奶奶带你去。”她没辙了，终于答应了。

“奶奶，我的好奶奶。”我破涕为笑，撒娇地扑到奶奶的怀里。

不承想，第二天一大早，我一睁眼，奶奶不见了。原来，趁我酣睡未醒，父亲赶着木轮大车，送奶奶去县城车站了。

急得我直跺脚，一把鼻涕一把泪地又哭了一场。

约莫过了一个来月，奶奶从省城回来了，带回好多糖果、点心。我解了嘴馋，还不满足，拉开奶奶屋里的旧式红漆衣柜，把她带来的一个包裹拽出来，翻来翻去，翻出了一双雪白的儿童运动鞋。我真像得到宝贝似的，心里腾起一种奇异的激动。出生在平原乡村的我，自从来到世间，一直穿母亲做的布鞋，压根儿就没穿过胶底鞋。我迫不及待地穿上运动鞋，嘿，不大不小正合适。美得我，从村东头走到村西头，又从村南头走到村北头，巴不得让全村人都看到我穿的这双运动鞋。

“铁蛋，快脱下运动鞋，这是我让你叔给小泥鳅买的。”奶奶正儿八经地对我说。

“给小泥鳅买的？为啥不给我买一双？”

“你兄弟姊妹6个，要是给你买，都得买一双，那得买多少双哟？”

“不给小泥鳅，我还要穿呢！”

“不行，有人给你做鞋，没人给小泥鳅做鞋。”

“让我娘给他做。”

“你娘要做的针线活多着哩，她做得过来吗？”

我辩不过奶奶，就跟她要赖皮儿，央求她先让我穿几天，再给小泥鳅。奶奶绷着脸，不搭理我。夜里，我脱下运动鞋睡觉了，奶奶趁我睡熟后，悄悄地把运动鞋藏起来了。我翻腾了老半天，怎么也找不着，急得我抱着奶奶的腿，恳求她把运动鞋还给我，嗓子哭哑了，眼泪流干了，奶奶就是不答应。我无可奈何，冰凌挂胸口，冷透了心。

“你，你真是个偏心眼儿的老太婆！”我气急败坏地说。

“小泥鳅是个没娘的孩子，我就偏爱他。”

“那，往后，我不让他进我们家的门！”

“混账！只要我活着，小泥鳅来了，看你们谁敢撵他走！”

我把奶奶激火啦，她说着，唾沫星子乱飞，浑身还直打哆嗦。

我也没好气地走开了。

星期六傍晚，小泥鳅来了。他穿上了那双雪白的运动鞋，高兴得蹦呀，跳呀，笑得合不拢嘴。

我心里腻歪透啦，小嘴噘得老高，简直能拴住一头驴。

“表哥，今儿个你怎么啦？为什么不高兴？”小泥鳅莫名其妙地问我。

我白瞪了他一眼，像锯了嘴的葫芦，闷声不响。

“人家嫌我没给他买运动鞋，生闷气哩！”奶奶瞥了我一眼，把事儿挑明了。

“姥姥，把这双运动鞋给表哥吧，以后再给我买一双。”小泥鳅说着，弯腰就去解鞋带。

“你别脱，这运动鞋，是奶奶给你买的，不是给我买的。”我气呼呼地说。

“表哥，给，你穿上就是你的。”小泥鳅把运动鞋递给了我。

“我才不要这臭鞋哩！”我把运动鞋摔在奶奶面前，扭头悻悻地走了。

翌日，吃过早饭，小泥鳅对我说：“表哥，咱们比赛翻跟斗，你敢不敢赛？”

“赛就赛，甭看你穿着一双运动鞋，哼，咱们看看谁赢谁！”说着，我走出屋，来到院子里，心想，不吃馒头蒸（争）口气，今儿，非赢小泥鳅不可。

我们家的院子，四四方方，宽敞平整，能装下几百人。乡下说书人，曾借用我们家的院子演讲《杨家将》《呼家将》。今儿个，奶奶提着小凳，来到院子里，坐在向阳的西墙根下，等着看我和小泥鳅比赛翻跟斗。

我先耍了一招“蝎子爬”，身子倒立，双手撑地，围着院子爬了一圈。这是我学来的拿手好戏，过去和小泥鳅赛跟斗，我常常以这一招取胜。这次，由于求胜心切，一开始就亮出了绝技。

小泥鳅也耍起“蝎子爬”来，他那双雪白的运动鞋，在阳光下格外炫目，越发使我眼馋。他爬着、爬着，身子东倒西歪，刚爬出丈远，双脚就落了地。

“怎么样，服气了吧？”我怀着胜利者的傲慢，得意地问小泥鳅。

“才赛了一招，三战两胜才算赢。”

“行呵，咱们赛第二招。”我紧了紧裤腰带，“噔、噔、噔”，连续折了 3 个“前戳”。这一招难度也不小，双手一撑地，整个身子向前腾翻过去。

小泥鳅往手心里吐了一口唾沫，搓了搓手掌，冲出几步，一口气连着折了 5 个“前戳”。他跳得那样高，翻得那样利索，不能说与那双有弹性的胶底运动鞋没关系。

第二招我输给了小泥鳅。这时，我发现，奶奶那布满皱纹的脸，掠过一丝微笑。我心里挺窝火，赌气地对小泥鳅说：“来，赛最后一招！”

我憋足了劲，起步助跑，先翻了一个“纺车轮”，作为预备动作，然后，一鼓作气，折了 5 个“倒小翻”，最后折了一个“云里翻”。奶奶赞叹道：“哟，比孙猴子还能哩！”

“看我的！”小泥鳅话音刚落，“噌噌”跑了几步，也翻了一个“纺车轮”，紧接着，折了 7 个“倒小翻”，两个“云里翻”。他抹了一把脸上的热汗，眉宇间露出一副喜悦的神气。

哼，倘若他不穿那双富有弹性的运动鞋，我绝对不会输给他呀！想到这，我气得小肚子鼓鼓的，恼羞成怒地对他说：“小泥鳅，你别逞能，等我有了运动鞋，咱们再比赛！”

“好吧，等我下次来，咱们再比赛。”

“你以后少到我们家来！”

“表哥，你……”

小泥鳅眼眶里的泪水涌了出来，吧嗒吧嗒直往下掉。

奶奶颤抖着站起来，脸色霎时变得苍白可怕。她指着我的鼻子说：“我问你，这是你的家吗？这是我的家，我愿意让小泥鳅来。”

她走近小泥鳅，抚摸着他那头发蓬乱的小脑袋，亲昵地说：“乖孩子，莫哭，姥姥的家就是你的家，往后，想姥姥你就来看我。”

小泥鳅一头扎到奶奶的怀里，抽搐着哭起来，泪水浸湿了奶奶的衣襟……

这场风波过后，小泥鳅好长时间没登我们家的门儿。我注意到，每逢周末和礼拜天，奶奶就到门口等呵，望呵，望穿了双眼，还是不见小泥鳅的身影。奶奶的面容一天比一天憔悴。说实在的，我心里早就想小泥鳅了。我真后悔，不该为一双运动鞋跟奶奶怄气，更不该用气话刺痛小泥鳅的心。

秋末冬初，平原上的风有点凉了。天空的大雁，排成“人”字形，“嘎嘎”叫着往南飞。大雁呵，北方有一个家，南方也有一个家。望着南飞的大雁，我自言自语地说：小泥鳅，你也有两个家呀！莫非，你把这个家忘了吗？莫非，你不想奶奶？莫非，你再也不愿见我了吗？

这几天夜里，奶奶戴着老花镜，在油灯下忙着给小泥鳅做棉衣。人老了，眼不济，手也发抖，线头穿不进针眼儿。我一次又一次地从被窝里爬出来，光着膀子，帮奶奶穿针眼儿。奶奶怕我着凉，一次又一次地把衣服披在我的肩上。淳朴、真挚、火热的祖孙情，把我心上的冰块融化了。

“铁蛋，快睡吧。”

“我睡不着。”

“怎么啦？”

“我想小泥鳅。”

“想他？还不是让你气得他不来了。”

“我对不起小泥鳅。”

“奶奶也有不是，心眼儿太偏了。”

“不，奶奶，你做得对哩。我姑死得早，你不心疼小泥鳅，谁心疼他？”

“你不生奶奶的气咧？”

“嗯。”

“等我把棉衣做好了，我带你去看看小泥鳅，好吗？”

“我早就想去找他玩呢！”

“闭上眼睡吧。明儿你还得上学去，缺了觉，上课会打盹儿。”

我闭上眼睛。只听见，风刮得窗纸呼啦啦响，奶奶不断地咳嗽。我翻来覆去睡不着，脑际间老出现小泥鳅的影子。我想起我俩一起在村边的清水塘里“打扑腾”，学“狗刨”“扎猛子”；想起我俩一起上树掏老鸹窝、采榆钱、折柳枝，拧柳笛儿；想起我俩一起到庄稼地里逮蝈蝈，在雨后黄昏的树下摸知了猴儿，想起我俩一起到绿油油的麦田里寻找小桃树、小杏树；想起我俩一起在院子里堆雪人，在冰上打出溜滑儿……不知道什么时候，我迷迷糊糊地睡着了。

“哏儿，哏儿，哏儿——”那只讨厌的芦花公鸡又把我吵醒了。我睁开睡意蒙眬的眼睛，只见窗纸没有一点亮色，奶奶还在油灯下做棉衣。

“奶奶，天快明了，你还不睡呀？”

“噢，这就睡。”

奶奶吹灭小油灯，躺下了。

我又进入了梦乡。

盼呀盼，好不容易到了礼拜天。早晨起来，冷不丁地刮起了一阵风，天空里筛下雾样的箩面雨。我胡乱扒拉了几口饭，跟着奶奶去给小泥鳅送棉衣。奶奶拎着花粗布包袱，我给奶奶打着雨伞，老少一起走出门。

小泥鳅他们那个村，坐落在河沿，村名皇城，离我们这个村 6 里远。听老人们讲，不知哪朝哪代，有一位皇帝想在冀中平原建部，骑马观赏平原的风采，在马上弯弓射箭，并发出御言：箭落在哪里，就在哪里建都，都名皇城。不知什么原因，那位皇帝没有在这里建起都城。但是，伴随着这个遥远的传说，皇城村世代农民，出了不少有名的射箭能手。小泥鳅也喜欢射箭，去年，他还射下来一只老鹰呢。

沿着被雨丝打湿的褐色小路，我跟奶奶颠颠簸簸地来到皇城村西。皇城村的人大都姓王，前面，离小路不远，便是王家坟。那是一块不小的坟地，长着乱蓬蓬的酸枣树、粗大的杜梨树和翠绿的柏树。我和小泥鳅曾在那坟地里采过杜梨，打死过蛇。奶奶听说我们打死了蛇，劝我们，以后见了蛇，再也不要打，躲闪着走开就是了。她给我们讲过这样一个故事：从前，有一位农夫到地里割草，见草丛中钻出一条蛇来。那条蛇硬是不怕人，抬起三角形的小脑袋，圆圆的小眼睛注视着农夫，农夫挥起镰刀，把蛇砍成了两截。一瞬间，那蛇竟自个儿把两截连起来了。农夫大惊，拔腿就往家跑。那条蛇在后面紧追。农夫跑到家，藏在一个大瓮里，盖

了木盖儿。那条蛇围着瓮正转了三圈，又倒转了三圈，爬走了。农夫呢？化成了半瓮血！自从我听奶奶讲了这个可怕的故事，再没敢去过王家坟。

“铁蛋，跟我去瞧瞧你姑的坟吧。”

“坟地里有蛇，我怕。”

“听小泥鳅说，他在你姑的坟头上栽了一棵酸枣树，咱们去看看活了没有。”

我拗不过奶奶，跟她走进了坟地，找到了姑姑的坟头。果然，坟头上长着一棵酸枣树，叶儿落光了，树枝上还挂着一嘟噜一嘟噜红宝石般的小酸枣儿。

奶奶站在坟前，哭泣着说：“我的亲闺女哟，你的心真狠呀，丢下小泥鳅就走了，你不可怜你的孩子吗？”

奶奶的泪珠簌簌地往下掉。

我的心快要碎了，嗓子眼直发痒，泪水溢出了眼眶。我怕奶奶过度悲伤，搀着奶奶离开了寂寞的坟地。

小泥鳅家在皇城村西南角，三间青砖北房，两间土坯东屋，院子用高粱秆围着。我搀着奶奶走进院子，听见北屋里传出小泥鳅的喊叫声和鸟儿的鸣叫声。

“大青毛，叫呀，姥姥，姥姥。”

“啁啾，啁啾。”

“再叫一次，姥姥，姥姥。”

“啁啾，啁啾。”

哦，小泥鳅在训练鸟儿说话。

“小泥鳅，我跟奶奶看你来啦！”我朝北屋喊。

“吱扭”一声，屋门开了。小泥鳅一蹦一蹿迎上来。喜出望外地叫“姥姥”，喊“表哥”，那亲热劲儿，就甭说啦。

“表哥，我捉住了一只画眉。”

“怎么捉住的？”

“我在院里撒了米，支出筛子，拴上绳儿。那天，飞来一只画眉，落在院里啄米，我一拉绳，筛子把画眉罩住了。我正在训练画眉呢，过些天，我把画眉送给你。”

“真的？”

“真的。”

“那，我一定好好喂养它。”

走进北屋，我看见鸟笼里的画眉长得美极了：黛青色的羽毛，溜光发亮；金黄的嘴唇儿，小巧玲珑；两道白亮的细眉，就像用毛笔描画的一样。呵，画眉，画眉，这名儿起得再贴切不过了。那画眉，丑圆圆的小眼睛惊异地注视着陌生的来客，蓦地，张开小嘴，婉转鸣叫起来。“啁啾，啁啾……”叫得真好听！

“表哥，你知道吗，画眉鸟能学人说话，还能学狗叫，学会鸡打鸣儿。”

“我不信。”

“这是老人们讲的。你等着瞧，我非教会这只画眉说话不可。”

从小泥鳅家回来，我天天盼着小泥鳅送来那只画眉。我知道小泥鳅要送我画眉的用意，分明是为了弥合我们之间因为一双运动鞋而造成的感情上的裂痕。我并不想接受他的馈赠，也不需要这种感情上的补偿，而是希望小泥鳅把画眉留在这里以后，能经常来这里看画眉，这样一来，奶奶和我就可以经常见到他了。

寒冬腊月，一场大雪，把平原染得一片皆白。庄稼人

说，“腊七腊八，冻掉下巴”。雪霁后，平原上冷得鬼龇牙！那天上午，我在本村小学里正和同学们在课间踢毽子，老师急匆匆地走过来，对我说：“铁蛋，你奶奶病危，快回家！”

我的脑子里“轰”的一声响，顾不得取书包，撒腿就往家跑。

屋里聚满了人，全家大小和街坊邻居都来了。只见奶奶躺在炕上，盖着棉被，闭着双目，呼吸微弱而艰难。父亲、母亲一个劲地喊“娘，你醒醒”，奶奶没有反应。我的心提到了嗓子眼儿，急得想哭，却不敢哭出声。

奶奶已完全昏迷了。我和父亲在炕头守护着奶奶，一夜没合眼。

第二天晌午，叔叔和婶婶从省城赶到家，他们刚到家，奶奶就停止了呼吸。据看病的先生说，奶奶是患脑出血而死的。全家人都围着奶奶哭。

下午，小泥鳅两腿带着雪和冰赶来了。一进屋门，就扑到穿着寿衣的奶奶身上，号啕大哭起来。听得出来，小泥鳅哭得最伤心！

送殡回来，叔叔把我叫到身边，把一双雪白的运动鞋递给我，对我说：“几个月前，你奶奶托进城的乡亲给我捎去一个口信，让我给你买一双运动鞋，我给你带来了。”

我接过运动鞋，觉得是那样沉重。呵，奶奶，我的好奶奶，我有好多知心话想对你说呀，你就原谅我这个不懂事的孩子吧！

三天之后，小泥鳅又来了，提来了装着画眉的鸟笼子。那只画眉鸟一声接一声地叫着：“姥姥，姥姥……”我多么希望奶奶能听到这画眉鸟的叫声啊！

流水般的光阴送走了我的童年。如今，我已经成为一名军队干部。小泥鳅呢，他从体育学院毕业后，被分配到省体工队担任了教练。昨天，他借出差的机会顺便来看我，并特地给我的小儿子买了一双运动鞋，勾起我对许多往事的回忆。

我深深地怀念长眠地下的偏心眼儿的奶奶！

洗脸盆里的荷花

我醉了，因红荷而醉；我哭了，因思母而泣。

当接到通知，邀请我参加2009中国·南戴河散文论坛暨全国散文名家“中华荷园”笔会，心弦仿佛被强烈地拨动。我又想起了荷花，荷香在我心灵的天空弥漫着。半夜里，我取出四十五年前参军时母亲特地给我买的洗脸盆，仔细观看洗脸盆里的金鱼恋荷图：那盛开的红荷，仿佛是母亲的微笑；阵阵荷香，似乎是母亲的叮咛。时光流逝，几十年过去了，可这洗脸盆里的荷花依然盛开着，一直陪伴着我，与我朝夕相处。我相信，这洗脸盆里美轮美奂的荷花有一双隐形的翅膀，它会飞，飞得很高很远，从故乡平原飞到长城脚下、黄河之滨、太行山中……而洗脸盆里的金鱼，则依恋着荷花，一刻也不分离。我久久凝视着这金鱼恋荷图，蓦然想出两句诗：“盆里荷花慈母心，水中金鱼游子情。”我默默吟诵着，不知道远在天堂的母亲是否能听到？

此刻，夜空正挂着一轮金黄的圆月，淡淡的月光洒下来，洗脸盆里的荷花开着，笑着。月儿无声，荷花不语，夜，静极了。

七月盛夏，我怀着恋荷之情、思母之心来到了南戴河“中华荷园”，感觉确实进了荷的王国、荷的世界、荷的海洋。占地600多亩的荷园，犹如一幅巨大的天然图画，徐徐展开，碧叶连天，万荷争艳，如诗似画，如情似梦，让人赞叹不已。因我心里藏着一个美丽的故事，望荷怀乡，见荷思母，那种比荷园更博大的母爱随着缕缕荷香氤氲而来，温暖着我一颗思念母亲的心，沸腾着母亲留给我躯体的血液。

真是太幸运了，这次参加笔会的代表们都被安排在“中华荷园”里的水乡庄园住宿，出门便见到荷花，随时可观赏荷花之美。

当夜，我又失眠了，再次回忆起母亲为我买洗脸盆的往事。那是1964年冬季，正在河北深县读高中的我被批准参军。得知这个喜讯，母亲甭提有多么高兴啦，乡亲们从来没见过她笑得合不拢嘴，走起路来，两只三角形的小脚带着风儿又轻又快。

抗日战争年代，母亲担任村妇救会主任，她起早贪黑，挨门串户地动员村里的小伙子们参军，送走了一批批热血男儿奔赴抗日前线。当时，身为本村青抗先主任的父亲和叔叔兄弟俩争着上战场，叔叔抢先参加了八路军，披上粗布褂子就跟着游击队远走高飞了。父亲没当上八路军，给母亲心里留下了遗憾。听说我应征入伍，自然是了却了母亲多年的憾事。见到入伍通知书，母亲接连几天为我包饺子、熬肉菜、烙饼、擀面条儿。我劝母亲：“娘，甭忙活了，别累着你。”母亲说：“儿呀，你到了部队，娘再没有机会为你做饭菜了。”我说：“娘，瞧你说的，我当兵走了就不回家啦?”母亲说：“回，一定回来看娘，娘再给你做好吃的。”

那天早晨，母亲胡乱扒拉了几口饭便出门了，似乎有什么心事。晌午，娘迈着两只小脚，踉踉跄跄地走回家，手里拎着一个洗脸盆。娘小心翼翼地将洗脸盆放在炕上，微笑着

说："儿子，这洗脸盆是娘从黄城村供销社买的，是娘送给你的一件礼物。娘来回走了十几里路，嘿，还真的不觉得累。"

娘是缠过脚的妇女，脚底还长着脚垫，走了半天路，怎能不累哩。我把母亲搀到炕上，让她歇一歇。

我站在炕沿边，仔细观看母亲为我买的搪瓷洗脸盆：盆内是金鱼恋荷图。那荷叶鲜活碧绿，叶脉清晰，舒展自然，粉红色的荷花由绿叶衬托着，显得艳而不妖，雍容典雅，两条金鱼游弋于红荷碧叶之间，相映成趣，生机无限。

我知道母亲喜欢荷花，母子连心，我当然也喜欢荷花。小时候，母亲经常带着我去姥姥家，记得姥姥家门口往北几十米便是村边，那里有一个荷塘。夏秋季节，那塘里的荷花盛开着，好多小蜻蜓绕着荷花飞来飞去，每每让我流连忘返。读中学时，朱自清的《荷塘月色》让我神往，我的心多次亲吻那月下的荷花。我和孙犁是同乡，自然倍加关注和喜爱孙犁的作品，《荷花淀》几番让我陶醉。我觉得荷花压倒群芳，无愧百卉之首，我与荷花结下不解之缘。

参军后，我随身携带着母亲给我买的洗脸盆，辗转千里，走遍天涯。清晨和黄昏，我都能看到洗脸盆中的荷花。从练兵场上归来，洗脸盆中的荷花仿佛知道我打靶得了优秀，向我微笑，向我祝贺；从国防工地施工回来，洗脸盆中的荷花深情地望着我，拂去我脸上的热汗，也抚慰着我的心；野营拉练回到军营，洗脸盆里的荷花不仅为我拂去脸上的风尘，还熨平我脚板上的燎泡。荷花融进了我的生命，给了我理想，给了我力量。不管脚下的路多么崎岖，多么漫长，前方极目处，荷花烂漫地开着。

我心中有荷，荷中有我。洗脸盆里的荷花留给我抹不掉的粉红色的回忆。

因为喜欢荷花，总希望看到荷花盛开的美景。记得那次出差去武汉，连续几日，天一直阴着，白雾茫茫，加上工作很紧张，心情有些压抑。那日天晴，朋友陪同我观赏东湖的荷花，只见天上的红霞飘落下来，染红了万顷碧波。兴之所至，我写了一首《江城赋》：“雾锁江城，不见琼楼玉阁，何处寻黄鹤？只见高柳鸣蝉，绿叶粉荷，三镇灯火。月下东湖，睡美人；江城，千载悠悠，怀抱玉琵琶，弹奏一江雪浪花。”我也曾去过白洋淀，坐船观赏淀上那望不到边际的荷花，参观了荷花大观园。那里的荷花美丽壮观，超出我的想象。而今来到南戴河中华荷园，我倒觉得“风景这边独好”，它因海构园，借势取景，园中的悦荷楼、千荷湖、百步问荷、湖心岛、珍荷苑、江南水乡、菡香楼、二仙居构成八大景观，举目望去，真是：“接天莲叶无穷碧，映日荷花别样红。”

自然界的荷花真美，然而，比起母亲送给我的洗脸盆里的荷花，从感情上讲差之甚远。那一幅金鱼恋荷图，凝聚着母亲多少情、多少爱呀，所以，几十年让我魂牵梦绕。但是，时至今日，我只是从宏观上领略过荷花的风采和神韵，还没有仔细地观赏过荷花，甚至可以说，爱荷而不知荷，知其美而不知其所以美，故不解母亲送给我的荷花洗脸盆的真正意蕴。我真想用心灵与荷花对话，用真情与荷花交汇，走进荷心深处，体味母爱的神圣与博大。

这天早晨，天刚蒙蒙亮，我便独自来到位于荷园腹地的千荷湖畔，站在柳荫下观赏湖中的荷花。湖面上腾起迷迷蒙

蒙的水雾，那层层叠叠、无边无际的碧叶红荷在雾中静静地期待着什么？莫非蓝天知道我的心事，晨风知道我的心事，红荷知道我的心事？我的心事要对数不尽的红荷倾诉。我看清楚了，荷叶是碧绿碧绿的，像一块块绿绸子浮在水面，细细的叶脉镌在荷叶上，纹路清晰可辨。水中时有鱼儿扑棱棱跃起，水珠溅到荷叶上，宛如晶莹的珍珠镶嵌在薄薄的翡翠玉盘上。那一枝枝荷箭仰望着天空，粉红的荷苞像燃烧的火炬。要说，最美的是湖中绽放的荷花了，荷团锦簇，仿佛万朵红霞飘落湖中，千荷湖变成了瑶池仙境。我仔细观察盛开的荷花，粉红的花瓣，薄如轻纱，荷心有一个浅绿或金黄的小圆盘儿，周围是一圈儿毛茸茸的花蕊。我想数一数，一朵荷花究竟有多少花瓣，数来数去，怎么也数不清。不过，我翻来覆去地验证了一点，每一朵盛开的荷花至少有十六个花瓣儿。

望着湖中那秀丽多姿、飘逸典雅的荷花，我暗自思忖，当初母亲为什么送我金鱼恋荷图的洗脸盆呢？我猜想母亲的心意至少有两点：一个是教我做人要有荷花的精神和品格，再就是希望我像金鱼恋荷一样惦念着母亲。这些年来，我正是遵循着这个寓意而尽力为之。我觉得，在生活的海洋里，我的确像一条小鱼，不论游得多远，都依偎在母亲的怀抱里，体味阵阵荷香，聆听母亲心脏的跳动。母亲是荷，我是鱼。

下午，我和与会代表们乘坐电瓶船畅游千荷湖，感受湖光水色，荷香荷韵。当小船驶入千荷湖中央，湛蓝的天空有一只白绸子般的水鸟飞过来，水鸟衔着的一颗莲子掉了下来，恰好落在我的身旁。我又惊又喜，弯腰捡起椭圆形的莲子，捧在手心看了一遍又一遍，然后悄悄珍藏起来。我感谢那只水鸟，把一颗莲子送上了我的客船。

说起来真有些蹊跷，在“中华荷园”水乡庄园的最后一夜，我做了一个奇特的梦：我带着意外得来的莲子回到北京，取出母亲送给我的洗脸盆，弄来半盆湿润的黄土，将这颗莲子埋了进去。不久，莲子生出了鲜活的嫩芽，后来又长出碧绿的荷叶，再后来又蹿出了直挺挺的荷箭。我眼瞅着荷箭绽放成粉红色的荷花，花开的那一天，正好是我母亲的生日。

荷花雨

荷花盛开的季节，风儿轻轻吹，荷花频频摇，荷叶翩翩舞，伴随着沉闷的雷声，雨，由缓到急，由小到大，噼里啪啦地落下来。雨滴打在荷叶上，像万斛珍珠撒落，跳跃着、滚动着，带着淡淡的荷香，这就是冀中平原上的荷花雨。家乡夏季的荷花雨比起南方的芭蕉雨，别有一番韵味。

是的，我喜欢桃花雨的浪漫，“兰溪三日桃花雨，半夜鲤鱼来上滩”；我喜欢杏花雨的缠绵，“沾衣欲湿杏花雨，吹面不寒杨柳风”；我喜欢清明雨的忧伤，“清明时节雨纷纷，路上行人欲断魂”；我更喜欢荷花雨的神韵，蕴含着一种热烈的美，朦胧的美，磅礴的美，神奇的美！这些年走南闯北，我曾泛舟于白洋淀、衡水湖，武汉的东湖和南戴河海滨，幸遇那里的荷花雨，但我最初见到荷花雨是在我的家乡，那美轮美奂的景象深深留在我的脑海里。

外婆家往北几十米的村边有一个好大的清水塘，每年夏季，清水塘的荷花开了，粉的、红的、白的，仰天绽放，在碧绿的荷叶衬托下，犹如亭亭玉立的仙女，让人流连忘返。小时候，母亲经常带我去外婆家，特别是麦收过后，将金灿灿的新麦磨成雪一样的白面，做成各色各样的花饽饽，装满红色的油漆簸箩，我跟着母亲来到外婆家。

每次到外婆家，总是要住上几日，我便跟着表哥玩，自然要到清水塘边观赏荷花，有时还跳进清水塘跟表哥学游泳呢。表哥比我年长七岁，他的乳名叫旦，学名孟繁华，是一个相当帅气的小伙子。小学毕业的他养了一只高大威猛的黑狗，每年农忙季节，他领着那只黑狗来到我们家，帮着干农活，耕地、播种、割麦，收高粱、苞谷，地里的活儿，他样样干得利索又漂亮。在外婆家的日子里，我和表哥形影不离，人们夸我俩真像亲兄弟。

记得那年夏天，冀中平原天旱不雨，白天火球似的太阳烤得大地发烫，我们这些光着腚到处跑的男孩子，小脚丫儿被烫得火烧火燎的，巴不得跳进清水塘扎几个猛子才过瘾呢。

烈日下，村里的大人和孩子都无精打采，猫儿狗儿躲在阴凉处眯着眼睛打盹儿，地里的庄稼都晒蔫了，绿色的蝈蝈趴在高粱或苞谷的叶子上嘶哑地鸣叫着。这当儿，我和平原上的人们都盼着一场荷花雨，把太阳浇得湿漉漉的，把大地灌得雨淋淋的，把庄稼洗得绿油油的。人和庄稼都应该像雨中荷花那么鲜活，那么精神。

“明儿我带你去姥姥家。”母亲对我说。

“太好啦！我要跟表哥去清水塘游泳。”我高兴得直蹦高儿。

“你表哥十七八的小伙啦，听说有人给他提亲，可是他命苦，从小没了娘，你舅和你这个妗子对你表哥不好，连个窝都没给他搭起来，怎么娶媳妇呢？”

“咱们家房子多，给他几间房子，娶媳妇成家呗。”

“你心里有表哥，对他可亲哩。”

“我表哥对我比亲弟弟还亲！”

翌日清晨，我跟随母亲踏上了通往外婆家的路。母亲提着红色的油漆簸箩，我俩沿着弯弯曲曲的乡间小路，到达外婆家那个谷家左村。村西北角那个清水塘，荷花开得正艳，那迷人的花色仿佛使我进入瑶池仙境。

到了外婆家，中午随便扒拉了几口饭我便跟随表哥去清水塘游泳去了。

说实在话，我跟表哥学游泳，只学会了狗刨和仰游，比旱鸭子强不了多少。但我胆子大，别人不敢去的深水区，我呢，还真的敢闯一闯。看到清水塘东隅那一片美丽的荷花，我独自游了过去，想采几朵荷花献给我的母亲。我了解母亲喜欢荷花，眼瞅着她画过荷花，那么专注，那么细致。的确，母亲没文化，可是她画的荷花，雍容典雅，一点也不俗气。粉荷、红荷、白荷，我想各采一朵，献给母亲，让她尽享荷花之美。可是，我不知道那是深水区呀，没采到荷花，却沉入水底，咕嘟咕嘟地喝了一肚子的水。谢天谢地，表哥把我救上岸，肚子里的水还没完全吐出来，就听到“咔嚓咔嚓”的几声响雷，瓢泼般的大雨倾盆而下。雨滴落在水面，清水塘荡起一个又一个圆圈儿，雨洗荷花更娇艳，荷叶上的雨滴晶莹剔透，活脱脱地跳跃着，荷香在雨中弥漫开来，嗬，这突如其来的荷花雨，把表哥和我都浇成了落汤鸡。

回到家，仁慈的母亲没有责怪我俩，反而安慰说：没有荷花绽放，就没有醉人芳香，没有风风雨雨，就没有七色彩虹。你们要想成为有用的人，就应该像荷花雨一样，宁愿粉身碎骨，也要滋润大地。

我盼望表哥早日成家，娶个漂亮的媳妇，不承想，他却毅然参军，去了首都北京，被挑选到中央警卫局当了一名战士。即使到了部队，作为他的亲姑，母亲还是惦记着这个苦命孩子。她时常提醒父亲给表哥写信，问寒问暖，鼓励他不断进步，每年母亲都会给表哥寄去花生红枣之类的土特产，让他感受家乡亲人的深情厚谊。听说表哥在部队入了党，又立了功，我父母高兴得合不拢嘴。那年，表哥从部队回家探亲，在新华书店工作的父亲把一块进口手表赠送给表哥，母亲叮嘱他的话没完没了。表哥明白，抗战时期我的父母都是村里的干部，父亲担任本村青年抗日先锋队主任，母亲担任本村妇救会主任，他们把一批又一批热血青年送往抗日前线，而今表哥穿上绿军装，他们怎能不高兴呢！

或许是我受到表哥的影响，1964 年冬季，正在读高中的我也报名参军了。离开家乡前，母亲到五里外的东黄城商店精心挑选了一个搪瓷洗脸盆，盆内有荷花金鱼的图案，煞是好看。

我带上母亲送给我的洗脸盆，从繁华闹市到崇山峻岭，从长城脚下到黄河之滨，辗转千里，每天早晨和黄昏，透过一盆清水，凝视着洗脸盆里的荷花，我想起慈祥的母亲。身在军营，思念悠悠，每天我都能嗅到醉人的荷花香。

半个多世纪过去了，我和表哥两位共和国老兵每次见面，都会谈起母亲，彼此有一个共同的感觉：美丽的荷花是母亲的化身，飘洒的荷花雨是母亲的深情，点点滴滴，打湿了漫长的岁月和绿色的军衣……

此刻，正值冀中平原的盛夏，从地平线上冉冉升起的一轮骄阳给富饶的大地洒下金灿灿的阳光，滹沱河边的风不时吹过来，家乡荷塘的荷花闹得正欢，真是天上掉下个瑶池来。“水上莲花心上佛，山间明月指间禅”！每每看到或想起

荷花，我就会思念天堂的母亲。母亲离开我多年了，我觉得她像一轮明月高悬在我的心空，她分明就是一尊佛，佛光照在我身上，灿灿的，亮亮的，暖暖的，荷花雨般沐浴着我的全身，也洗涤着我的灵魂。

雪花净化世界

冀中平原上，雪花无声地飘洒，白了房屋，白了树木，白了大地。在这雪的世界里，万物都隐起了本来的色彩，变成了单一的白，白得是那样纯净。雪这么大，天这么冷，母亲，你在哪里？记得你走的时候，穿的是那样单薄，你那虚弱的身子能抵御这隆冬的严寒吗？我知道，你长眠在白雪覆盖的大平原下，也许，你正在做着一个甜美的梦吧，梦见穿军装的儿子从远方归来，带着深沉的思念，扑向你的怀抱……

是的，我回来了，母亲！倘若你还活在人间，你会高兴地看到，你儿子崭新的军装，像家乡春天的绿柳；殷红的领章，像平原上秋天的高粱。还记得不，20 年前，我参军要离开故乡，你亲手为我包饺子，熬肉菜，巴不得把家里好吃的东西，都填进我的肚子里。你劝我："孩子，吃吧，多吃点，娘心里才高兴。十四年抗战，娘在村里当妇救会主任，送走了一批批年轻小伙子去当八路军。如今，娘要送你去当兵。到了部队上，好好干，别给娘丢脸。"母亲没进过学堂，斗大的字识不了几箩筐，自然不会讲什么大道理。但她那朴实的话语，蕴含着对儿子的厚爱和期望。我咬着嘴唇，点了点头，母亲对我说："要走了，跟娘再说几句话吧。"我不知道该怎样安慰母亲，两只眼睛直勾勾地，凝视着母亲那慈祥的

面容。蓦地，想起高中语文老师赠给我的一首小诗，便对母亲说："娘，我给你背诵一首诗吧。"母亲扑哧笑了："哟，娘满脑袋高粱花子，怎么能懂得诗哩。你爹是喝过墨水的人，叫他来，给俺俩听听。"

我站在父母面前，庄重地朗诵着徐家良老师赠给我的那首小诗：

是雄鹰
抖开健翅
是骏马
放开金蹄
是好汉
把卫国的重担挑起
风风雨雨
洗掉书生气
雷雷电电
炼成军人体
刀刀枪枪
化作诗篇满天飞

母亲听我朗诵着，神情是那样专注。我第一次发现，她那被岁月的风霜刻下了皱纹的脸上，腾起了一种异样的激动。那天，母亲把我送出了村。我走出老远了，望见母亲还在村口站着……

参军后，我到了许多地方，繁华的大城市，偏僻的深山沟，荒凉的大戈壁，辽阔的大草原。不论到哪里，我的心就像一只飘飞的风筝，总是被乡思的金线牵着。我惦着黄土地上辛勤劳作的母亲，母亲也惦着远离故乡的游子。到部队的第十个年头，母亲与世长辞了。村党支部向这位抗战初期入党的老党员敬献了花圈。乡亲们踩着一尺厚的雪，送母亲远行。大人、孩子，没有一个不落泪的。那眼泪，不是挤出来的，是涌出来的。母亲的淳朴和善良，赢得了全村人的敬重，乡亲们舍不得她离开人间啊！

冒着刺骨的风寒，踩着软绵绵的雪毯，阔别家乡 20 年的我，和姐姐、妹妹、弟弟一起来到村北墓地。墓地那一座座坟茔，不知哪年哪月全被碾平了，变成了农田。雪，白皑皑的雪，覆盖了故乡的田野。我眼前一大片洁白，无法弄清母亲葬于何处。风儿轻轻地吹，轻轻地吹，像母亲把我呼唤；雪花扑打着我的脸，润润的，暖暖的，像母亲深情的吻。呵，母亲，你永远离开了人间，没有在故乡的大地上留下一丝痕迹，但你在我心中竖起了一尊不可磨灭的雕像。在抗战的艰苦年代，你组织和领导全村的妇女，为八路军做军鞋，补军装，针尖刺穿千百个太阳和月亮。爹多次对我讲过，你腹中怀着我的时候，日本兵用刺刀对准了你的胸口，你没有泄露农村党组织和平原游击队的任何机密，表现了一个共产党员坚贞不屈的风骨。呵，母亲，在“文化大革命”中，不少人失去了良心，而你那颗纯正善良的心灵，还是像水晶一样透明。记得，那次你到北京来，有一位陌生的妇女提着糕点，从远郊区一家工厂来看望你。交谈中我才得知，那位大姐抗战时期入的党，曾和你在一个党支部过组织生活。“文化大革命”中，却被所在工厂的“造反英雄”们定为“假党员”。后来，厂里派人到咱村调查，村里几位知道

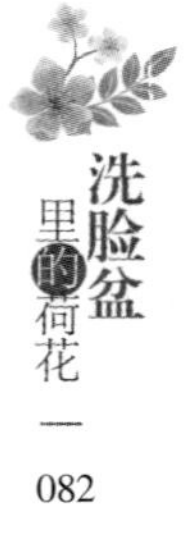

根底的老党员心有余悸，不敢为这位出身地主家庭的女共产党员作证。是你如实提供了证明材料，才使大姐的党籍得以恢复。呵，母亲，自从我参军后，你没向村里要过一分补贴，你说，看到咱家门楣上写着“光荣军属”的木牌儿，心里就够满足了。我想，如果你还活着，看到现在有的农村青年，给几百块也不愿参军，你会气炸肺的呀！

风儿卷着雪花在平原上旋转，雪野里静极了。此刻，我的思绪像飘飘洒洒的雪花，纷纭交错。我伫立在雪地上，长久地为母亲默哀。说实在的，在练兵场上，练习投弹，右臂疼得抬不起来，我没有掉泪；在国防工地，抡锤打钎，手掌磨起血泡，我没有掉泪；铁钉刺穿鞋底，扎进脚心，我也没有掉泪呵！可是，在母亲“坟”前，我两眼的泪水扑簌簌地往下掉，融化了地上的积雪。雪地上裸露出两片酒盅儿般大的黄土，那黄土上是正在发青的麦稞。母亲呵，母亲，你是一位普普通通的党员，曾经为党做过许多工作，为家乡人民做过许多好事，但从来没有向党和人民索取一己私利。虽然你离开了人间，没有在平原大地上留下一丝痕迹，却把勤劳、朴实、纯正的品格，留在我和故乡人的心里。你像一朵美丽晶莹的雪花，净化着这个世界，滋润着芬芳的大地，孕育着平原的春天。

父亲的自行车

记忆中，父亲骑着“飞鸽牌”自行车，在冀中平原上奔驰，乡间弯弯曲曲的小路像小河在车轮下流淌，路两旁是四季变换的风景，车把上的小镜子映着春天的鲜花，夏天的雷雨，秋天的月色，冬天的雪花。父亲的确像一只鸽子，展开羽翼，飞呀，飞呀，追着云，追着风，追着太阳，追着月亮，直到衰老之年才收起飞翔的翅膀。

父亲去世后，留给我们的最珍贵的遗产就是那辆已经锈蚀的“飞鸽牌”自行车。它伴随着父亲度过了漫长的岁月。流失的岁月早已湮没了道道车痕，平原上的风把车铃声送到了遥远的天边。但是这辆自行车所承载的期盼、责任和重量牢牢铭记在我心里。

那是1959年，父亲担任村干部，隔三岔五要到公社开会，很需要一辆自行车。可是，靠土里刨食的农民有几个买得起自行车呢？那时的冀中平原人们经常看到的是毛驴驮残月，老牛踏夕阳，骡马是少见的牲畜，偶尔见到一辆马驾辕、骡拉套的胶轮大车，那真是见到稀罕啦。人们很难看到汽车的影子。虽然骑自行车的人逐年增多，但多数是县政府和公社干部、农村教师，庄稼人有自行车的寥寥无几。父亲铁了心要买自行车，因家里没有存款，愁得他整天价皱着眉头。

母亲看在眼里，急在心里，劝他："一个大活人不能让尿憋死，把咱家那棵大杨树卖了吧。我估摸着，卖杨树的钱买一辆自行车足够用的。"

父亲低着头吧嗒吧嗒地吸着旱烟，好长时间不言语，蓦地，他把烟袋锅子往鞋底上磕了几下说："这个法子我不是没想到。说句掏心窝子的话，我真舍不得卖那棵杨树，那是咱村的树之王，数它粗，数它高。唉，卖就卖吧，这是没办法的办法。"

听说要卖掉那棵大杨树，我难过得哭了。在童年伙伴面前，我经常炫耀自家那棵白杨树，树干有牛腰一般粗，树高几十丈，像巨柱支撑起一片蓝天。每年春天，毛茸茸的杨花挂满树冠，我和小伙伴们捡着落地的"蚂螂狗儿"，编织成项圈戴在头上，把春的信息传遍整个村庄。

父亲抚摸着我的头，安慰我："孩子，那棵白杨树是咱家祖传下来的财产，很值得珍惜。可是爹急着用自行车，等你长大了，也要学会骑自行车，骑着它你能办很多很多的事，跑到很远很远的地方。"

没过几日，我家那棵白杨树消失了，随后便是父亲将一辆崭新的"飞鸽牌"自行车推进家门。自行车很重，和自行车一般高的我根本搬不动。车架是蓝黑色的，锃亮锃亮的，车把、车圈闪着银光。我找来一块干干净净的布，将自行车擦了一遍，让它不留一丁点灰尘。我又按了按车铃，小院里立刻爆出一阵丁零零的响声，像百灵鸟在欢唱，打破了往日的宁静。母亲用红平绒布给车座做了一个漂亮的外套。父亲骑着自行车奔跑在通往公社的乡间小路上，穿行在大街小巷，丁零零的车铃声比平原上鸟儿的歌唱还清脆悦耳。小时候，父亲对我宠爱有加，他用自行车送我上学、走亲、赶集，我感觉父亲带着我飞，穿过村边的柳林，田野的麦浪棉海，一望无垠的青纱帐，让我尽情地观赏平原上如画的风景。

真是乐极生悲呀！记得，那天晚上，父亲的脸突然变得阴沉难看，他在黯淡的小油灯下低着头，吸着旱烟，屋子里腾起团团烟雾。

母亲说："孩子他爹，甭为这事犯愁，你又不是哑巴，有一张会说话的嘴，跟他们商量商量不行吗？"

父亲说："商量什么，上级怎么定的咱就怎么办。你我都是抗战时期的老党员，再说啦，我现在是村干部，党员干部不带头，群众能行动起来吗？"

母亲说："不就是两个自行车轮子吗，若是用坏了，咱再买两个新的。"

父亲说："你知道不，首批蓝色加重飞鸽牌自行车，是国内最好的品牌，将来就是换上两个新车轮，也不如原装的好。"

母亲说："你想开点吧，修建岗南水库是全省的一件大事，上级要求凡是有自行车的农民都要把车轮子卸下来送往工地，安装成小推车、小拉车。咱要是不答应，怎么说服群众。"

父亲说："我没说半个不字，就是心里有点舍不得。"

母亲说："这阵子就甭骑自行车了，跑腾着，身体还结实哩！"

父亲把烟袋锅朝鞋底使劲磕了一下，嘴里蹦出一个字："卸。"

母亲捧着小油灯跟随父亲走到外间屋，父亲取出工具，开始卸自行车轮子。我站在一旁看着，想安慰父亲几句，可是不知道说什么好。父亲用钳子小心翼翼地松解自行车上的螺钮，神情是那样专注，动作却非常缓慢，卸下一个车轮，已是半夜三更了。父亲把工具放在一边坐在凳子上，点着旱烟，一口接一口地吸着，眼睛盯着自行车，沉默不语。我轻轻叫了一声“爹”，父亲没搭理我，母亲劝我睡觉去。

我躺在被窝里，翻来覆去睡不着。月光透过窗棂，给屋内洒下斑斑驳驳的碎银。直到鸡叫头遍，父亲才卸下另一个车轮，和母亲走进里间屋。

这一夜，父母没完没了地聊着，小油灯亮到了天明。

岗南在哪里？修水库干啥？那时我还是个毛孩子呢，不可能弄清楚，不过有一点我心里明白，父亲自行车的两个轮子被送往岗南水库工地，就好像是一只鸽子没了翅膀，怎么飞啊！想到这，我幼小的心一阵阵绞痛。父亲在抗战时期担任本村“青抗先”主任，母亲担任“妇救会”主任，两个共产党员、村干部“把脑袋别在裤腰带上”豁出命来和敌人干。如今，为了修建岗南水库，上级要求他们卸下自行车的轮子，他们能说二话吗？

村委会研究决定，由我父亲担任队长，带领20名民工参加岗南水库建设。父亲背上两个车轮子和简单的行囊，带领民工们奔赴岗南。

岗南地处遥远的太行山中，四面连绵的高山经过漫长岁月的风化变成了丘陵，每年夏秋季节暴雨频袭，山洪肆虐，致使滹沱河水泛滥成灾。我们村离滹沱河十华里，历史上曾多次遭受洪涝灾害。父亲和民工们一到岗南，便投入到紧张的水库建设工程。父亲带去的自行车的两个轮子，安装成一辆小拉车，他和本村乔大盼结成对子，一人驾辕，一人拉套，奔跑在水库工地，每天要拉几十车土。乔大盼和我父亲是私塾的同学，中华人民共和国成立后在邻村小学当校长，1957 年被打成“右派”，回乡务农。他女儿乔杏芳和我是小学的同班同学，杏芳的母亲是我们的语文老师，还兼任我们的班主任。转眼间，父亲到岗南水库工地两个多月了，杳无音信。

那天傍晚，在放学回家的路上，杏芳告诉我：“俺爹来信了。”

我问她：“信上说了些啥？”

杏芳说：“你爹被评为工地劳动模范了。”

我问她：“你爹哩？”

杏芳说：“他是劳改对象，表现再好，也没他的份儿。”

我说：“什么劳模不劳模的，只要平平安安回家，咱心里就高兴。”

杏芳说：“俺爹信上说，那天夜里，他患重感冒，发烧到四十度，多亏了你爹用小拉车把他送到当地医院，输完液才退了烧。你爹守在俺爹身边，一夜没合眼。第二天后半晌，你爹又用小拉车把俺爹拉回工地。工地上的一个头昧着良心说俺爹装病偷懒，你爹拍着胸脯说，他要是装病，我挖出眼珠当泡踩！”

我说：“他俩真像一对亲兄弟呀。”

杏芳说：“你把我当成亲妹妹，行不？”

话音刚落，杏芳的脸腾地变红了，她扭头走开了，两条羊角辫在温馨的晚风中摇摆着。

又过了一些时日，父亲从岗南水库工地归来，他的脸变

黑了，而且明显消瘦，手上结了厚厚的老茧，脚上的布鞋咧开了嘴。父亲把两个锈蚀的自行车轮子放在地上，对母亲说：“这两个小小的车轮子，作用可大啦，它运走了一座大山，驮来了一座水库。咱们要好好把它珍藏起来，让后人知道车轮子的故事。”

这时，杏芳和她的父母来到我们家，带来了两个新车轮，这是他们特地送给我父亲的礼物。

这完全出乎父亲的意料，他执意不肯接受。

杏芳的母亲说：“她伯伯，你就把这两个车轮当成孩子们想飞的希望，带着他们飞吧，飞得越快越高，越好哩!”

这番话，我和杏芳似懂非懂。我愣愣地站着，不知道说什么。杏芳一头扎进母亲的怀里，小嘴咬着手指，一双湖水般清澈的眼睛不时地窥视着我。

不久，父亲接到调往公社书店工作的通知，他将两个车轮安装好后，骑着自行车上班了。父亲所在的公社书店离家十几里远，每逢周末，父亲像时钟一样准时回家。我提前把院子打扫得干干净净，只要发现院内地上的车印，就可以断定父亲回家了。父亲到家后顾不得歇一会儿，抄起扁担，挑着筲儿便去担水，直到把家里的大水缸灌满为止。我找出干净的布块替父亲擦自行车，并且用打气筒将两个轮胎灌满气。虽然我还没学会骑自行车，但我知道自行车轮胎灌足了气，骑着省劲儿。

自从父亲到公社书店工作后，他经常骑着自行车到县城取书，往返一次四十多华里。若是风和日丽的日子算是幸运，有时遇上暴雨，父亲就用雨衣把车上驮的书盖严实，自己被雨淋个透湿；若是风大，不能骑自行车，他就推着车赶路。那年冬天，父亲去县城取书，赶上一场暴风雪，他推着自行车艰难地挪动着脚步，后半夜才返回公社书店。许多老百姓特别是学生称他是“文化使者”，再苦再累他也觉得值。我当然是“近水楼台先得月”，比别人更早地读到最新出版的好书。诸如《林海雪原》《苦菜花》《红旗谱》《烈火金刚》《野火春风斗古城》，这些书都是父亲给我买来的，渐渐地，我变成了一个“书迷”。

1960年我和杏芳一起考入县重点中学，学校离家二十多华里，我一个月回家一趟，难得见父亲一面。“三年困难”时，我和同学们都吃不饱肚子，有时父亲到县城办事，顺便来学校看我，给我送来新书和母亲亲手做的玉米面饼子。我和杏芳争着阅读父亲带来的新书，一起分享父亲带来的干粮。记得，那是个雨后的黄昏，父亲骑着自行车冒雨赶了几十里的路程，到学校给我送干粮，同时还给我带来新做的一套衣服。父亲告诉我，他躺在床上吸着香烟睡着了，把被褥烧了好大的洞。公社补助了他几丈布票，他借机让母亲给我做了一套新衣服。说实在的，我从小就捡姐姐的旧衣服穿，见到父亲送来的新衣服，甭提多高兴了。当我发现父亲自行车的两个轮子沾满泥巴，便用洗脸盆取来水冲洗，然后用旧毛巾擦干净，送父亲走出了校门。这时，月牙儿已钻上柳梢，淡淡的月光映照着父亲那慈祥略显疲惫的脸庞。父亲骑上自行车走了，我知道他没吃晚饭，饿着肚子返回几十里外的公社书店。

1964年冬季，好大的一场雪把冀中平原变成了银色世界。正在河北深县高中读书的我被批准参军。父亲得知这个喜讯，高兴得几夜难以入眠。抗战初期，父亲和叔叔兄弟俩

争先恐后报名参加八路军，结果叔叔如愿以偿，披上粗布褂子跟着游击队远走高飞了。身为村干部的父亲留下来，继续带领青年们挖地道，烧炮楼，拦截敌人的运粮车，配合游击队作战，在抗日烽火中磨炼成了铮铮铁汉。可他毕竟没有穿上军装，成为真正的军人，心里不免有些遗憾。当我接到入伍通知书时，父亲抢了过去，捧在胸前，看了一遍又一遍。

父亲说："儿子，你叔叔是军人，你很快要穿上军装，走进军营，咱们家可成了双军属啦！"

我对父亲说："是，咱家出了两个军人，在全村是第一户。"

父亲说："你还有三个弟弟哩，过几年，我还要陆续把你几个弟弟送到部队，咱们家就成了军人之家了。"

在安平县城读高中的杏芳听说我要参军，特地赶回家为我送行，还连夜为我做了两双绣花鞋垫，偷偷塞到我手里。那一刻，我发现她的眼圈红了。

雪后初霁，地平线上升起的太阳像一个冰球冒着寒气，平原上的残雪尚未消融，像一片片的棉絮，村里的老爷爷胡须上挂着冰碴儿，孩子们眉毛上浮着白霜，猫儿狗儿卧在火炉边不敢出门。这么冷的天，父亲骑着自行车送我去新兵集结地，四十多里冰雪路，弯弯曲曲，颠颠簸簸，到达目的地时，父亲累得满头大汗。临别时，已是夕阳西沉，父亲扶着自行车站在路边，一双满含泪水的眼睛看着我，久久不肯离去。

我对父亲说："爹，回吧，到家还要走四十里路哩。"

父亲抑制不住离别的情绪，竟然呜呜地哭起来。这是我有生以来第一次看到父亲哭泣。人世间即使铁打的汉子也有儿女情长。

在父亲面前，我故作坚强，没有让眼泪掉下来，对父亲说：“爹，放心吧，到了部队，我一定好好干，不给爹丢脸。”

父亲点了点头，什么也没说，骑上自行车离开了。暮色中，我看见父亲用力蹬着自行车，像是在攀越高山，车轮子在苍茫的大地上缓缓地转动着、转动着……

半路夫妻

我永远不会忘记，那是个正月初九，冀中平原落了一场大雪，寒气从窗纸和门缝里不断侵入我家的老屋，屋内虽然生着炉火，还是阴冷阴冷的。自接到电报从部队赶回家乡，我连续十几个昼夜在炕头上守护着病重的母亲，她已经处于昏迷状态，呼吸非常微弱。父亲急得吃不下饭，睡不着觉，坐在长凳上偷偷地抹眼泪。那天中午，母亲溘然去世。她走得那么匆忙，没顾得上和亲人们说几句贴心话呵！我、姐姐、妹妹和三个弟弟，悲痛欲绝，眼睛都哭肿了。父亲由于极度悲伤，一下子老了许多。

我守候了父亲几日，便告别故乡，返回工作岗位。没过多久，父亲给我写了一封信，信中说村里有不少人劝他找个老伴儿，他征求我的意见。天啊，看完信我的肺都快气炸了！我知道，父亲母亲堪称患难夫妻。在抗日战争最艰苦的年代，父亲担任本村青年抗日先锋队主任，母亲担任村妇救会主任，两人一起组织村民为八路军运军粮、做军鞋、挖地道、护秋收、除汉奸、烧炮楼，可以说是从日本鬼子刺刀下幸存下来的共产党员。记得父亲讲过这样一件事：平原反扫荡的日子里，很少睡个囫囵觉的父亲一天夜里又睡得很晚，早晨醒来，发现窗纸戳进来明晃晃的刺刀，屋外有人喊叫："出来，跟我们走！"父亲走出屋，院子里站着几个持枪的伪军和日本兵。躲藏在地道里的母亲听说父亲被敌人抓住，冒着生命危险找村干部商量对策，费尽心机，借到几十块银圆，托人送给那几个伪军，才放了父亲。父亲呵父亲，难道你忘了夫妻之情、救命之恩？为什么母亲尸骨未寒，你就提出另选配偶，真是圣人喝盐卤——明白人办糊涂事！一气之下，我当夜给父亲写了一封长信，表示坚决反对。后来我才得知，父亲接到我那封长信，一边看，一边打哆嗦，气得几乎晕过去，在炕上躺了好几天。事后，我后悔自己给父亲写的那封信言辞过于激烈，对父亲缺乏理解和尊重。父亲只是向我透露了一下乡亲们的好意，想试探一下我的意见。其实，他深深怀念着母亲，并没有打算急于择偶。后来，我终于明白了，老年人最害怕的是孤独。我们兄弟姐妹都不在父亲身边，父亲孑然一身，那日子过得多么清冷。父亲不缺吃，不缺花，就是缺一个枕边说话的人。我盼望父亲能找到一个称心的老伴。然而，我那封长信伤透了父亲的心，他余悸未消，担心选择了那条道儿，儿女们和他的感情会产生裂痕，便一拖再拖，苦熬着孤独岁月。

一位诗人说，孤独也是一种美丽。这实在是令人费解！我敢说，谁都喜欢美丽而不喜欢孤独。十年铁树开花，父亲熬过了十年孤独岁月，在好心的乡亲们一再劝说下才续了弦。那未曾见过面的继母到底咋样呢？这当然是叫我最挂心的事了。春节前夕，我带着爱人和孩子回到阔别多年的故乡。初次见到继母，只见她头发已经花白，后脑勺梳着一个簪儿，那黝黑略带红润的脸上布满了皱纹，嘴唇厚厚的，说话不太利索。我和爱人除了带回烟酒、点心、带鱼、水果糖，还特地给继母买了一块布料和一盒蛋糕。小儿子“奶

奶”不离口，继母高兴得眼睛笑成一条缝儿。那天，继母和我爱人坐在炕头上，父亲和我坐在红漆长凳上，一起看电视。继母惦着家务事，心思不在那荧光屏上，看了一会儿，要下炕干活，可是，她那双小而尖的三角形的鞋子，放在墙旮旯里，够不着。我起身把继母的鞋子提过来，递给她。没想到，继母第二天逢人便讲：“俺那个当军官的儿子，没一点架子，昨晚儿还给俺提鞋来呢。”这件微不足道的小事，竟被村里的人传为佳话。

乡亲们和我谈起我继母，一个个赞不绝口：“那老太太可疼你爹哩。你兄弟姐妹送来好吃的东西，她自个儿舍不得沾嘴边儿，尽给你爹省着。人家常跟你爹下地，浇地、拔草、摘棉花、刨山药，啧，啥活都干。你爹找了个心眼实诚、会过日子的人，真是芝麻落在针眼里，碰巧啦!”庄稼人的话，那是石头碰碌碡，实打实的，我亲眼看到继母是那么疼我父亲。正值寒冬腊月，冀中大平原滴水成冰，晚上一钻进被窝，就像掉进了冰窟窿。父亲年老体弱，自然更是怕冷。晚上，父亲睡觉前，继母总是将装过葡萄糖的玻璃瓶，灌满开水，给父亲熨热被窝。父亲因患气管炎，夜里经常咳嗽，继母每天晚上洗好一个鸭梨，放在父亲枕边。那天，父亲由于感冒，头疼得直皱眉头。继母懂得一点针灸，她给父亲扎了几针便好了。我开玩笑地对父亲说：“您找了一位保健医生，生点小病不用出门啦。”父亲笑了笑，说：“这倒是真的，头疼脑热，她能治。不过你还不知道呢，前些日子，我害了一场重病，在炕上躺了两个月。她给我请先生，抓药，白天黑夜伺候我。没有她，我这把老骨头早埋进土里了。”

常言道，人心换人心，八两换半斤。继母疼我父亲，父亲也疼继母。他知道，继母受了大半辈子苦，年轻时就开始守寡，遗腹子生下来，好不容易才拉扯大。可她那铁石心肠的儿子一成家，娶了媳妇忘了娘，儿子、媳妇合起来虐待她，逼得她离开家门，走了这条道儿。父亲常劝继母：“干活别累着，甭老在家里拾掇这，鼓捣那，出去串个门儿、赶个集的，散散心不好吗？”继母总是说：“勤干着点活儿，身板才结实呢；要是光待着，会待出病来的。”夫妻在一起过日子，难免发生口角，正如庄稼人说的，没有不碰锅沿的马勺。可是，父亲和继母这两位晚年结为伴侣的老人，从来没红过脸。

正月初一，起五更，放鞭炮。天刚蒙蒙亮，我就被大平原上鞭炮的声响震醒了。天冷，我实在懒得动，索性在被窝里舒舒服服多躺一会儿。蓦地，院子里响起“梆、梆、梆”的声音，搅得我不得安宁。我走出屋子一瞧，只见继母一手拿着个棒槌，一手拿着个用短圆木和铜板制成的戳子，正在地面铺着的烧纸上打纸钱儿。

“天还早，不多睡一会儿？外面怪冷的。”继母轻声细语地说。

“我早就醒了，睡不着啦。”我对继母说。

“今儿是正月初一，吃过早饭，家家给死去的老人上坟烧纸，这是咱乡下的习俗。我买好了烧纸，正打纸钱呢。等一会儿，吃了饺子，你和你弟弟给你娘上坟烧纸去。”

梆、梆、梆……继母打着纸钱儿，她那双青筋显露而且粗笨干裂的手冻麻木了，放在嘴前哈一哈，搓一搓，继续打纸钱儿。多好的老人呵！她不仅对我父亲体贴入微，还思念着我那长眠地下的母亲。我凝目注视着那影影绰绰的纸钱儿，为继母的仁厚善良所感动。人世间最可贵的是善良。善良永远是人性中最光辉最美丽最可爱的心灵瑰宝，失去了善良，人就不再美丽，不再可爱。

正月初三，姐姐、妹妹各自带着孩子，从婆家赶来了；从城里回家过年的两个弟弟也带着爱人、孩子来看望两位老人。饭桌上，摆满了酒菜和大大小小的酒杯。我举起酒杯说："俗话说得好，满堂儿女，比不上半路夫妻。两位老人互相体贴，身体也结实，是咱们全家的福气。咱们敬二老一杯，祝他们健康长寿！"

全家人都举起酒杯，父亲和继母会心地笑了，笑得那么惬意，那么甜蜜！

继母听说我们过了"破五儿"就离开故乡，提前好几天为我们准备好了家乡的土特产。黄灿灿的小米，碧莹莹的绿豆，圆鼓鼓的花生，香喷喷的芝麻油，白花花的棉絮，包儿、袋儿、桶儿合在一起，少说百来斤。

"这么多东西怎么带走呵？"我真发愁了。

"东西不算多，都带上。路上受点累，用着方便。"继母那实在劲儿，巴不得让我从家里扛走一座山，那她才高兴哩！

有这样的继母是爹的福分，也是儿女的福分啊！

斗转星移，一晃十年又过去了。父亲已年逾古稀，身体虚弱，特别是严重的气管炎折磨着他，哮喘不止。继母虽然年近八旬，但耳不聋，眼不花，结结实实的，多亏她精心照顾，才使父亲闯过一个又一个威胁着哮喘病人的寒冷的冬季。

冬天过去了，万物复苏的春天来到了冀中大平原。出乎我的意料，熬过漫长冬季的父亲却在春暖花开的季节病倒了。我急如星火地赶回家乡探望父亲。躺在炕上的父亲因为高血压引起脑血栓和冠心病，时而清醒，时而糊涂。

“什么时候回来的?”父亲睁大眼睛，慈祥地望着我，望着他身边身穿绿军装、扛着大校肩章的儿子。

“刚到一会儿。爹，你怎么样?”我紧紧攥住父亲那双青筋裸露的手，泪水涌出了眼眶。

“有她在身边照顾，没事。”父亲用手指着继母，断断续续地说。

“爹，你放心，咱们请最好的医生，买最好的药，想尽一切办法，尽最大的努力把你的病治好。”我一边安慰父亲，一边掏出一摞钞票，塞到父亲手里。

父亲微笑着用手指了一下继母，示意我把钱交给她。当时满屋子探视父亲的人都偷偷地乐了。

没多一会儿，父亲又糊涂了，他在炕上翻来覆去，两只手似乎在抓什么，言语也不清楚了。

“大伙先出去一会儿，他爹又拉屎了，我来清理一下。”继母说着，端来水盆，取来布块。

“我来吧，让我侍候一次父亲。”我实心实意地说。

“不行，你干不了这活儿，还是我来弄吧。”

继母拒绝了我。我亲眼看着继母为父亲清理屎尿，换上干净的被褥。我暗暗为父亲庆幸，父亲呵父亲，前半生勤劳朴实的母亲陪伴着你，后半生仁慈善良的继母伴随着你，你一生多么幸运呵。

告别家乡，返回部队，时间不到三个月，父亲便撒手人

寰，仙逝远去了。噩耗传来，我立即动身赶回家乡，料理丧事。

按照家乡的风俗，人死了，要停放三天才殡葬。兄弟姐妹、几个弟媳、侄儿侄女和外甥们都跪在父亲遗体旁哀悼痛哭。三天三夜，继母一直守候着父亲的遗体，寸步不离。父亲遗体旁摆放着一张桌子，桌上点燃着一盏小油灯，继母不时地往小油灯里添油，橘红色的灯光映照着继母那苍老而疲惫的脸庞。

殡葬那天，继母叮嘱我："你爹活着的时候，喜欢喝酒、抽烟，你从北京带来的好酒好烟还在柜子里放着呢，让你爹带走吧。还有这块表，你爹戴了十几年，走得还很准，也戴在你爹的手腕上，让他别忘了时间，抽空来看看我。"继母说着，竟然老泪纵横了。几乎大半个村子的人都知道父亲、继母是一对相依为命、仁慈善良的夫妻，乡亲们纷纷赶来悼念父亲，安慰继母，我家院内院外到处是黑压压的人群。

送走了父亲，我召集兄弟姐妹开了一个家庭会，专门商议如何赡养继母。我提出，继母每月的花销由我承担，衣食由兄弟们照料，姐妹定期来家探望，保证老人家晚年幸福康泰。兄弟姐妹一致赞同，都表示要像亲娘一样善待继母。

人世间，真诚换真情，善良换善报。我想，如果父亲地下有知，他一定会一百个放心，满意而且高兴地含笑于九泉。

丑姐

爹娘去世后，姐姐是我在家乡最亲的人了。身在军营的我，心里总是牵挂着远在家乡黄土地上辛勤劳动的姐姐。夏日，姐姐能承受住如火烈日的蒸烤吗？雨天，姐姐被冰冷的雨水打湿了衣裳吗？飘雪的日子，姐姐能抵御大平原那刺骨的寒风吗？不知为什么，我喜欢望月，每当月亮在夜空出现的时候，我仿佛看到了遥远故乡的姐姐。春夏之交，正是冀中大平原柳绿花红的季节，我返回故乡，探望久别的姐姐。

"丑"，是娘给我姐起的小名。不知道为什么偏偏起了这么个名儿。其实，我姐长得一点都不丑，在村里还算得上模样俊俏的姑娘呢。她的学习成绩也一直名列前茅，还担任着学生干部。

那年，我以优异的成绩考入县重点中学，姐姐断定我将来有望跨入大学门槛。她见在书店工作的父亲不能经常回家，于是毅然辍学承担起繁重的家务活儿，挑水、推碾、喂猪、洗衣服，她真是娘的好帮手呀！村里人对我娘说："你家闺女真能干，谁要是娶了她，那才叫福分哩，真是打着灯笼也难找哇！"

我所就读的后张庄中学离家20华里，基本上一个月才回一趟家。每次回家，姐总是详细询问我的学习情况，学校伙食怎么样。我故意气她说："姐，我一回家你就打破砂锅

问到底，不怕惹人烦?”她抚摸着我的头说：“姐是放心不下呀。”正值困难年代，每当我离家返校时，姐特地为我做好黄澄澄的玉米面饼子，让我带到学校当作充饥的口粮。

多好的姐姐呀，她替娘担起了半个家，大事小事都不让娘操心。可是，没想到，姐姐竟闯了一次大祸。那次我从学校回家，见姐姐脸上有几分凄楚，她静静地坐在墙旮旯里的小木凳上，沉默不语。我猜想一定有不愉快的事情发生了。果然不出所料，家人告诉我，几天前，本村几位妇女强拉硬扯地把我娘叫去玩纸牌，娘输了几块钱回到家，姐姐知道后，又气又急，她怕娘染上玩牌的恶习，竟大声指责我娘。或许是姐姐的话太尖刻了，惹得娘恼羞成怒，打了姐姐一个耳光。姐姐一气之下，跑出院门，有人发现她跑到村边，跳下了一口水井。“快救人呵，有人跳井啦!”呼救声震动了整个村庄。村民们有的搬梯子，有的拿绳子，火速赶到了井边。因抢救及时，姐姐才幸免于难。娘后悔万分，一巴掌差点没打出一条人命来。姐姐呢，我的傻姐姐，你千不该万不该用生命赌气呀！你应该明白人生一个“忍”字是多么的重要。

男大当婚，女大当嫁。爹娘做主给我姐定下了婚事。举办婚礼时，我正在离家40华里的高中读书，没有回家看到做新娘的姐姐怎样的装束打扮，坐的是什么样的花轿，她的丈夫又是啥样的人。我暗暗祝愿姐姐有一个幸福美满的家庭。可是，我可怜的姐姐日子过得并不舒心！姐夫在县城化肥厂当工人，他只上过小学，虽然文化程度不高，但开机器、修汽车的确是一把好手。他的前妻不幸病故，留下一个年幼的男孩。我姐嫁过去之后，便成了家庭主妇。姐夫对我姐怀有戒心，他觉察到我姐姐对这桩婚姻并不满意。而我姐心地善良，她相信命运，恪守妇道，早已接受了嫁鸡随鸡、嫁狗随狗的传统格言。一年之后，我姐生下了一个女婴，她第一次感受到了做母亲的快乐。孩子刚满周岁，她便抱着心爱的宝贝回到娘家，爹娘、弟弟、妹妹都抢着抱这个美丽的小天使，一个个笑得合不拢嘴。真是天有不测风云，人有旦夕祸福，谁也没料到，姐姐的孩子患了脑膜炎，没几天便夭折了。姐夫听到这个不幸的消息，勃然大怒。他误认为我姐故意扼杀了自己的孩子，以便与他离婚改嫁。姐姐只是哭，没有做任何解释和反驳，她懂得了忍，忍受人间莫大的屈辱。

那是个多雪的冬季，正在读高中的我体检合格被批准参军了。我抑制不住心中的喜悦和激动，特地去探望姐姐。姐姐亲手给我包饺子、熬肉菜，让我尽情品尝家乡最好的饭菜，我当然领受姐姐为我送行的一番心意。姐姐嘱咐我："既然选择了当兵，就要当个好兵，别给咱爹娘丢脸！"话语不多，却是掷地有声！我把姐姐的话铭记在心，从普通士兵到正师干部，姐姐的话一直是我军旅生涯中前进的动力。

参军后，我和姐姐经常通信，姐姐在我的信中能看到火热的练兵场，我在姐姐的信中能看到明亮的故乡月。记得那次我收到姐姐寄来的一封挂号信，信封里装着一张赤身裸体的男婴的照片，小家伙白白胖胖的，一双明亮的眼睛惊异地注视着这个陌生的世界。那是姐姐刚刚满月的儿子。看着这幅照片我心里美滋滋的，但想到姐姐那个因病夭折的女孩，我迫不及待地写信嘱咐姐姐要精心照看抚养这个小宝宝。几年后我回家探亲，见姐姐的儿子小河长得结结实实，活蹦乱

跳，嘴里甜甜地喊着“舅舅”，真叫人喜欢。

日子过得很快，一晃 7 年过去了，我又回家探亲，这时的姐姐已是两个孩子的妈妈了。她又生了一个女孩小蜜，刚满 5 岁，活泼可爱，姐夫和姐姐视女儿为掌上明珠，要星星不给月亮。我发现姐姐比过去是老了许多，细细的皱纹已出现在她的眼角。我知道，姐夫在城里，这个家全靠姐姐撑着，家里活地里活她都得干，还要拉扯这两个孩子，多么不容易呀！没想到姐姐真能干，地里的小麦、谷子、玉米、花生、棉花，都在她手下变成丰收的绝唱；而她那个家，新盖的青砖房子，宽敞的院落，院内还栽着果树，屋里院里都拾掇得干净利索，一进家就感到舒畅温馨。故乡的大平原上，有多少像姐姐一样的农村妇女，用勤劳的双手支撑起一片蓝天，才使蓝天下的大平原变得美丽而生动！

我多么希望姐姐从此能过上安宁舒心的日子，可是，命运却偏偏在折磨她，又一场大祸降临到她的头上。我永远不会忘记那个令人诅咒的冬天！接连几日，北方万里雪飘，冰封大地。我突然接到来自家乡的长途电话，那是一个犹如晴天霹雳般的噩耗！正准备出嫁做新娘的外甥女小蜜，因中煤气身亡，刚刚安葬在大平原上。我的脑子轰然震颤，心如刀绞般剧痛，几乎被这个意想不到的不幸击倒。我想，此时此刻，姐姐肯定是哭得死去活来，她怎么这样惨呢？难道她真的没有女儿命吗？我无法冷静下来，立即给家乡的亲戚打电话，请求他们当夜破坟开棺，看看我的外甥女小蜜是否能够苏醒过来。他们按我的意见办了，可是结果令我失望，小蜜已经远去了，再也不可能返回人间。对姐姐来说，这天大的不幸对她的打击实在是太沉重了，她时常精神恍惚，说话唠唠叨叨，与先前对比简直判若两人！

一年又一年，我心里牵挂着姐姐。她现在如何呢？小轿车沿着柏油公路疾速行驶，从车窗望去，风景如画的冀中大平原在我眼前展现着迷人的色彩。那一望无际的麦田就像绿色的海，大片大片的果园葱茏叠翠，公路两旁新建的丝网厂比比皆是，告诉着人们这里是全国有名的丝网之乡。我和爱人坐在车内，尽情欣赏着大平原美丽的景致。儿子开着车，他好久没见到姑姑了，还记得小时候姑姑特别喜欢他，总是抱着亲他的小脸蛋儿。

姐姐家宅后寺村是冀中平原上一个古老的村庄。从那新盖的一幢幢青砖瓦舍来看，这个村比较富裕。姐姐家则是全村第一户盖起了楼房，院子很宽敞，种了不少蔬菜，汽车开进院内，好像进了菜园子。姐姐见到久别的亲人，喜出望外，忙着沏茶倒水。她听说我的儿子和他的对象大学毕业后都在公司上班，待遇不薄，不停地夸他俩有出息。这时，我才发现年过六旬的姐姐的确苍老了，她那饱经风霜的脸上早已失去了过去的红润，而是变得微黑褐黄。她不仅患有贫血症，颈椎也不好，在乡间四处求医，药没少吃，就是效果欠佳。她的儿子小河带着媳妇在深圳打工，承包了一辆卡车搞运输，把孙子、孙女留给了姐姐照看。他们每月往家里寄钱，劝我姐该看病就去看，不要怕花钱。可是姐姐舍不得花钱，眼瞅着自己的孙子、孙女一天天长大，她积攒着钱，憋着劲又打算盖新房。她这一辈子辛辛苦苦，为什么呢？就是为了生儿育女盖房子。也许，这是平原上广大农村妇女不可逃脱的义务和责任。

我劝姐姐：“你现在有两个院的房子，该好好保养身体

了。”姐姐说：“这院子里还空闲着一块房基地，砖已经准备好了，钱也够用的，再盖一座新房我就放心啦!”看来，姐姐主意已定，八匹马也难拉得住。我担心姐姐的身体，唯恐她舍不得花钱看病，于是就掏出 500 元钱给姐姐，姐姐死活不要，我真生气了，硬是把钱塞到她手里。几年前，我得知退休回家的姐夫脾气很坏，他隔三岔五就和我姐姐吵一次架，还多次动手打我姐姐。姐姐无力反抗，又不愿去控告，默默忍受着丈夫的虐待。夜深人静之时，她偷偷流下委屈和伤心的泪水。我兄弟 4 个日子过得都算不错，谁都想把姐姐接到自己家，让她过舒心的日子。可是，姐姐带着年幼的孙子、孙女，那是她的心肝宝贝，她舍不得那个家呀！这次探望姐姐，我和家乡的两个弟弟商定，一起请姐夫喝酒，当面对他进行开导劝说，并提出忠告。酒席宴从晌午一直延续到下午 3 点多钟，酒杯的撞击声既袒露出亲情，又是思想的交锋。姐夫被我们兄弟 3 人推心置腹的开导和义正词严的忠告折服，他很尴尬地表示今后不会对我姐姐动手。姐姐坐在旁边听着，她眼角里含着泪花，似乎在品尝着这人世间的酸甜苦辣！姐姐呀，勤劳善良的姐姐过去的就让它过去吧，未来的日子希望你幸福安康。

“巧儿”成了我岳母

冀中平原的老百姓喜欢评剧。早在中华人民共和国成立之初，我们村就成立了评剧团，村中央还修建了一个大戏台。秋收之后，村里开始演戏了，锣鼓声和二胡声伴着清亮圆润、婉转动听的唱腔在没有山川阻隔的大平原上回荡，方圆十几里都能听到。

解放了的农民开始了享受属于他们自己的文化生活的新时代！

记得那是冀中平原一个秋日的黄昏，落日熔金，残霞燃尽，我们那个村子被袅袅炊烟笼罩着，显得格外宁静。蓦地，村里响起一阵咚咚锵锵的锣鼓声。

我们一家人正围坐在红漆木桌旁吃晚饭，借着小油灯那微弱的光芒，我发现母亲的脸上腾起从未有过的兴奋：“快，吃完了饭，咱们看戏去！”

那时的我还是个流着鼻涕的毛孩子呢，不懂什么是戏，愣头愣脑地问母亲：“娘，看什么戏？”

母亲莞尔一笑：“傻孩子，看评剧呀，咱村评剧团今晚演出第一场戏，戏名《刘巧儿》。”

我高兴得连饭也不想吃了，喊了一声：“走，看刘巧儿去喽！”

母亲用手拧了一下我的鼻子，嗔怪地说：“小东西，别

光顾自个，给娘搬个凳，占个位儿。”

我扛起一个小木凳飞出家门，直奔村里那个大戏台。

戏台上悬挂着两盏汽油灯，明亮耀眼。没有幕布，伴奏者坐在戏台一隅，等待开戏。戏台下聚集着黑压压的人群，有蓄着胡须的老大爷，绾着簪儿的老太太，穿着花衣裳的大姑娘小媳妇，还有在人群里钻来钻去的孩子们。那天晚上，月色很美，如练的月华从夜空抛洒下来，宝石般的星斗在银河里闪烁着，月儿星儿似乎都在羡慕乡村清姿亮色的生活。

开演了，戏台上出现了一位身材苗条、模样俊俏的姑娘。

巧儿我自幼儿许配赵家呀，

我和柱儿不认识怎能嫁他呀……

那清脆优美的唱腔吸引了台下的观众，掌声哗然。乡村沸腾了，月色更姣美了！

哦，我认出她来了，那位扮演刘巧儿的姑娘，不就是北街的允姐嘛！村里人都夸她长得比天仙女还漂亮。没错，她小弟弟和我一起跨进小学校门，还是我们班的班长哩。

“巧儿”不仅长得俊俏，而且唱得好，赢得台下一阵又一阵掌声。

“巧儿我，采桑叶，回家养蚕……”这几句唱词唱腔如幽谷清泉，迂回激荡，婉转缠绵，深深留在我童年的记忆里，静下来的时候，我经常品味那美妙的旋律。

斗转星移，光阴荏苒，一晃十几年过去了。我参军来到北京，像一只飘飞在蓝天白云中的风筝，总是被乡思的线牵着。我思念坦荡无垠的冀中平原，思念勤劳朴实的父老乡亲，思念天真无邪的童年伙伴。当然，我也经常想起故乡的评剧团，想起那迷人的月夜观看《刘巧儿》的情景。

那年，我上小学时的班长来到北京，打听到了我所在的工作单位，彼此相约见面。原来，我的班长从部队转业到某钢铁厂，在车间担任党支部书记，这次是专程到北京探望他大姐的。说到他姐，我立刻想到评剧中的“刘巧儿”。

“你姐，就是当年戏台上的‘刘巧儿’吧？”

“对呀，你还记得她？”

“当然记得，她演得太好啦！现在她在哪儿？”

“在北京工作。我姐家离你这不远，星期天你到我姐家认个门吧，我来接你。”

我欣然答应了班长诚恳的邀请。

走进北京西郊住宅区一家院门，迎面遇见一位四十岁出头的中年妇女，那浓重的乡音使我一听便可认定她就是当年的“刘巧儿”。她的身材还是那么苗条，眼睛依然明亮有神，只是两鬓出现了丝丝白发，额上增添了浅浅的皱纹。交谈中，我得知她丈夫是解放战争时期参加革命的，中华人民共和国成立后转业到北京工作，几年前因脑出血去世了。她有四个孩子，两男两女，大女儿已经参加工作，在北京一所学校任教，其余三个孩子正在学校读书。

班长的姐姐和外甥女芸芸和面剁馅包饺子，没多大工夫，热气腾腾的水饺便端上餐桌。我们一边品尝香喷喷的水饺，一边拉起家常话。芸芸这位北京长大的姑娘，默默地坐在小凳上，听我们谈着故乡那遥远的往事。她眨着水灵灵的大眼睛，目光避开我这个陌生的军人，两只手不时地摆弄垂到她胸前的辫子。俗话说：什么谷子脱什么米，什么娘生什么女。芸芸长得很美，比她母亲扮演“巧儿”时还美，在我

视野里还未曾发现比芸芸更漂亮的姑娘呀！

或许是人生的缘分吧，经班长做媒，我和芸芸确定了恋爱关系，此后我便成了她家的常客。我特别佩服芸芸的母亲，她中年丧夫，一家人的生活重担压在她肩上，任何艰难都没迫使她掉下一滴眼泪！她风雨无阻地坚持工作，省吃俭用，硬是把孩子们拉扯大，多么不容易！

没有穿过军装的人，怎么可能领略和感受军人妻子所特有的情愫。那是八一建军节，我骑上自行车到芸芸家，芸芸的母亲取出好几枚珍藏多年的功勋章，对我说："这是她爸爸留下来的。解放战争和抗美援朝，他多次立功，还是一位战斗英雄哩！你在军队里工作，要好好干，当一名合格的军人。这，我就放心了。"这掷地有声、催人奋进的话语，我一直铭记在心。

芸芸年龄比我小八岁，我俩经历了长达五年的恋爱生活。

忘不了，那个冬季的星期天，我骑车又到了芸芸家。芸芸一人在家织毛衣，那亮闪闪的毛衣针和红色的毛线随着她那纤细灵巧的手指翻腾跳跃着。

"给谁织的毛衣呢？"我问她。

"一个小丘八。"她抿着嘴笑。

"小兵，是我吧？"我用手指着自己问。

"瞧，美得你！你知道这毛线是谁买的吗？"她那双秋水般明澈的眼睛看着我。

"芸芸。"

"不对，是妈给你买的。"

望着那一团深红色的毛线，我的眼睛湿润了。

从结婚到现在，已经三十年了，我和芸芸牵手度过了漫长的岁月。她深知共和国军人肩上的责任，全力支持我的工作，几乎承担了全部家务，使我由一位普通军人走上正师职领导岗位。她用甘甜的乳汁将呱呱落地的儿子渐渐养大，六年风雨无阻，用自行车驮着儿子读完小学。儿子大学毕业后参加了工作，最近赴美国考察，她每天用手机给儿子发短信，千嘱咐，万叮咛，真是儿行千里母担忧啊！从小学教师到副校长，妻子在教育战线上辛勤工作了近四十年，她获得不少荣誉，却对家人闭口不谈，不久前我才发现她的衣柜里藏着一大摞优秀教师、模范共产党员等证书和奖状。这不正是“银碗盛雪”“明月藏鹭”的高洁之美吗！

当年扮演过刘巧儿的岳母已年近八旬，她十五年前曾患肺癌，通过治疗早已康复。老人和我们一起生活，安度晚年。我和妻子陪同老人先后到山西五台山、山东崂山和海南旅游，隔三岔五同老人一起到饭店品尝美餐。那评剧中的“刘巧儿”，怎比我岳母生活得幸福快乐呀！

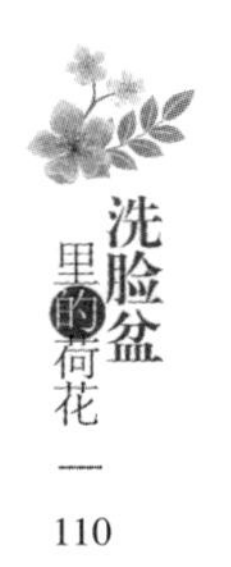

我的妙莲花

清晨，当小鸟喳喳的叫声唤醒沉睡的太阳，从窗外流进来的日光，柔柔的、暖暖的，把贪睡的小孙女吻醒了。

“兵爷爷，早上好!”小孙女的声音又脆又甜。

“彤彤，为啥喊我兵爷爷?”我愣了片刻，诧异地问她。

“我见到你穿军装的照片了，你是一个当兵的。”她撒娇地送给我一个调皮的眼神。

我心里腾起一种异样的激动。没错，我确实是一个戎马几十年的共和国老兵。没想到，兵，悄然走进小孙女幼小的心灵。

小孙女彤彤刚满四岁，她天真活泼、聪明美丽，宛若一朵洁白的莲花，惹人喜爱。瞧她，莲花般白皙的脸蛋，莲花般纯洁的童心，莲花般美妙的神韵，静如睡莲，动若浮莲。欣喜所至，我展开想象的翅膀竟然将她与天上瑶池的莲花媲美呢。

王安石《和诗赠女》一诗颇具禅意，耐人寻味，其中两句我很喜欢：“能了诸缘如幻梦，世间唯有妙莲花。”是啊，莲花如雪，圣洁素雅，使人一望而心灵净化，忘记尘世的纷杂与喧嚣。就我而言，戎马几十载，退休后开始了清闲散淡的军休生活。或许是饱经沧桑，看破了红尘，浮名浮利随云散，满足于恬静安逸，与世无争，终日心静若莲，在平淡寂寞中感受生活的芬芳。虽然文学与书法一直伴随我，那不过是文化养老罢了。每日里，我用足够的时间陪小孙女玩耍，尽享天伦之乐。小孙女给我带来无限的乐趣，我觉得她就是我爱不够赏不完的妙莲花。

彤彤两岁多便记住了爷爷、奶奶、姥姥、姥爷、爸爸、妈妈的名字和属相。我属狗，她铭记在心。一天，我和孙女在客厅聊天，我问："彤彤，你奶奶多次带你逛商场，商场东西可多啦，琳琅满目，你喜欢哪样东西都要花钱买，你向谁要钱呢？"彤彤望着我，闪动着宝石般的眼睛，思考片刻，撒娇地对我说："我向属狗的要钱。"我惊愕了！小孙女没说"我向你要钱"，也没说"我向爷爷要钱"，而是拐着弯说"我向属狗的要钱"，颇有几分幽默。幽默是智慧的花蕾，应当让它尽情绽放。

记得林语堂先生对幸福作了如下诠释，"幸福：一是睡在家的床上。二是吃父母做的饭菜。三是听爱人给你说情话。四是跟孩子做游戏。"每天傍晚，小孙女从幼儿园回到家，我陪她在客厅玩，看她拍皮球，蹬滑板，骑小自行车；或围坐在茶几前，教她识字，背古诗，讲故事；偶尔坐在沙发上，看电视里的少儿节目。小孙女的生活丰富多彩，而我的感觉如一首小诗所云："坐破蒲团卷帘笑，风光不减荔枝红。"童心童趣，胜过甜美的荔枝，品味愈久，芬芳愈醇。这种心态、这种生活，是我未曾享受过的一种幸福。在祖孙同乐的时光里，没有深邃的蓝天，但有彩云朵朵；没有壮阔的大海，但有小溪潺潺；没有芬芳的原野，但有小草翠绿。的确，在平平淡淡的生活中我找到了真正属于自己的幸福。我在心口处留一线缝隙，让阳光暖暖地投射进来。我挽着阳

光的臂膀，牵着小孙女的手，自由自在地快乐行走，如同在童话世界里跨越幸福之桥。小孙女，我亲爱的孩子，谢谢你让我做你至亲的人，为了你，我努力让自己的灵魂变得更高尚，更完美。

侯炳茂是一位参加过抗美援朝战争的老干部，他和我都爱好文学和书画，经常一起切磋，所以成了我家的常客。一天，老侯又来到我家，与我谈论书法，刚满三岁的小孙女拿了一个纸杯，摇摇晃晃地走到饮水机旁，接了一杯冷水，然后，在纸杯里放了一颗大红枣，又摇摇晃晃地走到老侯身边，奶声奶气地说："侯爷爷喝水。"老侯喜出望外，没想到这么个小不点的孩子竟如此懂礼貌，他惊奇地问："彤彤，你怎么还在纸杯里放红枣呀?"彤彤用手指了一下我的热水杯说："我爷爷的水杯里有红枣。"老侯感动地说："高马斯米达。"彤彤说："我不懂。"老侯解释说："这是朝鲜语：谢谢!"彤彤鹦鹉学舌喊了一声"斯米达"，然后抿着小嘴笑了。小天使的微笑，是心灵之春绽开的玫瑰，是爱心之海荡起的涟漪。

壬辰年三月十五日，是我小孙女的生日，她属龙，即将满四岁。一天晚上，我的好友侯炳茂来家聊天，我们一起谈文学，说到诗歌，在一旁玩耍的小孙女插话说："我的相册里有爷爷写的诗，我去拿，给你们看。"说完，她跑跑颠颠地从卧室的床头柜里取来一本相册，里面都是小孙女的相片，其中有两幅扇面形的书法作品（照片），那是我祝贺孙女出生写的两首小诗。小孙女在北京玉泉医院出生，那天我和老伴在医院等候，只见医院的花园里玉兰花盛开着，似一簇簇白雪。直到夜里九点钟，小孙女才来到人世，当时夜空悬挂着一轮皎洁的明月。老伴对孙女说：“彤彤，给两位爷爷背诵一下这两首诗吧。”小孙女站在我们面前，认真地背诵起来：

玉泉医院玉兰开，一声婴啼来天外。
谁是乔家小龙女，天上仙女下凡来。

玉兰花开白似雪，引来天仙下凡界。
莫道产房静悄悄，几声婴啼醉明月。

小孙女不仅收藏我写的两首诗，还能背诵，这是我送给她的有纪念意义的礼物，而她是我心中一朵至美至纯的妙莲花。

彤彤是个非常懂事的孩子，她三岁多就知道心疼老人。她多次主动给我捶背，只要出门，就给我取来拐杖。去年五月，我携夫人、孙女赴河南巩义旅游。彤彤知道我身体欠佳，颈腰椎都有问题，行动不便，走路离不开拐杖。十余天，每次外出活动，彤彤都拉着我的手。她是个三岁多的孩子啊，竟如此关照她的爷爷。是因为祖孙有缘，血脉相连，还是家教有方？我不得而知。

半年前，彤彤入301医院幼儿园了，每天早送晚接，都是老伴的事儿，因为我受颈腰病折磨，已力不从心了。今儿，彤彤恳求我去幼儿园接她回家。作为她的爷爷，这个简单的请求，我能忍心拒绝吗？不能，我答应了孙女的请求。下午五点钟，我拄着拐杖蹒跚而行，和老伴一起接彤彤。老伴走进幼儿园接孙女，我坐在附近长椅上等候。夕阳衔山，

余晖洒金，春日的黄昏静谧而温馨。趁等待孙女，我打开手机，点播QQ音乐，里面传来霍尊演唱的歌曲《七朵莲花》，那的确是委婉动听、撼人心魄的天籁之音："有一片美丽的海七彩莲花开，可爱的咕噜仁波切向我走来，他问我心中是否有真有爱。我说我心中有爱七朵莲花开，我盼着所有的人七朵莲花开，我盼着天地之间处处有爱。我盼着和平的鲜花在人间盛开，我盼着没有苦痛没有悲哀……"我正如醉如痴地听着这首歌，小孙女跑来了，她抑制不住内心的激动，兴高采烈地扑到我怀里。她在我怀里也静静地听这首歌，白皙的脸蛋露出灿烂的微笑，笑容像翠湖盛开的莲花。

这个黄昏，因爷孙同乐同喜而美丽动人。我忽然想起石屋禅师脍炙人口的小诗："道人缘虑尽，触目是心光。何处碧桃谢，满溪流水香。"在我岁月的溪流里，烦恼与忧愁早已随落花流水消逝得无影无踪。因有真爱而浪花飞溅，因有妙莲而芳馨浓郁，我的生命似乎越来越年轻了，本来佝偻的身板变直了；生活变得清姿亮色，有滋有味。这一切都是小孙女带来的。彤彤，我亲爱的孩子，我在影响你，你在改变我，你帮爷爷找回了那颗失落的童心。你生活得越美丽，爷爷活得越精彩。让爷爷亲亲你的额头，你是世上无与伦比的妙莲花。

我的红宝石

夫妻结婚四十年，我原以为是银婚呢，不对，据说是红宝石婚。2017 年 12 月 31 日，是我和爱人的红宝石婚，为了纪念这个重要的日子，我和爱人商定，在汇贤食府与家人及北京的亲戚聚会，适当庆贺一下，应该吧？

说起我爱人，真想伸出拇指夸她一番。在我的生命里，也可以说在我心里，她是永远闪耀着美丽亮色的红宝石。

我爱人是在十八岁时和我认识的。记得那是个星期天，我骑着自行车应邀到京西一个生活小区做客，我小学同班同学、同年参军的乔乱锁来北京看望他姐，我和老同学多年没见面了，彼此都想在一起好好聊一聊。老同学和他姐已在门口等候，走进屋，我才知道人家早已包好了饺子等我一到便下锅。

老同学的姐姐年轻时是俺们村业余评剧团的台柱子，小时候我见过她扮演“刘巧儿”，在我儿时的记忆里，她是全村长得最好看的女子。二十来年过去了，当年那个戏台上的刘巧儿已是四个孩子的母亲，眼角已有鱼尾纹，两鬓也有了白发。

在房间里坐下来拉家常，感觉是那么亲切。

墙角坐在小凳子上的那位姑娘，甭问，肯定是老同学的外甥女，模样长得好俊俏，双眼皮，大眼睛，一副美人相，

特别是那两条又黑又长的麻花形的辫子，闪出淡淡的光泽，给原本就好看的姑娘增色添彩。她默然不语，听我们闲聊遥远的乡村往事。

热气腾腾的饺子端上了餐桌，老同学说："咱俩先吃，别管孩子们，他们和你不熟悉，一会儿在外间屋吃饺子。"

我说："这饺子真好吃，肉馅和香油搁得不少。"

老同学的姐姐对我说："你这么年轻就调到总后机关工作，咱们村出了个军官，乡亲们脸上也有光彩。孩子们的爸爸是解放战争时期参军的，还到过朝鲜去抗美援朝，他立过功，功勋章留下了，人走了，要是还活着，和你准有可聊的。"

话音未落，我发现她脸上浮过掩饰不住的忧伤。

老同学离开北京不久，经他牵线搭桥，我和他外甥女确定了恋爱关系，五年之后，我终于等来了结婚的日子。

我俩的婚礼是在总后的筒子楼里举办的。

20 世纪 70 年代，军人的婚礼非常俭朴，一不动用车辆，二不到饭店设宴，把亲朋好友请来，有香烟糖块瓜子招待就可以了，大家热热闹闹地聊着天，唱歌，逗乐，蛮有风趣。说实话，我筹备婚礼，总共花了还不到一百块钱哩。在当时，我们的婚礼算得上档次不低，我买了一条中华香烟，就凭这，就把大家镇住了。

我和爱人从相识相爱到结婚，五年里光阴像潺潺流动的小溪穿谷而过，虽无巨澜，但相处的时光温馨浪漫，幸福甜蜜。爱人是一位小学老师，她通情达理，理解人，疼爱人。我出生在冀中平原一个农民家庭，家里经济条件不好，我参军后从新兵连便开始攒下津贴给家寄钱了，提干后几乎月月给家寄钱。谈恋爱那几年，我差不多每个星期天都要去对象家蹭饭，把攒下的粮票寄回老家。说真的，农村有生产队那些年，哪家的口粮也不够吃，农民都是勒紧裤腰带过日子呀。从恋爱到结婚，我没有给自己心爱的人买过一件衣服，更谈不上买手表自行车等礼品了。爱人不认为我是一毛不拔的铁公鸡，她知道我家穷。我俩认识后，她见我一年四季穿的都是部队发的军装，从来没穿过毛衣，于是，她跑到商场买回玫瑰红的毛线，亲手为我织毛衣，这完全出乎我的意料。

那是个飘雪的周末，我骑自行车到了她家。她母亲到银川探亲去了，妹妹在京郊农村插队，家里只有她和两个上小学的弟弟。她正坐在床边专心致志地织毛衣，顾不得搭理我。

我问："给谁织毛衣呀？"

她说："给一个小丘八。"

我愣了一下，突然明白了："哦，给我织的吧？"

她努了一下嘴，瞪了我一眼："德行，看美得你！"

窗外，雪越下越大了，纷纷扬扬，铺天盖地，小院的积雪足有一尺厚。已经是大半夜了，我推着自行车要回总后大院。她拦着我说：地上积雪这么厚，不能骑自行车。你踩着雪回去，行吗？要不然你今夜别回去啦，我陪你聊天到天亮。我果断地拒绝了她，告诉她我是个军人，不能夜不归宿。那个雪夜，我推着自行车，踩着厚厚的积雪，走了好几里雪路，谁知道我是个风雪夜归人呀，只有那呼啸的寒风和飘飞的雪花。

婚后，我们在筒子楼里有了一个属于自己的家，二层楼

一间南屋，红漆木地板，屋内主要摆放着三大件：三屉桌、衣柜和双人床。因为东西少，没有杂物，尽管一间屋也觉得宽敞明亮，也很舒适。楼道里我家门口一侧，摆放着一个蜂窝煤炉子，一日三餐，爱人在楼道里炒菜做饭。邻居们夸她上班是好老师，下班是好媳妇。她勤俭持家，精打细算，刚成家那几年，我们两人的工资加起来还不足一百元块，在她精心料理下我们月月有节余。不瞒你说，那年月我爱人经常到大院军人服务社买猪肉，每次她只买两毛钱的猪肉，一分钱也不肯多花。她说两毛钱的猪肉能炒两盘菜，两人吃足够。那天傍晚，她还没有下班回家，打电话嘱咐我去军人服务社买菜，我刚买好了菜要转身回家，一场瓢泼大雨突然袭来，白茫茫的雨雾中，我发现爱人打着雨伞来接我回家，有这么好的妻子即使是铁血军人也禁不住心里发热呀！

我觉得，这个世界上任何一个家庭都不可能十全十美，有时阳光明媚，有时乌云密布，晴朗的日子毕竟居多。如果你能尽享阳光，又能静观云散，你绝对是生活的智者。1989年春天，我因颈椎病入住解放军总医院，在神经外科做了颈椎手术。手术是从颈部前路开刀，从卡骨取了一块骨头镶在颈椎上，我在病床上躺了四十多天才下地。在术后痛苦的日子里，我爱人请了一个月的假来照顾我，给我擦身，端尿，洗脸洗脚，可谓无微不至。出院后，她既照顾我，又要照顾上小学的儿子，支撑着我们家整个天呀。我不愿回忆手术给我带来的痛苦，只想回望妻子在我痛苦时陪伴我度过的那一个个日日夜夜，因为她的日夜陪护，我不满百日便回到工作岗位。

我由一个普普通通的年轻干部走上正师岗位，妻子为我付出了很多，她为了支持我的工作，几乎包揽了所有家务。在总后机关工作期间，我先后为五位部长写过讲话稿，记不清熬了多少个通宵。调到解放军总医院担任政治部领导，我为三届领导班子写过讲话稿，起草报告，经常通宵达旦。我的爱人懂我，疼我，夜深人静的时候，她为我沏一杯热茶；朝阳在地平线升起，她为我煮挂面并打一个荷包蛋。有爱妻的细心呵护，我没有遇到迈不过的坎，一路艰辛伴着一路芬芳。

退休之后，我拉着两驾马车——文学和书法——行进，老伴全力支持，使我在文学创作上有所成就，曾获得全国冰心散文奖、《解放军报》优秀文学作品奖，二十万字的散文经典《洗脸盆里的荷花》即将问世。十多年来我参加各地的书画笔会，有所收获，用笔会挣的钱在家乡县城买了一套价值四十多万的房子。每年盛夏，我和老伴回到县城的生活小区避暑，“云兴而悠然共逝，雨滴而冷然俱清，鸟啼而欣然有会，花落而萧然自得”，其乐融融。

去年一月十日，我因颈椎病住进了北医三院，经专家会诊决定手术。这是第二次颈椎手术，要解决椎管狭窄脊髓受压和韧带骨化等问题。入院三天后的早晨，我被推进了手术室，两个多小时手术完毕，我从麻醉状态中醒过来，妻子守护在我身边。这次手术刀口有一尺长，颈椎镶了四个钛合金铆钉，的确痛不堪言。连续五日，妻子寸步不离守护在病床边。她已是六十开外的妇女了，与我一起共渡难关，表现出无比的坚强和惊人的毅力。我觉得，她是上帝派来呵护我的天使，有她在我身边，我们可以在浩瀚的宇宙自由飞翔，跨过七色的彩虹桥，直达幸福的尽头。

岁末那天上午十一点，我让爱人提上珍藏多年的茅台酒，一起来到汇贤食府，家人和亲戚将近二十人会聚一堂，为我和妻子庆贺红宝石婚。儿子和爱人的侄女各自买了一束鲜花，那红玫瑰、百合花和康乃馨溢出的芳香在餐厅里弥漫着，使人陶醉。席间，我讲述了四十年前筒子楼里的婚礼，在座的年轻人听了感到很新奇。当下，那样的婚礼已不复存在了。几杯茅台酒入肚，我已无所顾忌，当场为我爱人——我心中的红宝石，朗诵我写给她的一首诗："望着你，你十八岁，我望着你，那是一朵春花，芳香四溢，真是艳压群芳，最美的花季；你二十八岁，我望着你，那是一朵荷花，粉红欲滴，真是艳而不妖，震惊了夏季；你三十八岁，我望着你，那是一株海棠，亭亭玉立，真是日臻成熟，透出秋的气息；你四十八、五十八岁，我望着你，那是一株蜡梅，傲雪挺立，俏了江南塞北，装点着冬季；你是一朵永不凋谢的花，开在我心里，恰似初见，绽放着美丽，那是上帝赐予我的礼物，一生珍惜。"

听完我朗诵，老伴的脸上泛起红晕，那美丽的红晕恰似红宝石的光泽。

第三辑

春天在画眉鸟的舌尖上

军属牌

没有青山，没有绿水，只有一马平川的黄土地。古朴简陋的平房屋舍，青砖土坯围起的农家小院，还有那袅袅炊烟和咕噜噜咕噜噜的石碾声，伴着庄稼人打发着平淡的日子。这便是我的故乡，冀中平原上一个古老的村庄。

全村上百户人家，我家是极普通的一户。像村里那些面朝黄土背朝天的庄稼人一样，父母日出而作，日落而息。不过，我家有一样东西比较特殊，足以让村民们羡慕，那就是我家门楣上挂着的那个“光荣军属”的木牌。

说起军属牌来，村里人对我奶奶无不肃然起敬，都跷起拇指夸她是“八路军母亲”“英雄老太婆”。就在我家门前那棵大槐树底下，奶奶盘坐在蒲垫上，一边嗡嗡地摇着纺车纺线，一边对我讲着当年父亲和叔叔争着参加八路军的事。那是1940年，冀中平原燃烧着抗日的烽火。当时，父亲担任本村青年抗日先锋队主任，组织民兵挖地道，烧鬼子的炮楼，真是豁出命来跟鬼子干。母亲则担任村妇救会主任，组织妇女们为八路军做军鞋、补军装，针尖刺落夜空的繁星，线儿牵走多少个月亮啊！那一年，村里开始征兵，父亲和叔叔兄弟俩抢先报名。叔叔考虑到胞兄身为村干部，责任重大，便毅然离开家门，投身抗日游击队。奶奶告诉我，叔叔当兵离家时，还光着膀子呢，奶奶急忙扯出一件粗布褂子给他披

上，就那么走了。不久，汉奸带着日本鬼子来了，硬逼着奶奶说出叔叔和八路军游击队在哪儿，奶奶一个字也没露！鬼子用枪托砸奶奶，用皮鞋踢奶奶，折磨得奶奶死去活来，还把房檐上晒的高粱一把火烧光，用刺刀活活捅死了家里的那头猪。奶奶简直恨死那些日本鬼子了！

奶奶摇着纺车，讲述着铭心刻骨的往事，那嗡嗡的纺车声，也仿佛在诉说血与火的岁月……

我至今还清楚地记得，中华人民共和国成立后的一个春节前夕，奶奶带着我参加村里召开的慰问军烈属的茶话会，当村支书把一朵光荣花戴在奶奶胸前时，我第一次发现老人家眼眶里噙满了泪水，脸上的皱纹也舒展开了，老人家笑得是那么开心。

飘飘洒洒的雪花笼罩了大平原。平原上的村庄、树木、屋顶全白了，雪幕中，我家门楣上那“光荣军属”四个字显得格外红亮。蓦地，村里响起阵阵锣鼓声、唢呐声。母亲拉着我的手跑到街上，只见几位壮壮实实的小伙子胸前戴着大红花，骑着高头大马缓缓而行，人们齐声呼喊“一人参军，全家光荣！”整个村子都沸腾了，这是镌刻在我幼小心灵中最难忘的一幕。从那时起，我就萌生了一个念头，并悄悄告诉母亲：“娘，长大了，我也要当兵，骑马戴大红花。”母亲高兴地笑了，抚摸着我的头说：“好孩子，有志气！可你知道不，当兵可苦哇，你不怕？”我咬着嘴唇，摇了摇头。

珍藏在心底的一个美好夙愿终于实现了：1964 年冬季，正在河北深县一中读书的我被批准参军了。可惜，已经作古的奶奶无法知道这个喜讯，父母脸上呈现出从未有过的自豪与兴奋。接连几日，我家就像过年似的，包饺子、熬肉菜、烙大饼、擀面条，母亲巴不得把家里所有好吃的东西拿出来让我吃个够。那天下午，母亲迈动两只小脚，到六里远的黄城镇上，特地为我买了一个洗脸盆，盆内的图案是绿叶粉荷，而且还有几条金鱼游于碧水清波之中，真是美极了。就是那一年，村里也有3个小伙子应征入伍，村民们敲锣打鼓吹着唢呐欢送。当那几位我熟悉的童年伙伴骑马戴着大红花从我家门前走过时，我向他们表示祝贺，并告诉他们："我在学校也被批准参军了，咱们到部队见。"

那是一个多么激动人心的时刻！深县一中召开大会欢送应征入伍的学生，校领导还指定我代表应征入伍的学生在大会上发言。当鲜艳夺目的大红花戴在我胸前时，我欣喜若狂，眼泪竟夺眶而出。

父亲从40里外的老家骑着自行车赶来为我送行，我脱下母亲为我做的衣服，换上崭新的绿军装，对父亲说："爹，放心吧，我到部队一定好好干，不会给你丢脸！"

到部队不久，父亲来信告诉我：我们家门楣上挂上了一块崭新的木牌，上面写的还是"光荣军属"4个大字。每天从早到晚，爹和娘看到那块军属牌，说不出有多么高兴。

参军远离故乡，我到了许多地方，不论是在繁华都市、崇山峻岭，还是在风雪高原、戈壁大漠，我都会经常想起我家门楣上那块军属牌，它是那么醒目，那么红亮，时时在激励我做一个合格的军人！

滹沱河，故乡的河

参军远离故乡，故乡的河却一直在我心中流淌，不时地翻腾起思乡的浪花。

在我童年的记忆里，滹沱河像一条绿丝绒编织的飘带，铺展在冀中平原上。不论日出还是月落，哗啦哗啦的流水声如一支动听的古老歌谣。抗日战争年代，蜿蜒奔流的滹沱河变成了冀中军民与日寇殊死搏斗的战场。

从孩童时代起，曾经担任过本村青年抗日先锋队主任的父亲就多次对我讲过县游击队大队长王东仓的故事，使我对这位威震平原的抗日英雄肃然起敬。

“爹，你见过王东仓吗?”“当然见过，他还召集我们开过会哩，研究部署挖地道，烧鬼子的炮楼。”“他是怎么牺牲的?”“那天，王东仓带领县游击队隐藏在滹沱河边一个小村庄，由于汉奸告密，日本鬼子包围了小村庄。好一场激战呵，枪声、炮声、手榴弹爆炸声连成一片，村子里火光熊熊，硝烟弥漫。就在这次突围时，王东仓大队长光荣牺牲了。”

英雄倒下了，滹沱河怒吼起来，平原抗日的烈火越烧越旺！滹沱河两岸军民同仇敌忾，浴血奋战。可以说，每个村庄、每个家庭，都有各自不同的战斗故事。我家称得上是冀中平原的一户革命家庭。叔叔参加了八路军，跟随冀中军区司令员吕正操转战大平原，经常日行百里，在枪林弹雨中磨练成一位铁骨铮铮的硬汉。父亲担任了本村青年抗日先锋队主任，带领青年挖地道，烧鬼子的炮楼，豁出命来跟鬼子干。身为村妇救会主任的母亲，经常披星戴月，和妇女们一起为八路军做军鞋、补军衣，人们都夸母亲是飞针走线的“巧媳妇”。

父亲几次出生入死的经历深深铭记在我心里。一天，日寇因找不到粮食和猪肉，将担任谷家村维持会会长的外公推进猪圈里，用土坯砸他，差点把外公置于死地。得知消息后，父亲悄悄去探望外公。刚刚赶到，日本鬼子就闯进门来。父亲假装磨剪刀，没料到，一个日本兵竟趴在他背上，叽里呱啦地又喊又叫，情急之下，父亲猛然一使劲，把那个日本兵甩在地上，撒开双脚，飞一样跑出外公家。回家的路上，父亲远远望见我们村冒起了冲天大火，他判定鬼子进了村，回家有危险，只好夜宿荒野。第二天天蒙蒙亮，父亲被几声马叫惊醒。起身一看，就在不远处的坟地里，一群日本鬼子正在烧火做饭。父亲连忙冲出瓜棚，一阵风似的跑回滹沱河边。

父亲对我讲述死里逃生的往事时，我为他庆幸：“爹，你命大，倘若被日本鬼子抓住，那就惨了啦！”父亲点点头，接着，又对我讲述一件铭心刻骨的往事。

那一年冬季，父亲在北平躲避了数日，穿过结冰的滹沱河，回到家乡。翌日清晨，父亲还没起床，窗口里突然捅进两把明晃晃的刺刀，窗外有人喊叫：“出来！快出来！”父亲穿好衣服走出屋，只见院内站着七八个日本兵和汉奸，他们硬要把父亲带走，奶奶非常着急。汉奸对我奶奶说：“要放

人可以，必须用一百块大洋交换。”奶奶把儿子的命看得重于一切，只好答应了他们提出的条件。她和我母亲跑遍大半个村子，借到 70 多块银圆，统统交给了汉奸。父亲被放了，一个日本兵却用刺刀对着怀有身孕的母亲纠缠不休。幸亏村维持会会长赶来好说歹说，才算了事。

许多往事并没有随着时光的流逝在我记忆中消散，而是像滹沱河里的浪花，翻腾跳跃着，无时不在撞击着我的心灵。记得上小学时，我和伙伴们跑了几里路，专程瞻仰坐落在滹沱河畔的王东仓烈士纪念塔；读中学时，我和同学们多次到县城的烈士陵园去扫墓；参军远离故乡，每次回家探亲，经过滹沱河时，我总要多看它几眼。当年河中那往来穿梭的游击队的小船，河两岸青纱帐里出没的游击队员的身影，还有大平原上村村寨寨燃烧的抗日烽火，都一幕幕地在我眼前闪现。

滹沱河，故乡的河，身在军营的我虽然离你很遥远，但你永远在我心里流淌！那哗啦哗啦的流水声，仿佛对我反复叮咛：时刻不要忘记军人的使命和责任。

甜

槐花盛开的时节，方圆几百里的冀中平原，被浓郁的槐花香浸润着。勤劳的小蜜蜂们嗡儿嗡儿吟唱着，从早到晚在槐树林里飞来飞去，金色的翅膀扇着太阳，银针似的小嘴吻着月亮。那些五颜六色的花蝴蝶也来凑热闹，真是蝶舞蜂唱，在槐林里奏响了欢快的乐章。

莫非是小蜜蜂的翅膀拨动了人们的心弦？为了与分别50年的老同学们团聚，我从北京特地赶到故乡——滹沱河畔的安平县城。我们选择了“摇蜜”（即采集蜂蜜）的日子，到老同学张振坤的放蜂点聚会，既叙谈友情，又可以观看摇蜜，采购香甜的槐花蜜。

老同学张振坤在县广播事业局工作多年，退休后子承父业，做起了养蜂的行业。他养了五十多箱蜜蜂，每年产蜂蜜两千多斤，被群众誉为全县的“养蜂大王”，并当选为衡水市养蜂协会会员。登门采购的不仅有本地的干部群众，还有来自石家庄、天津、北京、上海的顾客。本县有些做丝网生意的老板，将张振坤的蜂蜜作为礼物送给全国各地的生意伙伴。这个世界因张振坤的蜂蜜而增添了几分甜美。

上午九点钟，我们二十位老同学相约一起乘大轿车驶往张振坤的放蜂点——安平县南王庄乡东河町村。南王庄当年以王玉坤为代表的“三王办社”被毛泽东主席誉为“五亿农

民的方向”而声名远播，而东河町村则是毛泽东主席的卫士长李银桥的故里。这个村庄村里村外、房前屋后，到处是枝叶繁茂的洋槐，树上一团团一簇簇白雪似的槐花映着碧蓝的天空，而飘落在地上的槐花铺成了厚厚的雪毯。哦，李银桥故乡的春天竟是一个银色的世界。

张振坤骑着摩托车风尘仆仆地来迎接我们。当年，我们都是十几岁的翩翩少年，如今都变成了两鬓如霜的老人了，其中，有三位是共和国的老兵。久别重逢的喜悦，比起嗡儿嗡儿吟唱飞舞的蜂群一点也不逊色。

我们走进一家槐林环绕的农家小院，只见院内摆放着五十多个蜂箱。小蜜蜂们似乎通人性，欢快地飞呀唱呀，用甜美的歌儿迎接来自四面八方的客人。

今儿个是摇蜜的日子。张振坤全家人都来摇蜜，他和老伴、儿子儿媳、女儿女婿，都忙得连喘气的工夫都没有。

我知道，槐花盛开时节，平原养蜂人称之为过大秋，每隔三到五日，蜂箱就灌满了蜜，必须争分夺秒地将蜂箱里的蜜取出来，否则就被小蜜蜂吃掉。

我这些老同学们当然都吃过蜂蜜，但谁也没有亲眼见过摇蜜，大家都站在院子里仔细观看摇蜜。只见张振坤打开一个蜂箱，取出爬满蜜蜂的蜂巢，用扫帚小心翼翼地将蜜蜂扫落，然后将蜂巢放进装有摇蜜机的大铁桶里，用手轻轻摇动摇蜜机，那蜂巢里的蜜汁便汩汩地流到桶内。摇呀摇，这些年来张振坤就是这样摇蜜，摇来黎明的曙色，摇走天边的晚霞，摇出岁月的芬芳，摇来生活的甜美，把平原养蜂人的梦摇成了现实。

望着新鲜的醇香的淡黄色的槐花蜜，简直让人垂涎欲滴。

善解人意的张振坤早已为每一位同学准备好两塑料桶蜂蜜。我们来前商定不白要人家的蜂蜜，一定给钱，因为养蜂很不容易。通过与张振坤交谈我才得知，他在养蜂方面确实下了一番功夫呢。为掌握养蜂的知识，他购买了不少书刊，诸如《中国蜂业》《养蜂杂志》《怎样养蜂》《蜜蜂病虫害防治》《蜂胶的神奇妙用》等等。养蜂人知道，蜂螨即蜂虱子对蜂群危害极大。张振坤从书本知识和实践经验中把握了防治蜂螨的有效方法，他说对付蜂螨必须“治狠治绝”，否则后患无穷。

蜜蜂采花酿蜜，花是蜜的来源。张振坤对冀中平原花开的时节了然于心：三月八日榆树开花，三月二十五日杏柳开花，四月五日桃树开花，四月十五日苹果树开花，五月一日洋槐开花，六月十日向日葵开花，这是他对大自然的观察体验而得出的认识。

张振坤告诉我，蜜蜂传送花粉可以使果树增产，桃树增产 50%，苹果树增产 30%，杏树增产 70%。据有关资料记载，养蜂人长寿，这话他信。他过去双腿患关节炎，自从开始养蜂，用蜂疗治愈了关节炎。甭看他已经六十开外了，身体很棒，赛过小伙子。

我们每人提着两桶蜂蜜，离开了张振坤的放蜂点。大轿车上，同学们个个笑得合不拢嘴，因为不仅看到了摇蜜，还带回了新鲜的槐花蜜呀。我默默地想，小蜜蜂具有无私奉献的高尚品格，因而是伟大的使者。我们这些老同学都像勤劳的小蜜蜂，采花酿蜜，创造着甜美的生活。虽然都步入暮年，但谁也没闲着，亦如小蜜蜂，只要能飞，就会飞向花

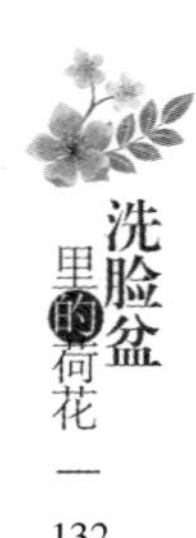

丛，亲吻花蕊，每天都做一个甜美的梦。

晌午，我们在县城一家饭店就餐，大家异口同声地欢迎我这个远方游子讲话。我说，我们都是滹沱河边长大的，自从参军离开故乡几十年，我这个共和国老兵心里一直翻腾着滹沱河的浪花。我给大家唱一首歌吧，献给在座的各位，也包括正在放蜂点忙碌的张振坤同学。

我的家乡有一条小河，有一条小河，
从我家门前静静地流过，静静地流过；
每当我披着夜色来到河边，来到河边，
她为我洗尘又轻轻嘱托，轻轻嘱托。
呵，小河，家乡的河，
碧水掀起爱的浪波，
日夜陪伴着他和我，
流吧流吧，家乡的小河，家乡的小河……

歌毕，掌声四起。我知道，改革开放以来，家乡发生了翻天覆地的变化，安平已成为全国丝网基地，家乡人民的生活今非昔比。因为上游修建水库，滹沱河水中断了，昔日的波光帆影、渔歌桨声悄然消失了，但却涌动着改革开放、勤劳致富的大潮。如今的滹沱河，流的不是水，而是情，是诗，是蜜！因此可以说，滹沱河是多情的河，芬芳的河，甜蜜的河，是一条永不干涸的河流。此时此刻同学聚会总召集人张铁柱同学心情格外激动，这位共和国老兵郑重地说："张振坤同学老有所为，为我们树立了榜样，并且为我们提供了新鲜优质的槐花蜜，我们应该表示敬佩和感谢。"他当场赋诗一首，诗曰："三月迎春四月梅，五月槐花素雅谁？同学同心同欢乐，夕阳映天胜朝晖。"

我品味着这首小诗，感觉每个字都是甜的。

春天在画眉鸟的舌尖上

老同学张铁柱和我约定今儿早晨在县城公园的松树林见面，那里是养鸟人的聚集地，也是鸟儿们欢乐的天堂。

故乡安平——这个汉高祖时置县迄今已有 2200 年历史的古老县城，随着改革开放崛起于中华大地，已成为闻名全国的“丝网之乡”。养鸟是故乡人的习俗。县志记载：黄鹂是本地常见的一种鸟，“悬巢于高树枝端，常被饲作观赏鸟。”

早晨六点钟，我赴约来到县城一隅的松树林。林中松树的枝杈上，悬挂着一个又一个鸟笼，我数了一下，有四十多个鸟笼，几十位养鸟人三三两两在松林里开心地交谈着。

铁柱微笑着走过来。这个滹沱河边土生土长的农民的儿子，中等偏上的身材，眼睛明亮有神，总是流露着善良与谦和，那张英俊帅气的脸常挂着淡淡的笑容，透出自信与坚韧。我和他是初中同学，20 世纪 60 年代我俩先后应征入伍。他在部队里当过营长，后来转业到本县当了厂长，是颇有名气的企业家。16 年前他患心脏病慕名到北京 301 医院住院治疗。当时我在 301 医院医技部任政委，几次到病房看他，并请专家为他会诊。区区小事他却铭记在心，一直与我保持联系。这次我和爱人一起回到家乡，就住在铁柱的儿子张峰家里。我在县城停留了一周，有三个早晨是在铁柱居住的小四合院里，吃着可口的家乡饭。

铁柱养着五只画眉，两只百灵，四只靛颏（三只红靛颏，另一只是蓝靛颏），还有两只绣眼，共十三只鸟。最近还放飞了两只红子。南北方的四大名鸟他养全了。让养鸟人眼馋的那只红毛画眉是他不惜长途跋涉专程从长沙买来的，行家称是贵州“大红袍”。

提起画眉，铁柱心慕已久，他早就听说过这样一段神奇的传说。春秋战国时期，吴国打败越国，俘虏了越王勾践，勾践卧薪尝胆，伺机报仇。越国宰相范蠡，巧施美人计，将绝代佳人西施送到吴王身边，从此吴王不理朝政，终日沉溺酒色。而越国十年生聚，国富民强，一举打败吴国。范蠡携西施到深山隐居。一天早晨，西施正梳妆，见几只鸟在树枝上欢叫，清脆悦耳，婉转动听。她发现那几只鸟都有两条白色眼眉，好像画上去一样。于是说：“它们就叫画眉鸟吧。”从此画眉鸟的名字就流传下来。铁柱不止一次向我讲起这段有趣的典故。诗人说，春天在燕翅上，春天在柳梢上，春天在花枝上。铁柱却对我说，大平原的春天在画眉鸟的舌尖上。画眉啼春晓，是养鸟人心中最美的风景。

铁柱家的小院里摆了一张餐桌，我们一边吃早饭，一边欣赏鸟叫。笼中的画眉鸟仿佛猜出我和爱人是首都来的嘉宾，纵情高歌，那清脆悦耳、美妙动听的鸟叫声溢满了小院。

我兴奋地对铁柱说：“咱们一边品尝着香喷喷的饭菜，一边欣赏着鸟儿的歌唱，即使是神仙皇帝也不过如此吧。”

铁柱笑了笑，对我说：“不错，听说慈禧太后每天吃着早点欣赏鸟叫，看来那老太婆也是个鸟迷。”

我问铁柱：“画眉鸟的叫声有什么讲究，怎样才分出高下？”

铁柱告诉我：真正的鸟中歌王是百灵。百灵欢叫时有十三个套路，其中有麻雀闹林，有喜鹊鸣枝，有布谷催耕，有母鸡下蛋等等。好的百灵鸟能连续将十三个套路唱一遍，声韵清亮，自然纯真，婉转流畅，百听不厌。再笨的百灵也胜过那些装腔作势卖弄风骚的歌手！画眉也能唱出十三个套路，它不仅叫得好听，而且长得好看，所以颇受人们的宠爱。

啊，十三个套路，那是百灵鸟和画眉鸟的歌，养鸟人的心曲，也是故乡的晨曲。曲中也许透出故乡人清姿亮色的生活和欢畅愉悦的心境吧。

早餐后，铁柱从房间里取出一个装着面包虫的小瓶儿，手里拿着一个小镊子，用虫儿喂鸟。他告诉我，画眉鸟每天需喂十只面包虫；百灵鸟、靛颏和绣眼每天喂四只面包虫，上午和下午各喂一次。哦，原来喂鸟也要定时定量，来不得半点马虎。铁柱用八个搪瓷盆专门养面包虫儿，那是鸟儿们最爱吃的食物。

交谈中我才得知，自制鸟食不是一件简单的事情，鸟食由小米、蚕豆、绿豆、花生、核桃等二十多种成分制成。一年四季，十几只鸟需要不少鸟食哩。每天，铁柱除了遛鸟，清理鸟笼，就是制作鸟食，忙得他简直脚跟打后脑勺儿。

我问铁柱累不累，他诙谐地说：“过去我当营长管四百个兵，当厂长管四百个人，现在退休了只管十几只鸟。管人费心，管鸟费力。虽然累点，但累得舒畅，累得高兴。人生一世，草木一秋。如今是太平盛世，生活富裕了，应当有自己的乐趣。从我患心脏病后开始养鸟，掐着手指头算一算，差不多有十六个年头了，这些年，我没犯过一次心脏病。”

这实在让我难以置信，莫非，养鸟有这么大的益处？但诚实写在铁柱的脸上，我又不能不信。

记得几年前我回到家乡，铁柱知道我酷爱书法，恳请我为他写两幅书法作品。他递给我一张纸，纸上抄写的是欧阳修的两首诗《画眉鸟》。我一时兴起，挥洒自如地在宣纸上写下欧阳修的两首小诗：

百啭千声随意移，山花红紫树高低。始知锁向金笼听，不及林间自在啼。

南窗睡多春正美，百舌（即画眉鸟）未晓催天明。黄鹂颜色多可爱，舌端哑咤如娇婴。

没想到，我写的这两幅书法作品成了铁柱的挚爱，一直精心收藏。

这次回到故乡，铁柱真诚约我在松树林见面，想让我切身感受一次百鸟欢叫迎日出的景象，我期待着。昨夜，月光浸枕，鸟声入梦！

在松林里，铁柱向我一一介绍他的鸟友们，有教师、律师、医生、会计师，有老板、经理、企业家，也有退休干部和普通工人，他们大都是事业和生意成功之士。雅号“烧饼张”的养鸟人，今年68岁，一生坎坷，曾做过“骨头换洋火”、蒸馒头、烙大饼、烤烧饼等小本生意，如今在县城丝网大世界开门市，今非昔比，日子越来越红火。他养了四只画眉鸟，富裕起来的生活更增添了乐趣。养着两只鹩哥的老高据说是全县最有名的注册会计师，他指着鸟笼对我说：“这只鹩哥是从四川买来的，原来说话带着地道的四川味儿，

嘿，如今变成了满口的安平话，你说逗不逗？”我笑着说：“那是因为它在安平落户啦！鸟也喜欢富裕的地方，人富鸟欢。”莫非鸟解人语，那只鹩哥听见大伙的夸赞，兴奋地叫起来：“老板你好！恭喜发财！”

松林里爆出一片欢乐的笑声。此情此景使我联想到，鹰击长空，累了需要在山顶上落脚；雁度秋湖，累了需要在草泽小憩。这些勤劳致富的养鸟人不正是在繁忙之余享受成功的喜悦和生活的乐趣吗？

听不到鸟儿歌唱的地方无异于生命的禁区。鸟儿的翅膀可以飞到地球任何一个角落。

“快来看，我那只红毛画眉正高声欢叫迎接日出呢！”铁柱指着挂在松枝上的鸟笼说。

“这就是那只到天津参加大赛的画眉鸟吧？”我问铁柱。

“对，如果不是受到记者们拍照时闪光灯的惊吓，从笼中横杠上跳下来，它有希望夺得好的名次。”铁柱至今深感遗憾。

我在松林中观察聆听，几十只画眉鸟不停地欢叫，清脆悦耳，婉转动听，韵味十足。铁柱的红毛画眉确实叫得最欢快最好听，难怪鸟友们跷起拇指夸他是全县的“鸟王”哩。此刻，一轮红日正从东方地平线上冉冉升起，给苍翠的松林涂上了一层胭脂红。我却觉得，太阳是画眉鸟从红舌尖上吐出来的。

呵，画眉鸟唤醒了小城的黎明。因为鸟儿的歌唱，这里的太阳更红了，天空更蓝了，树木更绿了，花儿更香了，故乡人的精神更爽了。人和自然万物都沉醉在这黎明的乐章里。

浪花，打湿了我的岁月

我是滹沱河边土生土长的农民的儿子。

自从穿上军装，离开了故乡，离开了你——滹沱河，你日夜在我心里流淌，那如泣如诉的流水声，仿佛是母亲的呼唤……

波光

朝含晨曦，流动一湾胭脂，那是你送给平原的一条红色的飘带吗？

暮熔夕阳，飘浮一河碎金，那是你送给平原的一条金色的项链吗？

平原的黎明和黄昏，因你而生动多彩！

河边捕鱼人，在波光中打捞着漫长而艰辛的岁月。波光里，有日出的壮美，也有日落的雄浑。

那粼粼闪动的波光，似母亲明亮的眼神，一直围绕着我。波光中有我童年的影子。

自从上游修建水库，河水断流，河道只剩下一股缓缓流动的污水，散发着刺鼻的味道。裸露的河床，风沙肆虐着昼夜。而河的上游，因有了那个明镜般的水库，呈现出前所未有的美丽风景。

滹沱河呵，母亲河，你被拦腰斩断，把幸福给了上游百

万群众，把痛苦留给了自己和儿女。对这种大爱，我至今没有理解，总是心存幽怨。

这些年，我每次回家探亲，路过滹沱河，都要寻觅逝去的波光。聆听那萧萧的风声，似乎是母亲绵绵的絮语，开启着我受伤的心灵。我心灵的伤痕无法抚平了。我反反复复地想，逝去的波光还能重现吗？

那遥远而美丽的波光，常常浸湿我的梦。我相信，逝去的无法重现，不管现实多么美好，却永远不能替代逝去。

帆影

孩童时代，我经常站在河边，遥望河中的帆影。

近了，近了，一群白蝴蝶飞来了，飞到我眼前。

远了，远了，一片片白云飘走了，飘到了天边。

我曾看见，太阳在帆影里照镜子，月姑娘在帆影里巧梳妆，故乡大平原在帆影里孕育着希望……

童年的眸子充满好奇，那渐近渐远的帆影幻化出一个童话世界。

帆影，恰似我童年的憧憬，时而清晰，时而朦胧。其实，清晰和朦胧都不重要，重要的是纯真的心灵升起的憧憬总是那般美丽！

或许，那帆影寄予了平原人的理想和追求，所以让我一望而生仰慕之情。

不知何时，希望之帆在我心灵的天空升起，从此我不再消沉！

如今，由于河水干涸再也看不到渐近渐远的帆影了，取而代之的是桥上来来往往的汽车。

汽笛声声，送走了平原古老的年代，迎来了人们盼望已久的繁荣盛世。

繁荣固然令人羡慕，而古朴却让人眷恋。

远离故乡数载，我许多的梦留给了帆影。

桨声

在我儿时的记忆里，故乡冀中大平原最动听的音乐，是滹沱河的桨声。

桨声像炕头上老奶奶的纺车声。

桨声像村边庄稼汉的辘轳声。

桨声震落了黎明的残星。

桨声摇碎了天边的新月……

我和捕鱼人在桨声里分享鱼满舱歌满船的喜悦。

在桨声里，我渐渐长大了。于是，我像祖辈那样摇动双桨，让生命之船在岁月的河流里漂荡，义无反顾地驶向理想的彼岸。

几十年过去了，我这个共和国的老兵手中还紧握着祖辈传下来的双桨，搏击奋进，一刻也不曾停歇。只要生命不息，手中的双桨就不会舍弃。

桨声，是母亲的叮咛，也是我生命的音符！

杨花如雪

干娘，你在哪里？我再也看不到你在农家小院忙碌的身影，再也听不到你那两只大脚在乡间小路上留下的足音，再也感受不到儿时你亲我脸蛋那种母爱的温馨。冀中平原飘雪的时分，我呼唤着你，滹沱河畔风起的日子，我呼唤着你……

今儿是清明节，我特地从五百里外的京城回到故乡为你扫墓，假如你天堂有知，此刻，你会望着我微笑。干娘，你看见了吗？田野里，麦苗青绿，桃花粉红，梨花雪白，为你呈现出春天美丽的色彩。你曾经说过，你最喜欢春天，春天像故乡的河，有美丽的雪浪花，有醉人的流水香。我和春天一起向你走来。干妹告诉我，你在滹沱河边那一片公墓安息，你的坟上有一棵高大的白杨树，那是在抗日战争年代你曾经保护过的五姐妹一起栽的。白杨树枝繁叶茂，当春天的风吹起来的时候，树叶沙沙响，伴随着滹沱河哗啦啦的流水声，像古筝的绝响，方圆几十里的平原人都能听到。干妹经常到你坟前和白杨树交谈，她相信白杨有知，树能解语，这棵大树的年轮记载着你和干妹许多鲜为人知的故事。

干娘啊，你活在人间，姐妹们敬你爱你，你离开人世，姐妹们想你惦你，真情是不会阴阳隔断的。

爹和娘告诉我，我这条命是干娘从刀尖上夺回来的。抗日战争时期，娘和我干娘各自担任村妇救会主任，她俩在区里开会相识后，便成了置身于抗战烽火中的一对姐妹。娘是村里有名的“巧媳妇”，针线活儿无人和她相比，给八路军做军鞋，缝补军衣，线儿牵着月亮走，针尖刺落满天星。干娘呢，是远近闻名的“大脚女”，送军粮，挖地道，那些力气活儿，壮汉子们也甭想超过她。在那最艰苦的岁月里，娘白天黑夜带领妇女们为抗日而忙碌，顾不得照顾家，她生下的第一个儿子不满两岁就不幸夭折了。爹说，那天天空洒下凄凉的泪雨。干娘安慰我娘：“大妹子，别太伤心，等打败了日本兵，过上太平日子，再接着生。”五年后，就在侵华日军像秋后的蚂蚱挣扎的时候，娘怀上了我。那是个秋天的傍晚，娘接到上级的通知，要把一批军鞋、军衣和炸药火速运往滹沱河北岸八路军集结处。娘带了五位妇女，星夜赶路，来到干娘所在的滹沱河边的北郝村。

“姐，快找一只船，帮我们渡河。”

“妹子，别急，你等着，我马上就回来。”

“找一位会划船的，要可靠。”

“你就别操那份心了，有我呢。”

不一会儿工夫，干娘回来了。

“怎么样？”娘问。

“船已预备好了，咱们走。”

干娘顺手抄起屋内的两把橹。

没有月亮，星光也很淡，河畔的风在静夜里吹过来，拂着姐妹们脸上的热汗。

干娘摇着橹，小船箭一般射向对岸。

归来，姐妹们在干娘家落脚。天刚亮，她们被日本兵和

伪军包围了。干娘和我娘让其他姐妹们从地道里转移出去，她俩一起对付敌人。

敌人用刺刀对准我娘隆起的肚子，问她是不是党员、村干部、八路军交通员。

“啥都不是！她是俺妹子，来探亲的。”干娘解释说。

“呸！你撒谎，昨夜里有人给八路军送东西，你们两个参加了没有？”

“唉，你们没瞧见吗，俺妹子怀孕鼓着个大肚子，她能搬能扛吗？”

“那，给八路军送东西的人哪去了？”

“俺姐儿俩睡得像死人一般，窗外有啥动静都不知道。”

敌人没问出啥名堂来，只好作罢。我娘面对敌人的刺刀故作镇静，脸上的汗珠直往下淌。

我出生那年，日本已经投降。爹对娘说：“这孩子的命能保住，多亏了你那个姐，让孩子认她做干娘吧。”娘说：“咱俩想到一块了。没听说嘛，找干爹，认干娘，这样的孩子寿命长！”

于是，我便有了一个干娘。

这是我记忆中滹沱河畔的小村庄吗？这是干娘生活了几十年的小村庄吗？村子里再也见不到篱笆墙的影子和低矮的土坯房，再也看不到毛驴驮晓月、老牛踏夕阳，再也听不到石磨碎五谷、碾子转时光。一个个铁门、高墙、青砖的农家小院，排列整齐，水泥油漆铺的街道上不时有汽车闪过。

小时候，每年正月里，父亲带着我骑着自家的小毛驴，手里提着装有母亲做的各式各样的花饽饽的油漆笸箩，到滹沱河边干娘家走亲。儿时的记忆里，干娘那个村子紧挨滹沱河，站在院门口就能望见河面来来往往的摆渡船。水流很急，哗啦啦的涛声听起来真有点害怕。干娘是一个普通的农户，过的是庄稼人的日子，院墙是篱笆围起来的，北屋是两间砖房，低矮简陋，东屋则是两间土坯垒成的房子，里边既做饭又住人，屋顶和墙壁被烟熏得黑乎乎的。干娘家总共四口人，丈夫是个老实巴交的庄稼汉，儿子长我两岁，女儿小我两岁。干娘是一个结结实实、爽爽朗朗的农村妇女，模样很俊俏，黑亮的头发在后脑勺处绾成了一个簪儿，常挂着微笑的脸白皙透着微红，特别是两只眼睛明亮有神，像秋天清澈的湖水泛着微微波光。

每年正月见到干娘，干娘高兴地把我抱起来："乖，让干娘亲亲，干娘喜欢你这个宝贝蛋儿。儿呀，来，让干娘把钱锁儿给你戴上。"说完，干娘把早已准备好的钱锁儿挂在我脖子上，那钱锁儿是用几十个铜钱穿起来的，上面还别着一万元（即一块钱）的票子。那次，干娘抱起我来亲我脸蛋儿，站在旁边的干妹生气了，小嘴噘得老高："娘，抱抱我。"干娘故意气女儿："你天天在娘身边，抱什么抱！"干妹哭了，小肩膀扭来扭去。我从油漆笸箩里取出一个印花的白馍儿，递给她："妹，别哭，咱俩比赛踢毽子好不好？""好！"干妹乐了，她笑起来像平原上绽开的花，真好看。

乡下有句俗语：什么谷子脱什么米，什么娘生什么女。小干妹出落得比干娘还好看哩，村里人说她是天上的王母娘娘身边的仙女下凡了。那时，我是个毛孩子，不明白说的啥意思。

长得小巧玲珑的干妹，踢毽子在全村数一数二，几乎没人敢和她比赛。我敢，是因为有一个绝招，叫作"黄鼬拉

鸡”，将毽子用右脚背接住猛地朝身后一甩，毽子便飞落在正前方。这一招，小干妹是不会的，我教过她好多次，她还是没学成。

那天，我又给小干妹表演绝技。她凝目观看，细心揣摩，一遍又一遍试练，终于成功了。我俩高兴得跳了起来，笑声溢满了农家小院。

干娘蒸熟了卷子（即馒头），熬熟了肉菜，招呼我们进屋吃饭。我最喜欢吃干娘熬的肉菜了，大肉片、肉丸子、白菜、蘑菇、豆腐、宽粉条，这是冀中平原的农民过大年才吃的东西。我足足吃了两大碗。

“儿子，明年你十二岁，是解锁的年龄，干娘等你再来，还给你熬肉菜。”干娘用毛巾给我擦了擦头上的热汗，拍着我的肩膀叮嘱着。

“嗯。”我点了点头，不知道对干娘说些什么。

我终于望见坟地上那棵高高的白杨树了，那是我生命的绿荫。阳光里纷飞的杨花雪片般晶莹，杨花吻着我的脸，使我忆起儿时干娘亲我脸蛋那种母爱的温馨。干妹告诉我，自从干娘在抗战时期保护过的五姐妹栽上这棵白杨，她就担当起白杨树的浇水人和保护神。她浇灌的是真诚，守望的是善良！任何人都可以遗忘周围的世界，但如果没有被这个世界遗忘，那是不容易的。几十年风风雨雨使这棵白杨变得又粗又高，不变的是清明节前后的杨花年复一年的飘飞，亲吻着滹沱河畔的天空和大地。我突然悟到了情为何物。情，不仅是世间沟通人们心灵的桥梁，也是连接阴阳两界一条美丽的彩虹！

此时此刻，我跪在干娘坟前，思绪一如飘飞的杨花纷纭交错。自从我十八岁参军离开故乡，再没有见过干娘。几十年铁马金戈，风雪雨霜，几十年雄关漫道，岁月沧桑，我由一个农村孩子成长为人民军队一位正师大校军官，但我一直没有忘记我的干娘。如今，我已是年过六旬的军休干部，在干娘坟前，我把几十年的思念和牵挂凝聚成一首小诗，默默地吟诵着：

一缕哀思逐春风，
五百里路牵幽梦。
桃花粉红梨花白，
柳絮杨花乱清明。
坟前泪水洗春色，
纸钱红火燃真情。
干娘天堂望人间，
娇儿已是白发翁。

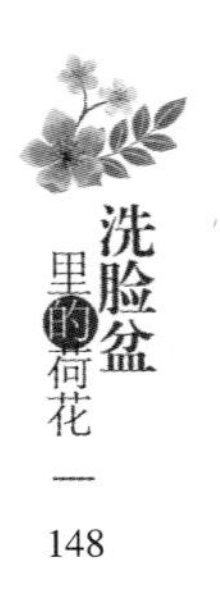

乡 愁

故乡真小，小得只盛得下两个字。

——施云

故乡有句民谚："小寒大寒，杀猪过年。"春节越来越近了，共和国老兵的乡愁，宛若云在故乡那片蓝天聚集，亦如风在冀中平原旋转，滹沱河畔那个生我养我的村庄，此时被军人的乡思覆盖。

我想起了田间的野花，想起了村边的绿柳，想起小院觅食的鸡，想起门口看家的狗，想起了拉车的小毛驴，想起了耕地的老黄牛，想起爷爷用过的犁杖，想起父亲扛着的锄头；想起了炕头上的纺车，陪伴奶奶几十个春秋；想起母亲的织布机梭儿牵着日月走，父亲教我拨打的珠算是否扔进了灶膛口，姐姐为我缝的荷包是否依旧香悠悠。远离家乡五十载，金戈铁马伴乡愁，佳节思亲寻常事，莫笑军人泪也流。

记忆里，进入腊月，龇牙咧嘴的北风，撕咬着平原的冬天，大雪把村庄压得胸口痛，只有井口冒着白气。躲在屋檐下小洞的麻雀，望着垂挂的冰柱子抖着羽毛。村里的老爷爷胡须上挂着冰碴，老奶奶围着炭火，用手搓着金黄的玉米棒子；母亲在油灯下飞针走线，为孩子们赶做过年穿的新衣；磨坊里的小毛驴憋足了劲，给农家拉出一个香喷喷的春节。

春节是乡村孩子们一年最快乐的日子。春节前夕，父亲在黑漆梢门内的屋顶悬挂起走马灯，姐姐把红漆衣柜、立橱、木箱和两个瓷花瓶擦得锃光瓦亮。母亲点燃木柴，在大铁锅里煮猪肉，整个院子弥漫着猪肉香。

过年啦，母亲让我们兄弟姐妹都换上新衣服，那是母亲在油灯下一针一线做成的。我和姐姐都喜欢母亲亲手做的条绒布鞋，姐姐的条绒布鞋是红色的，我的条绒布鞋是黑色的。“走，我教你踢毽子。”姐姐拉着我的手，跑到院子里。那凌空飞舞的鸡毛毽子，给春节增添了不少快乐气氛。

时隔多年，这些生活碎片已变成岁月中枯黄的落叶，然而在我脑海里却挥之不去。

参军远离故乡，我多年没有回老家过春节了，姐姐在电话里嘱咐我，今年春节要带上妻子、儿子、儿媳、孙女一起回老家过年，兄弟姐妹来个大团圆。

从我呱呱落地到年逾古稀，姐姐与我相守相望，整整七十个年头。漫漫人生路，绵绵姐弟情，我因有一位知心贴心懂我疼我的好姐姐而深感幸运。小时候，姐姐与我朝夕相处，形影不离。小油灯下，姐姐给我辅导功课，黄豆般的灯芯送走多少个漆黑的夜晚。假日里，姐姐和我一起到田野挖野菜，打猪草，捡麦穗，拾花生，衣服沾满草丛的露水和泥土的芳香，足迹叠印在家乡广袤的土地上。忘不了，炎热的夏季，姐姐和我躺在院子里的凉席上，她摇着蒲扇为我驱赶讨厌的蚊子，望着天空上的星星讲故事。寒冷的冬天，姐姐用热水袋为我温暖被窝和冻伤的小脚丫。儿时，我有遗尿的毛病，早晨起来，姐姐将我尿湿的被褥搭在院子里的麻绳上，晒干后再抱回炕上，晚上，我一钻进被窝便嗅到太阳的

味道。

三年困难时期，姐姐在角邱中学读书，我紧随其后，考入县重点中学。当时，在新华书店供职的父亲每月工资只有十八元，九口之家，经济确实困难。为了让我安心读书，姐姐选择了辍学，回家务农。我欠姐姐的这份情，真是一辈子也还不清啊。

父母先后辞世后，姐姐成了最疼我的人。她身在农村，心系军营，隔三岔五给我写信嘱咐我要听党的话，做合格的军人。我结婚成家后，姐姐多次捎来家乡的棉花、香油、小米、花生、红薯和大红枣儿，使我感受到长姐如母。

万万没想到，姐姐因贫血到一家私人诊所看病，那位乡村野医不知给姐姐配的什么药，服用之后便深度昏迷，当我赶到省医院探望时，昏迷中的姐姐再也不能开口说话。我紧握着姐姐的手，大声说："姐，你一定要挺住。"数日之后，姐姐仍然昏迷不醒，医生诊断她的脑细胞因缺氧部分死亡，内脏尚好，苏醒无望，建议回家休养。我又心急火燎地赶回老家，探望病中的姐姐。一直昏迷的姐姐卧床靠输液输氧维持生命，我安慰她说："姐，快醒来吧，咱们春节要大团圆哩！"

亲人们都盼望姐姐醒来，精心照料，即使有一线希望，也决不会放弃。

返回北京，我几乎天天打电话，询问姐姐的病情。亲戚告知，姐姐的病情，虽无好转，但无生命危险，让我放心，等候奇迹出现。

三个月后，我在出国返航的邮轮上收到弟弟的短信："姐姐病逝了"。当时，我蓦地觉得天轰然塌了下来，待悲痛的心情稍微平静，我走到阳台瞭望大海，巴不得立刻回到故乡。云天苍茫，大海无边，故乡在何方？想到来不及为姐姐送行，我不禁潸然泪下。突然，我发现海面上涌起一簇簇雪浪花，那么洁白，那么美丽，我想这是特地为姐姐举行的海祭吧，我多么希望姐姐能看到这海上奇观。

姐姐的丧事刚办完，我和妻子匆忙赶回家乡，和亲戚们一起到姐姐墓前祭奠。回到县城自家的住宅，我站在阳台上，望着雨中姐姐亲手为我栽的那两棵香椿树，思潮起伏。姐姐走了，而香椿树留下了无尽的缠绵。雨，噼里啪啦敲打着故乡的土地，也敲打着我一颗破碎的心。雨中的香椿树枝叶繁茂，苍翠欲滴，我突然醒悟，那是陪伴我余生的生命之树啊！微风不时吹来，香椿树在风中摇曳，仿佛向我点头示意。淅淅沥沥的小雨，几多朦胧，几多凄迷，点点滴滴，诉说着如烟的往事。思念的泪，一如飘洒的雨，打湿了故乡的七月……

义门，这扇门永远开着

义门是村名，那是一个坐落在冀中平原滹沱河畔的古老村庄。我在本县后张庄中学读书时，班里有一位名叫门志辉的同学，听说他就是义门村的。初识，我和门志辉便成了好朋友。我俩同龄，刚满十四岁，又都是班里的小个子，白天同桌听课，晚上通铺共眠，彼此的感觉，用家乡话说就是“真得”（得，děi，满意之意）。

我读初中时，正值三年困难时期。冀中平原的农民家家户户受着饥饿的煎熬。中学的伙食，一日三餐“瓜菜代”，我们这些正在发育的孩子，吃得孬不怕，怕的是吃不饱肚子。因为挨饿的滋味实在不好受。寒冷的冬天，每日晚自习，坐在教室里，肚子饿得咕噜咕噜直叫唤，下课后回到集体宿舍，钻进被窝，久久不能入睡，因为肚子里空空的，没食，饿得挺难受哩。躺在我身边的门志辉发现我翻来覆去睡不着，猜出来是饥饿与我较劲，便把一块硬邦邦的东西塞进我的被窝，我闻了闻，好香呀，是玉米饼子。那时的我，顾不得什么“君子不食嗟来之食”，狼吞虎咽，将半拉玉米饼子填进肚子里。我明白，那半拉玉米饼子来自义门村，是门志辉在本校读高中的姐姐回家带来的。义门在何方？我知道那个村子属油子公社管辖，紧挨着滹沱河。虽然我没去过义门，但那半拉玉米饼子启示我，义门就是仁义之门。义门人，有一颗善良的爱心，这是世间的瑰宝。

1963年，我初中毕业了，幸运地考入省重点深县高中，此后一直没机会与门志辉见面。特别是我从深县高中应征入伍后，远离家乡，与老同学门志辉天各一方，杳无音信。说实在的，自从我参军提干后，再也不为温饱担忧了，进了大城市，也曾品尝过山珍海味。但对我来说，天下美食，都比不上当年那半拉玉米饼子吃着香。

记得，我参军后的第八个年头，从北京回到家乡探亲，与母亲唠嗑时，老人家竟无意地对我提起老同学门志辉。

那是盛夏的一天傍晚，倾盆大雨袭击了冀中平原。母亲站在家门口，发现蒙蒙雨雾中有一辆老牛车在村街上艰难行进，车上装载的是红薯秧子，赶车人是一位二十多岁的庄稼汉。

“喂，到俺家避避雨吧。”母亲对赶车人喊道。

“大娘，谢谢你了。”赶车人无奈，只好答应了。

母亲拉开黑漆梢门，赶车人吆喝着，老牛车驶进我家的梢门筒子。

母亲让我父亲从生产队里弄来草料，喂那头老牛。她忙活着烧火做饭，为陌生的赶车人准备了可口的饭菜。

吃罢晚饭，母亲把干净的被褥铺在土炕上，对赶车人说：“孩子，别走啦，在这土炕上睡一夜，明儿个再赶路。甭嫌俺家的土炕简陋，当年，八路军、游击队都在这土炕上睡过。孩子他叔，俺家的老大、老三，都睡过这土炕，如今，他们都在部队当兵，孩子他叔还是一位部长哩。”

“你当兵的儿子叫什么名字？”赶车人问。

“老大乔秀清，老三乔秀滨。”母亲说。

“哦，乔秀清，那是我初中的同班同学呀！”

“真的？”

“真的。我是义门村人，名叫门志辉。读中学时，我和乔秀清是特别要好的朋友。”

是巧合，还是缘分？这个村子几百户人家，门志辉却幸运地遇到了我的父母。

听完母亲讲述的这段真实的经历，我告诉了母亲那半拉玉米饼的往事。母亲对我说：“门志辉是义门村人，义门人真是有情有义呀！”

时光在不经意间悄然流逝，屈指一算，我参军远离家乡整整 50 年。这么多年过去了，许多往事已淡忘，但我始终没忘记义门村的门志辉，没忘记他送给我的半拉玉米饼子。好友之间，绝非经常见面才感情深厚，能在心灵深处留下烙印，即使远在天边，多年不见，心里总是惦着。这正如一首小诗所云：“别人有一片草原，容不下一个我，你只用一棵草，就拴住了我，这棵草叫永远。别人有一座宫殿，留不下一个你，我只看了你一眼，就拴住了你，这一眼叫永远。”

今天早晨，我收到朋友发来的一条微信：“在衡水安平县油子乡有一个叫义门的地方，这里有一位善人——韩广庆。2015 年 12 月 1 日，北方已经颇冷。但在义门，大家的心却是暖暖的。因为韩广庆自费买了一百多件棉衣，在义门村党支部书记门永金的陪同下一起送到了村里每个需要帮助的人手中。谈起为啥这么多年始终如一地为村民做善事，韩广庆说：“‘其实这算不上什么善事，我只是在应着我的心做了一些力所能及的事。现在政策好了，日子也好起来了，自然而然地发自内心就想帮帮那些需要帮助的人。我希望我身边的每一个人都过得好。’”

自然而然地做好事，希望身边的每一个人都过得好。多么朴实无华，多么情感真挚的话语呀！这是义门人的肺腑之言。

读着这条微信，我的心飞到冀中平原的滹沱河畔，飞到那个古老的村庄义门。一缕乡愁，恰似陈年老酒，令人回味无穷。门志辉，我的老同学，多年没见，你现在近况如何？我因为结识你而幸运，也因为你生活在义门而自豪。因为，在我的记忆里，义门是仁义之门，这扇门永远开着。

太阳的能量

盛夏的傍晚，落日熔金，晚霞欲燃，冀中平原浸润在橘红色的夕照里，滹沱河像一条金色的飘带伸展向远方。远方有多远，滹沱河里的浪花知道。

当我应安平县文联主席王彦博之邀来到“农家老味道”餐馆，朋友们都坐在一个简陋的房间里等我共进晚餐。王彦博主席向我逐个介绍在座的各位来宾，除了作家、诗人、教师、企业家之外，有一位是地地道道的农民，他是王彦博主席特地请来的客人。

王主席对我说：“他是安平好人闫金虎，东黄城乡南侯疃村的老党员。他当过兵，立过功，复员回乡当过村主任、党支部书记。如今，他已经是44年党龄的老共产党员，从入党那天起，他就暗下决心每天做一件好事，以入党为荣，为党增光。几十年来，他恪守承诺，坚持做好人、办好事，不夸张地说，他做的好事已达上万件，是名副其实的活雷锋，多次被评为市县先进人物。”

看得出，王主席对闫金虎相当了解。闫金虎中等身材，肤色稍黑，衣着朴素，从他身上还依稀看到军人所特有的自信、刚毅、朴实、坦诚的气质。他憨笑着，两只炯炯有神的眼睛不时地打量我这个来自北京回家探亲的共和国老兵。

我起身走近闫金虎，紧紧握住他的手说：“我也是共和国老兵，认识你真高兴。”

两只握过钢枪的手久久地握在一起，仿佛一下子把我俩牵回沸腾的军营，置身于火热的军旅生活。蓦地，我发现闫金虎胸前戴着一枚红彤彤、金灿灿的党徽，中心红色标志是镰刀斧头，周围那烫金的十个字清晰可见：安平县共产党员志愿者。闫金虎告诉我，这枚党徽是县委宣传部颁发给他的，他每天都戴在胸前，感觉党就在心中，那是一轮能量无尽的太阳。

话刚至此，我惊异地发现这小饭馆豁然明亮起来。餐罢，王彦博主席对我说：“我知道你研习书法几十年了，今天机会难得，想请你给朋友们写几幅书法作品。跟我来，那边房间里已准备好笔墨纸张。”

家乡的朋友们都知道，我退休 16 年来，每年回到故乡，都要给朋友们留下墨迹，这些年估计给家乡的朋友写了几百幅书法作品。我得知，王主席今天邀我来，主要目的是请我为好人闫金虎写一幅书法作品，内容他早已考虑好了，四个大字：德行天下。

我借着酒兴，欣然命笔，很快就写成了一幅六尺的书法作品。在场的朋友都称赞这幅书法作品神重气足、苍劲潇洒。

最高兴的莫过于闫金虎了，他对我说：“字写得太好啦，我一定裱好挂在家里的墙壁上，作为座右铭。谢谢你，老班长。”

“老班长”！多么亲切的称呼呀！记得我刚参军那几年，见到比我参军早的战友都喊“老班长”。此刻，67 岁的复员军人闫金虎面对我这个 70 岁的共和国老兵喊了一声“老班

长”，使我心里热乎乎的。

几天之后一个阳光明媚的上午，闫金虎登门找我聊天。他带来了厚厚的一本资料，这是县委宣传部收集装订的《闫金虎个人事迹新闻集锦》，我翻开浏览了一遍，里面全是省市县主流媒体刊发的新闻原文，介绍闫金虎助人为乐、乐善好施的善行义举。几十年来，闫金虎经常主动上门，为四乡八里的军烈属、残疾军人、老党员、孤寡老人、特困家庭等义务服务。每年进夏入冬，闫金虎还会到光荣院、敬老院对纱窗、玻璃进行修换，分文不取。河北省道德模范王小芬的孤儿收养院，闫金虎也是每年必到，窗纱该修换的自不必说，中秋、春节还会给孤儿们买礼物、送食品。

这一桩桩、一件件似乎平凡的小事，袒露出老党员、复员军人宽广的胸怀和博大的爱心。

聊天中，闫金虎发现我的目光不时地凝聚在他胸前那枚党徽上，便会意地告诉我：“我母亲是中华人民共和国成立前入党的老党员，常教育我不要给党丢脸。我每天做好事，就是为党争光，让党徽永远像太阳一样，每天都是鲜红鲜红的。”

我对闫金虎说：“你说得对，党是我们心中的太阳，太阳的能量是无法估量的。”

“是的，没有太阳，这个世界就没有光明。没有共产党，就没有新中国。共产党是为大多数人谋利益的，如果咱不为群众做好事，就不配一名共产党员。”

“老闫，你几十年坚持做好事，家人支持吗？”

“当然啦，我母亲、老伴、女儿、儿子、孙子都支持。到哪天我干不了了，马上就成为预备党员的儿子连同十多岁的孙子接着干，助人为乐永远在路上，为老百姓办好事党员责任薪火相传。”

“多么好的一个家庭呀！”

“对啦老乔，我今儿个找你，想求你给我写一幅书法作品，四个字：和谐之家。”

我爽快地答应了，随即带闫金虎走进书房，让他在旁边亲自观看，完成了这幅书法作品。闫金虎很满意，咧嘴笑个不停。

我们正饶有兴味地侃侃而谈，突然，闫金虎的手机响了，他接完电话对我说：“今儿个咱俩就聊到这，改日我再来拜访你。一位90多岁的女共产党员在家等我见面，我登门看望她老人家，看看有啥事需要我帮忙。真是呀，想做好事，好事做不完，我整天价忙得脚跟打后脑勺儿。”

我望着闫金虎那乐呵呵的样子说：“欢迎你再来，和正能量的人在一起，舒服，痛快。”

我把闫金虎送出门，他骑上电动三轮摩托车出发了。此时，日近中午，盛夏的太阳当空照着，整个大地沐浴在炽热的阳光里，我相信万物都能感受到太阳的能量。

兵　屋

村里人称这座百年老屋为兵屋，因为这座老屋走出了三位军人，这三位军人都是共和国的军官，其中一位是副军级干部，另一位是正师级干部，还有一位是科级干部。在冀中平原滹沱河畔这个古老的村庄，从抗日战争开始，有当兵的人家总共有七八十户，而一家有三个当兵的，我们家是独一无二的，因此我很自豪，当然也很荣耀。

自从参军远离故乡，我像飘飞的风筝，无论飞得多么高多么远，总是被乡思的线牵着。这些年，我写了数十篇思乡的散文和几百首思乡诗，大都结集出版或在报刊上发表。我思念故乡的亲人，也思念我们家的老宅老屋。

这不，刚进入炎热的盛夏，我从北京又回到故乡，唯此才能了却共和国老兵的乡愁。

“霜寒染枫林，野旷鸣孤鸿。秋思暖冷月，乡情绕博陵（安平）”。

这是十年前我写的一首思乡诗，在朋友圈里广为传诵。这次回归，一踏上故土便抑制不住喷涌的诗情，很快写成了两首思乡的小诗：

身上戎装几十载，
镜中鬓发已斑白。

故乡旧时柳梢月，
笑问客从何处来。

——老兵

春风又度滹沱河，
归来心事对谁说。
白云悠悠已飘远，
唯见当年故乡月。

——归来

这次回故乡，我打算待个把月，说啥也要再去看看我们家的百年老屋，在建军九十周年来临之际，让朋友们了解一下这座兵屋。

我们家原来前后两个宅院，总共有十五间瓦房，临街的前院有一个黑漆大梢门，梢门筒里停放着一辆木轮老牛车。后院有三间北屋、两间西屋和带过道门的三间东屋。我们家的老宅当初在村里是相当阔气的，奶奶告诉我，我曾祖父打造金银首饰积攒了一些银圆，修建了这座宅子。小时候，我记得我家梢门东侧有一棵大槐树，农闲时村里人在槐树下放皮影，引来不少大人和孩子观看。接连好几年，山东来的三位打铁匠在我家槐树下支起火炉和铁砧，从事打铁活计，叮当叮当的铁锤声，震落了满天的星星。儿时的我，经常爬到槐树上，采槐花槐豆，参军离开家乡五十多年了，梦中时常闻到槐花香。

奶奶、父亲、母亲都曾对我讲过叔叔参军打日本鬼子的故事。那是1940年，日军侵略的魔爪伸向冀中平原，杀光抢光烧光的“三光”政策肆虐疯狂，平原人民惨遭日本鬼子的

蹂躏，抗日烈火遍地燃烧。当时，父亲担任本村青年抗日先锋队主任，组织和带领青年们挖地道、除汉奸、送军粮，烧日本鬼子的炮楼，袭击日本鬼子的运粮队。母亲担任本村妇救会主任，组织妇女们日夜做军衣军鞋，为抗日游击队烧水做饭，动员青年小伙们参加八路军，奔赴抗日前线。村里征兵开始了，父亲和叔叔兄弟俩互不相让，争着参加八路军。那天，奶奶正在大槐树下纺线儿，只见叔叔急匆匆地走来，他光着背，一边走一边穿粗布褂子，甩给奶奶一句话："娘，我当兵去了。"说完，撒开腿跑远了。叔叔先去了县游击大队，与日本鬼子打游击战，经常日行百里，练成了一双铁脚板儿。后来，叔叔跟随吕正操司令员在冀中平原反扫荡，在枪林弹雨中百炼成钢。

中华人民共和国成立初，我刚刚懂事，那天，奶奶带着我参加村里举办的军烈属座谈会，几十张木桌都摆满了苹果、香蕉、花生和糖块，真让我解馋，农村孩子怎么有这么大的口福？奶奶告诉我因为我们家是光荣军属。

是的，叔叔是军人，我渐渐长大了，才知道叔叔在原北京军区工作，当过铁路军代表、科长、军事交通部部长。

我从后院西屋出生，四五岁便跟着奶奶睡在北屋东间的土炕上。炕头放着一架纺车，奶奶纺线时，我坐在奶奶旁边，她一边纺线，一边给我讲故事。

"你爹和你叔小时候跟着我也是睡在这间屋的土炕上，两个人闹得厉害，经常打架，你看那窗棂，被他俩打断了好几根。"奶奶絮絮叨叨地说，那隐藏的怨气似乎尚未消散。"窗棂子断开的那个洞，忽忽的北风吹进来。我呀，气不打一处来，真想狠狠揍他俩一顿，可是，手举起来又放下了，舍不得，那两个调皮鬼都是奶奶的心头肉呵。”

叔叔是这个老屋走出来的第一位军人，他给这个老屋留下的明显痕迹就是断裂的窗棂洞，小时候，我经常把小脑袋从窗棂洞伸出去，望着窗外的世界，思念着远方穿军装的叔叔。记得，我刚上小学的时候，叔叔坐着绿色的吉普车回到家乡，听说他是参加一个会议顺便回家看看。我出生后第一次见到叔叔，只见他长得英俊帅气，两只眼睛很明亮，皮肤白白净净的，那身可体的绿军装真叫人羡慕。叔叔和全家人合了个影，这张全家福一直挂在老屋东间的墙壁上。我经常望着这张合影，凝视着穿军装的叔叔那英俊威武的身影，反反复复地想，长大了，我也要当兵，像叔叔那样成为一名军官。

1964 年冬季，正在深县一中读高中的我被批准参军了。父亲母亲甭提多高兴啦，母亲迈着小脚，颠颠簸簸地到五里外的黄城商店，挑选了一个搪瓷洗脸盆，盆里的图案精美雅致，绿叶粉荷，清波金鱼，简直美轮美奂。告别家乡那天，雪越下越大，母亲送我到村口，久久不肯离去，我远远望见母亲成了雪人。我明白，抗战时期担任妇救会主任的母亲动员并送走多少青年奔赴抗日战场，而今，她是把自己的儿子送往军营啊，作为军人的母亲，光荣而伟大。父亲骑着自行车，带我到四十里外的新兵集结地，我脱下母亲亲手给我做的衣服，换上了绿军装，父亲仔细打量了我一番，就要返回时竟呜呜哭了，原来，这个把脑袋别在裤腰带上与日本鬼子拼死较量的平原硬汉子也有儿女情长呀。我的散文《洗脸盆里的荷花》真实反映了母亲送我参军的情景，这篇文章刊登在《北京文学》，获得第四届全国冰心散文奖；散文《父亲的自行车》记述了父亲送我参军的往事，发表于《散文百

家》。而《雪人》和《那一刻，父亲呜呜哭了》两首诗，被多家报刊发表。

我是老屋走出的第二位军人，早已驾鹤西去的奶奶不会想到，一个儿时遗尿又在全村调皮出名的孩子，在部队成长为正师级干部。不知咋的，小时候我天天尿炕（遗尿），仁慈的奶奶每天将我尿湿的被褥搭在院子里的铁丝上晾晒，太阳落山时将晒干的被褥抱回老屋，晚上我钻进被窝里，暖和舒服，还能闻到太阳的味道。我参军的前一年，奶奶辞世了，她曾为我晾晒尿湿的被褥十个年头，可是我没给老人尽一点孝，这是我终生的遗憾。这些年来，每当回家走进老屋，我望着奶奶使用过的衣柜、桌橱、油漆笸箩、盛木炭的取暖铁盒子，还有那架纺车，一颗思念的心就要破碎，泪水溢出眼眶，奶奶，我对不起您呀！

奶奶，你没有见过你的孙子穿着崭新的绿军装是多么神气，您不知道您的孙子在军委总部是颇有名气的笔杆子，坚持写作，终于成为一位军旅诗人、散文作家和书法家。您也不知道，你孙子从战士成长为正师干部，扛了十五年大校军衔，从来没有为仕途给领导送过礼，保持着一身正气。奶奶，我没有给您丢脸。

秀滨弟是老屋走出的第三位军人，他参军实属不易，可以说费老鼻子劲啦。1972 年村里征兵，刚刚高中毕业的他便渴望应征入伍，可是，仅有的几个名额都被村干部占有了，无奈之下，他竟然扒火车跟随新兵跑出百里，最终被发现遣送回家。第二年，得知我的战友李树怀的初中老师在我县武装部当秘书，于是，便取得联系，请其关照，经体检和政审合格，被批准参军。他当战士干得很出色，几年后被提拔为军分区政治部宣传干事。秀滨自幼酷爱书法，到部队后坚持临帖，参加书法函授培训，在书法比赛中屡屡获奖，当选为河北省硬笔书法协会副主席、省青少年书法协会主席和唐山市书画家协会主席。

去年清明节，我从北京回到家乡，秀滨弟从唐山风尘仆仆赶回来，我们兄弟四人在清明节那天一起给父母扫墓，之后，商定一起去看看多年未光顾的百年老屋。那天上午，天气很好，金灿灿的太阳当空照着，桃花喷火，杏花争艳，梨花如雪，平原上到处洋溢着泥土的芬芳和芳草的气息。

我怀着沉甸甸的心情来到生我养我的老宅，那棵粗壮高大的老槐树早已没了影儿，黑漆梢门不见了。前院八间瓦房片瓦没留下来，变成一块空地，后院也只剩下那三间北屋了，院墙上面长了稀稀疏疏的荒草，小风吹过来，墙头草在风中摇曳。院内不仅杂草丛生，还钻出了一棵棵洋槐，那是西邻家的洋槐结籽被风吹过来落地生根发芽。眼前这老宅老屋闲置十几年了，整个村庄再也找不到如此荒凉沉寂的宅子了。扒拉开院内的洋槐和杂草，打开屋门上那锈迹斑驳的铁锁，我们走进百年老屋，奶奶和父母用过的家具依然摆放在老地方，使人一望便回忆起几十年前的岁月，那时我们是个九口之家，日子红火兴旺，如今人走屋空，破败不堪，往日岁月一去不返了。万万没想到，这百年老屋的墙壁上挂着一个相框，相框里有叔叔、我和秀滨弟三位军人的照片，各自穿着绿军装，给这座老屋带来了庄严神圣的色彩。兵屋，名副其实的兵屋呵！奶奶、父母都曾因为是光荣军属而自豪。

老屋——兵屋，这里是军人生命的摇篮，是军人灵魂停泊的港湾，屋外则是军人施展才华、报效祖国的广阔天地。

母校生活漫忆

思念如叮咚叮咚流淌的花溪水
记忆的浪花跳跃着，流入岁月深处
那飘浮的花瓣零乱成一路芬芳
只要思念尚存，便有满溪流水香

这是我回忆母校生活的真实感受。我的母校——河北省安平县后张庄中学，在20世纪五六十年代，犹如一座高入云端的灯塔，巍然耸立在冀中平原上，其名气伴随着滹沱河哗啦哗啦的流水声，传向遥远的天涯。众所周知，后张庄中学高考入学率屡破百分之九十五的纪录，与辛集中学、深县一中成为三足鼎立的河北名校。1960年夏季，我幸运地考入了后张庄中学，至今我还清楚地记得，当时后张庄中学是本县第一志愿，不言而喻，考生由后张庄中学优先录取。因此，刚满十三岁的我，像金榜题名似的成了村里的“天之骄子”。

那时的后张庄中学，不论校舍还是教室，都是简陋普通的房子，全校找不到一座楼房，而这里却聚集了全县最优秀的学生。这正如刘禹锡的《陋室铭》所言：山不在高，有仙则名；水不在深，有龙则灵。

出乎意料的是，作为一校之长的崔顺发个头竟然那么矮，他穿着一身浅蓝色的中山装，迈着八字步向我们走来，那副慈祥的面容很像老父亲。他那双眼睛很明亮，闪烁出深沉和智慧的光芒，那厚厚的嘴唇给人留下极深的印象。我注意到他讲话时声音很洪亮，伴随着自然的手势，那洪钟般的语音敲打着学生们的心房。甭问，谁都喜欢崔校长讲话。可是，好多学生都怕副校长刘一，因为他管理严格。他留的是光头，整天板着脸儿，门神似的带着凶相，那些调皮的学生见到他真像老鼠见到猫似的，远远就避开了。

记得那个夏夜，天空挂着一个又大又圆的月亮，月华如练，没有一丝风，校园很静，学生们都就寝了。我悄悄起身想去厕所小便，刚走出宿舍，只见不远的地方有两位男同学只穿着裤衩，一边低声哼唱着小曲儿，一边冲着墙根撒尿。这当儿，刘一副校长走过来，厉声喝道："掐住！"接着，刘副校长质问那两位男同学："你们哆哆什么，来来什么，光着膀子溜达什么？"一看这架势，我转身躲回宿舍，憋了好久才去厕所。

从初一到初三，换了好几位班主任，其中两位印象颇深，一位是体育老师聂凤山，一位是化学老师周东普。聂老师长得英俊帅气，白白净净的脸庞，明明亮亮的双眸，一头黑发显然涂了发油，柔润光泽，学生们都认可他是学校无与伦比的美男子。因为我是班里的学习尖子，又是体育委员，自然受到他的偏爱。在聂老师的倡导下，班里成立了男子足球队，我是最活跃的队员。聂老师作为班主任，坚持每晚来男生宿舍查看，了解学生们的学习和生活情况。一天傍晚，几位调皮的学生问我敢不敢和聂老师开个玩笑，我说那得看是什么玩笑，他们说用簸箕装上土，放在门框上，等聂老师

来推门，撒他一头土。年幼的我也是个嘎小子呀，觉得好玩，于是照办了。等了一会儿，聂老师果然又来查房，一推门，那半簸箕土正好扣在他的头上，满头油光发亮的黑发顷刻被尘土盖得严严实实。我担心聂老师动怒责怪，一颗忐忑不安的心提到了嗓子眼儿。没承想，聂老师不仅没有发脾气，反而微笑着说：你们这些调皮鬼，真会开玩笑！时隔多年，我没忘记这个玩笑，心里总感到内疚，对不起聂老师。直到我参军提干调到军委总部工作，回家探亲专程拜访了聂老师。

周东普担任我们的班主任，对我关爱有加，培养我加入了共青团。我是班里的体育委员，班主席（班长）是陈建成，学习委员是李秋扣。周老师经常召集我们几个班干部开会，布置任务。他中等身材，面容慈善却隐藏着刚毅，经常见他穿着一双翻毛皮鞋，走路"扑哧扑哧"响，那副神气透露出对教师职业的自尊和满足。到初三时，只是34班和36班两个毕业班，我们34班的班主任是化学老师周东普，36班的班主任是数学老师郝满秀，两个班在各个方面展开激烈竞争。我一直认为周老师和郝老师是一对冤家对头。万没想到两位老师是一对恋人，初中毕业考试结束后，他们在一个教室里举行了婚礼，我在现场亲眼看到他（她）俩表演了大家预先安排好的一个节目——啃一根线吊着的苹果，惹得笑声不断。记得那年冬天，我在解放军总医院医技部任政委，接到家乡打来的长途电话："你是乔秀清吗?"我回答："是。""你还认识我吗，我叫周东普。""认得，你是我们班主任周老师。俗话说一日为师，终生为父。你比我大十来岁，不能称父，一日为师，终生难忘呀！""我和郝老师想去北京找你查体看病，行不?”“行，欢迎！欢迎啊!”

久别重逢，当我见到风尘仆仆赶到北京的两位老师，无法相信当年英姿勃发地活跃在讲台上的周东普老师和端庄俊雅的郝满秀老师都变成了白发苍苍的老人了。多年辛勤耕耘，日夜操劳，教书育人的两位老师，积劳成疾，他俩颈椎腰椎都有毛病，一直忍受着疾病的折磨，听说我在解放军总医院工作，便慕名来院求医。当我了解到两位老师工资偏低，两人的工资加在一起还没我的工资多，心情很沉重。我想尽办法为两位老师安排了舒适而又廉价的住所，查体看病尽量少花钱，并在家中精心准备了一顿晚餐，聊表心意，报答老师的教育之恩。那天晚上，当我送客出门，赶上了一场大雪，呼啸的北风卷着飞舞的雪花扑打过来，掀动着两位老师的白发，我眼巴巴地望着两位老人消失在茫茫雪幕中。那一夜我失眠了。

我不会忘记在后张庄中学度过的三年“瓜菜代”艰苦岁月。我和我的同学们入校时都是十几岁的孩子，正值发育时期，却赶上了“三年困难”，都尝够了饿肚子的滋味。平原农民出身的孩子们，不像城里的孩子那般娇气，一日三餐“瓜菜代”也可将就，可最难忍受的是吃不饱啊！同学们都盼着一月回一次家，返校时各自带回一些干粮，夜里躺在被窝里用干粮填补饥肠辘辘的肚子。我每次回家，母亲和姐姐都会给我在大铁锅里贴十几个玉米面饼子，我带回学校，放在自己的木盒里，每天夜里饿了就吃一个玉米面饼子。记得那次带回的玉米面饼子较多，没吃完，剩下的都长了白毛，有一股子馊味，只好扔掉了。

人们不会想到我和同学们怎样度过那个要命的冬天，寒

冷和饥饿折磨着我们这群求学的少年。入冬以来，教室里生起了火炉，那红红的火苗让我开了窍。傍晚，我和要好的同学到学校附近的打麦场捡回一裤兜子黄豆，找来一块铁皮，放在火炉上，又将黄豆放在铁皮上熏烤，之后，一边上晚自习，一边咀嚼着烤熟的黄豆，心里美滋滋的。

与饥饿抗争，考验着每一个学生的意志与毅力。那时我们毕竟年幼，面对饥饿大都是无能为力。或许是实在饿急了，我和班里一位要好的同学找到一个诀窍：每天中午和晚上开饭时间，我俩就围着笼屉捡沾在屉布上的饽饽渣儿，直到吃饱为止。可以说，三年困难时期，饥饿给了我毅力，也给了我智慧。

在初中的同学中，与我最亲密的是班里的学习委员李秋扣。他是孙辽城村人，说白了，他与著名作家孙犁是同乡。我出生的张舍村与孙辽城村相距四华里，所以经常和李秋扣一起回家返校。我们两个志同道合，有一个共同的爱好就是喜欢文学，他多次对我讲孙犁的故事。论学习成绩，他在班里数第一，我也名列前茅，位居前三名。不过，我的语文成绩略优于他，那时我是班里的语文课代表。记得初中毕业时班里评出三位优秀生，有学习委员李秋扣，班主席陈建成，还有一个是我。

一场决定命运的考试终于来临了！这是1963年夏天，后张庄中学两个毕业班的学生都来到县城安平中学参加初中升高中的考试。考试第一天，我记得考生们午餐吃的是包子和鸡蛋汤，晚饭后还特地在体育场为考生们安排了电影。我没有心思看电影，坐在简陋的平房里复习功课，准备明天的考试。我明白，如果考上高中，三年后我会有考大学的机会，若是有幸跨进大学的门槛，将来就是国家工作人员；否则，要是考砸了，我就会当一辈子与土坷垃打交道的农民。这种无形的压力让我一夜没丝毫困意，一直复习到天亮，随便扒拉了几口早饭便精神抖擞地走进考场。

让人提心吊胆的考试刚刚结束，百年不遇的特大洪水汹涌而来，使全县所有的村庄陷入一片汪洋。洪水还没完全退去，那个雨后天晴的上午，李秋扣同学拄着一根木棍，蹚着水从四里外的孙辽城村走进我的家门。他急不可耐地问我接到高中录取通知书没有，我说没有呀！他告诉我一些同学已经接到本县安平中学高中录取通知书，心里纳闷，为啥我们俩音讯全无？我对他说，你的学习成绩全班名列第一，不用担心，铁准是考上了省重点深县高中了。他自信地说，可能吧。我觉得你也十有八九考上了省重点高中。走，咱们到后张庄中学去了解一下情况。我欣然同意，找了一根竹竿，与李秋扣一起蹚水去二十里外的后张庄中学。洪水袭击后的冀中平原，村村寨寨房屋倒塌了不少，田野一片狼藉，玉米谷子等庄稼被洪水冲倒在地，七扭八歪的，惨不忍睹。仍然被洪水浸泡的庄稼地和菜园，看不见人影儿，只能听到此起彼伏的蛙声。我和李秋扣拄着棍蹚着水，穿过一个又一个村庄，越过一块又一块“水田”，有的地处水深齐腰。李秋扣突然问我：你忘没忘记咱俩在初二演过话剧《海上擒敌》？我说，那怎能忘呢，咱俩扮演的是特务。他说：对，咱们两个特务在海上成了俘虏。今儿个，咱俩在这一片汪洋中是胜利者！我们俩都会意地笑了，天上那金灿灿的太阳望着我们俩偷偷地笑，笑出的亮晶晶的眼泪挂在校园的树梢上。到达母校，教导处值班老师告诉我们，你们两个都考取了省重点

深县高中，录取通知书很快就收到。没有比这个喜讯再让我们高兴了，当时，我们两个真是欣喜若狂！

那天下午，我和李秋扣就要告别母校，踏上归途。我站在校门口，久久不肯离去。后张庄中学，让我再看你一眼吧，我觉得自己就像一叶孤舟，即将飘然而去。我勉励自己要有“会当水击三千里”的宏愿和气魄，因为母校给了我搏击风浪的双桨和渡江闯海的风帆！

滹河芦花

微凉的秋风吹开季节之门，把秋天带进冀中大平原。枫叶荻花秋瑟瑟，闲云潭影日悠悠。秋季回到故乡，又见到滹沱河上飘飞的芦花，如雪似银，如云似雾，如情似梦！

这是让我魂牵梦萦的滹河芦花吗？

乳白色的芦花，没有春的绚丽浪漫，没有夏的青葱炽热，却蕴含着秋的成熟丰盈，秋的淡定从容，秋的沉静清寂。这正如我们从青春年少，充满锐气和张力，到步入暮年，云淡风轻，与世无争，安于淡泊宁静，经历了一次生命的蜕变。

曾记得，十八岁那年，我应征入伍，远离家乡，一腔热血，满胸豪情，的确有叱咤风云的凛然之气。而今是年逾古稀的共和国老兵，虽仍怀报国之志，但已是力不从心了。我觉得自己如同滹沱河上的一片芦花，不论飞得多么高、多么远，总会把心贴近故土，聆听平原心脏的跳动和滹河抚琴的雅韵。

站在滹沱河长堤上，举目望去，天空像秋水一样湛蓝透明，南飞的大雁衔着秋天的芬芳去点染南国的眉梢，羽翼给那里的人们带去一抹秋天的凉爽。起风了，风萧萧，卷起河滩上的落叶，扑打着河边的芦苇荡，那密匝匝的芦苇被风吹得东摇西晃。芦花，飘飘漾漾的芦花，虽无风拂柳丝的婀

娜，雨打芭蕉的雅致，霜染枫红的曼妙，却带着浓浓的秋意，含情脉脉、一丝不苟地满足人们内心对丰收的期盼。每一片芦花，就是一个丰收的喜讯、一张丰收的喜报啊！

说到秋天，也许有人或多或少有寂廖的感觉。其实那是心灵的误区和迷茫。唐代诗人刘禹锡写道："自古逢秋悲寂寥，我言秋日胜春朝。晴空一鹤排云上，便引诗情到碧霄。"这是何等畅达愉悦的心境！望着滹沱河上纷纷扬扬的芦花，我突发奇想，觉得千只鹤万只鹤凌空飞翔。秋天因芦花而生动，因芦花而壮美！诚然，漫天芦花虽然不像云霞那般五彩斑斓，也不像海市蜃楼那样神奇入幻，但的确让人感觉到秋的生气，秋的灵动，秋的殷实，秋的博大，领略秋天无边无际的高远、辽阔和丰厚。当我漫步在滹沱河边芦花的世界里，任秋风随意掀动我的衣襟，任芦花动情亲吻我的脸颊，我心静如水，不慌不忙，不急不慢，仔细聆听秋风芦花合奏的交响曲，心与自然和谐交融，让滹沱河畔秋天的美点点滴滴地浸入灵魂。

前面又一片莽莽苍苍的芦苇荡。飞扬的芦花轻轻拂去岁月的烟尘，我想起了抗战初期参加八路军的叔叔对我讲述的一个真实的故事。那是个芦花飘飞的秋天，县游击大队和日本鬼子进行了一场激战，敌强我弱，不可硬拼，游击队员们及时撤退转移。有几十个游击队员天擦黑时赶到一个紧靠滹沱河的小村庄，为了躲避敌人围剿，游击队员们在村干部的安排下，趁夜色坐着木船进入河边的芦苇荡。天亮时，芦苇荡附近骤然响起暴风雨般的枪炮声，穷凶极恶的日本鬼子包围了芦苇荡，炮轰，机枪扫射，还接连甩手榴弹。游击队员牺牲惨重，只有少数几个跳进河里游出很远才得以幸存。事后才得知，游击队里隐藏着一个内奸，白天他随队转移时将衣兜里装的红枣不断扔在地上，给日本鬼子提供了追击的目标。日本鬼子不可怕，可怕的是自己队伍里的内奸！

血染的滹沱河在怒吼！

腥味的秋风在呼啸！

红色的芦花在飞扬！

我记住了那个腥风血雨的秋天！

当年，带领平原军民驰骋在抗日战场上的冀中军分区司令员吕正操，也许在滹沱河边观看过芦花飞扬的盛况吧。滹河芦花，随风狂舞，纷纷扬扬，浩浩荡荡，遮住了天，盖住了地，其磅礴的气势，恰似平原人民抗日的壮烈景象。

曾任本村青年抗日先锋队主任的父亲，担任过村妇救会主任的母亲，还有我这个共和国老兵，以及冀中平原上的父老乡亲和兄弟姐妹，在悠悠岁月中始终没忘记一个人——王东仓。抗战时期，他担任县游击大队的队长。父亲与王东仓在抗日烽火中相识，他曾充满敬意地跟我说：王东仓是个小个子，打仗勇敢，不怕死。日本鬼子一听说王东仓，吓得屁滚尿流。也是因为内奸告密，王东仓带领的游击大队被包围在滹沱河边的一个小村庄，突围开始，枪声惊得村子里鸡飞狗跳，子弹打得农舍千疮百孔。王东仓壮烈牺牲的消息很快传遍滹河两岸的村庄，群情激愤，缅怀英烈，宛如云一般的芦花托住夕阳不坠落。

往事如烟，能在心灵上打下烙印并让人经常回味的往事有多少？人世间，该忘记的事情就应该忘记，该铭刻于心的事情就不能遗忘。比如这滹沱河的秋天，一年一度秋风起，一年一度芦花飞，我们能把每一缕秋风、每一片芦花装进自

己的记忆吗？不能，也没有这个必要。但是，抗日战争年代，那血染的芦花在冀中平原的天地间，在滹沱河漫长的岁月里，留下了抹不掉的永恒的记忆。

此时此刻，瑟瑟秋风沿着滹沱河长堤与我一起款款而行。我觉得，在喜迎党的十九大胜利召开的金秋时节，滹沱河的秋风温婉、柔和、清爽，滹沱河的芦花潇洒、飘逸、多情。我不由自主地伸开双臂，拥抱扑面而来的芦花。是啊，我在拥抱秋天里最美的天使，拥抱大自然最美的精灵！

我爱你，滹沱河洁白的芦花！

|第四辑|

谁在唤我旧时名

有军号声的夜晚

熄灯号响过，新兵训练基地顿时安静下来。时值早春，周围寒冰未消，残雪零零落落地裸露在坑洼里，像静卧在地上的羔羊。刺骨的寒风透过门缝吹进简陋的宿舍，直往被窝里钻。对于我们刚入伍的新兵来说，这里没有冬天，只有如火的岁月。我和七八个新兵睡在木板搭起的通铺上，虽然闭上眼睛，但谁也不想酣然入睡，因为，新兵团即将举行一次夜间紧急集合。

这是1965年早春。睡在我左侧的是来自农村的战士齐国套，他不安分地在被窝里翻来覆去。这家伙憋足了劲儿，等待紧急集合的号声响起。齐国套只上过小学，他说话乡音很重，总带一个“儿”字，小碗儿、小凳儿、站队儿、走步儿、投弹儿、打靶儿。

他最害怕班里组织政治学习，讨论发言一轮到他，他便急得脸上滚汗珠儿，结结巴巴。政治学习，出墙报，写稿子，演节目，都是我们几个学生兵崭露头角的好时机。齐国套后悔自己没多念几年书，并且放风说：“俺文化不如他们，但军事上不会比他们差！差一点儿也是个孬种。”

那次新兵练习走正步，嘿，真邪门啦，全班新兵就齐国套不符合规范，踢腿，腿伸不直；摆臂，他两臂前后一起摆动，大家笑得前仰后翻，急得李班长直挠脑瓜皮，班长叫我

出列做示范。从训练场回来，他狠狠地对我说：“姓乔的，别神气，咱们紧急集合再看输赢！”

夜，静极了。时而能听见屋外的寒风肆虐地吼叫着，似乎向新兵发出挑战，想征服那些懦弱者。可是，我们连的新兵没有一个不是争强好胜的男子汉。我预感到全团新兵紧急集合就在今夜。

40多年前的北京，冬天冷得连天上的星星和月亮都躲在云里不敢出门，士兵们不仅要穿棉衣棉裤，里面还要套着绒衣绒裤才能抵御冬天的严寒。

突然，我们听到了命令：“全班注意，紧急集合！”

按照战时要求，不许开灯，只能黑暗中穿军衣、打背包。对于我们这些经过严格训练的新兵来说，黑暗也是光明。

我从床铺上一跃而起，先穿军衣，再打背包。可黑暗中我怎么也找不到棉裤，简直把我急疯啦！我用两只手摸来摸去，棉裤哪去了呢？不知道是谁搞的鬼，把我的棉裤扔到墙旮旯里了，叫我找了好久才找到。我刚穿上军衣，班里的新兵都背着背包在屋外站队集合了。天啊，我该怎么办？若把军被叠成方块，用背包带捆结成三横两竖，已经来不及了。无奈，我只好抱着军被跑到屋外。

集合完毕，李班长站在队列前开始讲评。这时，战友们把目光投向狼狈的我，大家都觉得奇怪，因为平时训练我在班里都是名列前茅。

“乔秀清，出列！”我很尴尬地抱着军被站在全班新兵面前。班长严肃地对我说：“这是班里的紧急集合演习，若是新兵团举行紧急集合演习，你这个样子就现大眼啦！”自从穿上军装，成为共和国的一名士兵，我第一次流泪，那眼泪带着几分苦涩。

演习结束，新兵们都回到宿舍，打开背包，一个个像泥鳅一般快捷地钻进被窝。齐国套侧过身来，嘴巴附在我耳边，低声对我说："对不起。你小子以后别太神气了！"

哦，原来是齐国套这家伙搞的恶作剧！我悄悄地将一只手伸进他的被窝，在他的臀部狠劲扭了一下，出了一口气。他咬紧牙关，没敢吱声。顷刻，新兵们发出轻微的鼾声。不知何时，我也进入了梦乡。士兵的梦，是绿色的，梦在军营，梦在练兵场，梦系军旅情……

突然，紧急集合的军号声划破夜的寂静，那急促嘹亮的军号响彻夜空，震撼大地。自从参军那天起，我就特别喜欢催人奋进的军号声。从南昌城头到井冈山，从万里长征到抗日前线，从三大战役到全国解放，军号伴随着英雄的军队发展壮大。可以说，不喜欢军号，就不配做一名共和国的士兵！

军号响起的那一刻，整个新兵训练基地沸腾了。新兵们终于等来了全团紧急集合演习。黑暗中，我们班的新兵们，一个个像鱼儿跳出海面，呼啦啦，从铺上跃起，以最快的速度穿上军衣，打好背包，飞速赶到集合地点。新兵团紧急集合，我们连争得第一，我们班在全连是第一，齐国套是我们班的第一。

夜幕下，新兵团团长率领全团新兵开始了急行军，长长的队伍，巨龙般蜿蜒奔腾。我和齐国套背着背包，并肩走在队伍里，他从来没有过那样兴奋和欣慰……

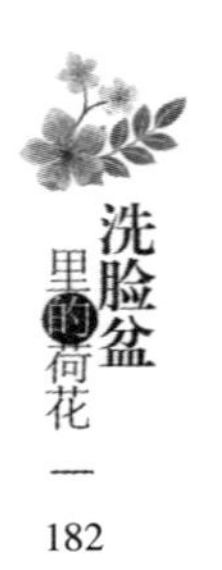

谁在呼唤我旧时名

夜幕笼罩着新兵训练基地，营区开阔地上依然残留着尚未消融的积雪。颇带寒意的晚风吹到脸上，钻进脖梗里，凉飕飕的，北方的二月早春给人的感觉还真的有点冷呢。全连新兵身着崭新的绿军装，个个精神抖擞地列队等待点名。这是新兵连集训开始第一次晚点名，牵动了天上的月，满天的星，月光星光交相辉映，营区一片寂然。

指导员王树凯站在队列前，手里拿着花名册，开始点名。

“葛宁宁！”

“到！”

“柴补丁！”

“到！”

“靳干巴！”

“到！”

……

队列里一片哗然，笑声四起。夜空，星儿笑出了眼泪，月儿笑弯了腰。此时此刻只有我默然不语，因为我的乳名更寒碜，只是没人知道，这是埋藏在我心底的秘密。我主意已定，参军到了部队，就是说下天来我也不会泄露秘密，索性让自己的乳名烂在肚子里，免得说出来让战友们笑话。

我出生在冀中平原一个古老的村庄，村里人无论男女老幼都有乳名，没乳名的人打着灯笼也很难找到。我家居住的那条小街，许多人的乳名我至今记得清清楚楚，诸如泥鳅、老鼠、门墩、碌碡、铁勺、青狗、傻小、二嘎、小眼子，还有大脚后跟……是的，这些乳名土得掉渣儿，都是阎王爷不待见的名字，孩子起这样的乳名好养活。村里人觉得这些乳名朴实，有个性，挺好记。叫习惯了，自自然然，顺顺当当，谁也不觉得稀罕啦、古怪啦、别扭什么的。有些人虽已到中年甚至老年，大名早就有了，但村里人还唤其乳名，这也许是习以为常了，改口，难！

我兄弟姐妹六人，各有乳名，姐的乳名叫丑，妹的乳名叫闺，大弟的乳名叫小娃，二弟的乳名叫三扎，三弟的乳名小旦（又名四多和四缺）。我的乳名呢？暂且保密。我兄弟姐妹一个接一个呱呱落地，母亲一边给自己的孩子喂奶，一边琢磨孩子的乳名。可以说，我兄弟姐妹的乳名都是从母亲的乳头上掉下来的，每个乳名，都浸润着母亲的奶味儿。乳名，是母亲给我们最珍贵的馈赠，也是我们人生的第一标记。

先说说我姐吧。她乳名叫丑，其实她一出生，谁见了都夸她长得俊，头发又黑又密，细长的眉毛下是两颗黑宝石般的眸子，脸蛋白皙泛着红润，那樱桃小嘴微微向上翘着，嘴角溢出天真的微笑。这么俊的女孩，母亲为什么偏偏叫她丑呢？父亲告诉我，你娘认为，庄稼人的闺女丑也罢，俊也罢，都不太要紧，只要孩子结结实实的，长大了好心眼、明事理，就行了。再说啦，闺女丑或俊，并不取决于名字起得好听不好听，而是在娘肚子里就定了的，谁也无法改变。这

闺女，我若说她俊，别人说她丑，当娘的心里是什么滋味？反过来，我说她丑，别人说她俊，当娘的就会偷着乐。娘真是这么想的，在理儿。

丑姐生不逢时，她出生的1943年，正是日本鬼子在冀中平原疯狂肆虐的年代，惨绝人寰的杀光、抢光、烧光“三光”政策，把数以万计平原儿女逼上了绝路。

抗日烽火在大平原上燃烧，滹沱河日夜发出震天的吼声！时任本村“青抗先”主任的父亲和担任本村妇救会主任的母亲带领群众与日本鬼子展开了殊死的搏斗。母亲刚生下丑姐，她顾不得照料自己的孩子，沿街挨户地动员小伙子们参军，奔赴抗日前线，不知磨破多少双鞋底。那年月，母亲没睡过一个囫囵觉，夜里，她和妇女们在油灯下为八路军、游击队缝补军衣、做军鞋，一针针一线线，刺落天上的繁星，牵出地平线上的太阳。母亲为妇救会的事情日夜忙碌，经常忘记给丑姐喂奶，村里的妇女们发现丑姐瘦得皮包骨头，没一个不心疼的，劝母亲：“孩子她娘，丑那闺女是你身上掉下来的肉呀！别忘了给孩子喂奶，瞧她瘦得怪可怜的。”母亲说：“俺那个丑，可皮实哩，饿了嘬着手指头，等娘回来。她似乎明白娘为谁忙，忙什么，不哭不闹，可叫人待见呢。”那天，为了躲避日本鬼子的搜捕，母亲和妇救会的姐妹们钻进地道里。丑姐在母亲的怀里睡着了，睡得很安静，眼睛闭着，小鼻子微微抖动着，这可爱的小生命给决战日寇的平原人增添了信心和勇气。突然，地道里一声婴啼，丑姐醒了，母亲怕孩子的哭声被日本鬼子听见，赶紧用手掌捂住了丑姐的小嘴：“丑，娘的乖乖，别哭。你若是哭出声来，让鬼子们听到，姐妹们可就都没命啦！”说着，母亲迅速解开衣襟，把乳头塞进丑姐的嘴里。

丑姐呀，你刚出生八个月，就乖乖地听娘的话，再也没哭一声，保住了地道里几十位姐妹的生命。你的乳名像长了翅膀，飞遍全村每一个角落。

两年后，母亲怀上了我。那天，日本鬼子在伪军和汉奸引领下包围了俺们那个村子。就在村街上，一个日本鬼子用刺刀对准母亲隆起的肚子。危急时刻，村维持会会长来了，说我母亲是良民，好一番劝说才阻止了鬼子的残暴行径，母亲幸免于难。而我分明是从日本鬼子刺刀尖上夺回来的孩子呀！

我四岁那年，从苦难中诞生的中华人民共和国到处洋溢着欢乐的气氛。坐落在冀中平原滹沱河畔的古城安平，用苇席搭起了戏棚，解放了的农民用传统的评剧来庆祝中华人民共和国第一个国庆节。那天晚上，父母带着我到县城看戏，活泼好动的我在戏棚里钻来钻去，糟糕，我找呀找，怎么也找不到父母。我急得哭起来，一位陌生的叔叔抱起我。

"孩子，告诉我，你爹娘在哪儿？"

"看戏哩。"

"你怎么不在他们身边？"

"我走丢了。"

"你叫什么名字？"

"挤咕。"

这位叔叔一愣，抚摸着我的头说：

"噢，小挤咕，你别急，我帮你找父母。"

叔叔把我抱到戏台的一隅，趁演戏的间隙，他对着台下观众大声喊："这孩子叫挤咕，走丢了，谁是他父母，快来

认领。”片刻，我听到父母那熟悉的喊声：“挤——咕——，爹在这儿。”“挤——咕——，娘来了。”父母来到戏台上，对这位叔叔连声道谢，把我从叔叔的怀中接过来。我余悸未消，在父母面前哭鼻子抹眼泪。母亲把一个驴肉火烧塞到我手里，说：“挤咕，趁热吃吧，这是你爹买的。”我听到戏台下有人说：这戏外戏真有意思，戏台上冒出了一个小挤咕。

对，小挤咕是我的乳名。我曾经问过母亲，咋给我起了这么一个古怪的乳名？母亲说，你来到世间，我一瞧，嘀，小眼巴拉的，还挺欢实，挤咕挤咕的，所以我给你取了一个乳名——挤咕。父亲补充说，你娘生你时难产，是站着把你生出来的。家乡流传着一句古语：坐生娘娘立生官。你长大了，当官不当官无所谓，爹只希望你结结实实的，多为老百姓办好事。咱家祖祖辈辈都农民，没上过几天学堂，爹希望你要多读书，知书达理。

上小学报名时，父亲颇动了一番脑筋将我的乳名“挤咕”改为“积古”，虽然意蕴高雅，但语音还是有点俗气，直到我读小学三年级时，父亲查阅词典，翻到太平天国东王杨秀清的名字，觉得不错，便给我起了一个学名——乔秀清。

我没有让父亲失望，1960 年我以优异的成绩考入县第一重点中学——后张庄中学，1963 年又考入省重点高中——深州高中。说实在的，因家庭经济条件较差，我读书实属不易，尽管在学校享受助学金，仍感上学困难。父亲横下一条心，对我说，就是砸锅卖铁也要供你读书。无论是读中学还是读高中，父亲多次骑着自行车到学校看我，他当着学生的面还是直呼我的乳名——挤咕，逗得同学们偷偷地笑。笑就笑去吧，管他呢，人的名字不过是个符号而已！

兴许，我把乳名看得过于轻淡、过于简单了，根本没有在意，没承想，乳名却给我带来一点尴尬。参军、提干，很快到了找对象娶媳妇的年龄。之前，虽然也经历过几次波折，但我终于找到了一个特别满意的对象。她是北京的一位小学教师，年龄比我小八岁，不仅身材苗条，而且相貌端庄，一双炯炯有神的大眼睛流露着善良和聪慧，两条大辫子从头垂到臀部，咋看咋是典型的东方美女。她母亲和我是同村人，年轻时在村里业余剧团出演过评剧《刘巧儿》。她是村里人公认的最漂亮的姑娘。俗话说，什么谷子脱什么米，什么娘生什么女。我对象出落得比她母亲还好看。我曾写过一篇散文《“巧儿”成了我岳母》，叙述我的恋爱经过，但有一个重要的细节没有披露。那是1973年冬季，我和对象及其母亲一起回老家，我的父亲、母亲、兄弟姐妹及全村的父老乡亲们都惊呆了，没想到我这个农民的儿子从北京带回一位比天仙女还美丽的姑娘。母亲是个媳妇迷，她高兴得彻夜未眠，笑得合不拢嘴，包饺子，炖肉菜，巴不得把乡村里最好吃的饭菜让城里来的姑娘尝个够。但有一点父母忽略了，二老当着我对象唤我的乳名。哟，怎么这么稀奇古怪的名字呀，挤咕。我对象第一次听到我的乳名，不禁哑然失笑。在对象面前，我为自己的乳名自惭形秽，真是无地自容。但这毕竟是我的乳名呀，即使土得像块土坷垃，却紧紧贴在大平原的胸膛，即使语音听起来有点怪，但无疑是故园最淳朴的乡音。听到乳名，我对象明白了我是地地道道、土生土长的农民的儿子。她虽然是城市长大的，但她的父亲、母亲，祖祖辈辈都是在平原上辛勤劳作的农民。我悄悄问她，听到挤

咕这个乳名，你不嫌弃我吧？她说，我身上流淌的也是农民的血，我爱的是你这个穿军装的农民娃！我抑制不住内心的激动，紧紧攥住了她的手……

令我难忘的是，我们村生产大队队长乔青水来北京找我看病，当时我担任解放军总医院政治部副主任，身在名院，离老家只有五百里，找我看病的家乡人络绎不绝。我一向认为，家乡把我养大，为家乡人服务责无旁贷。乔青水大队长头裹白毛巾，身披布棉袄，来到医院办公楼的楼道里，见人便问："挤咕在吗？"政治部的人个个感到莫名其妙，谁是"挤咕"呀？他们都回答不知道。论农村的辈分，我管乔青水大队长叫叔，他解释说："挤咕是我侄子，我是他叔。你们告诉他，我来北京找他看病。"政治部的人是丈二和尚摸不着头脑。乔青水大队长急了，甩了几句话：听说挤咕是你们政治部的副主任，他姓乔，知道不？有人说，噢，你说的是乔副主任吧，知道，我给你通报一声。

我和乔青水大队长终于见面了。久别重逢，他一见面就劈头盖脸地责怪我：怎么搞的，政治部的人都不知道你的名字。在老家，你就是烧成灰，乡亲们也认得你。我解释说，你说的是我的乳名，同事们当然不知道。他说，别忘了自己的乳名，忘记乳名，就忘记了父母，忘记了家乡。我告诉他：怎么可能忘记乳名呢，乳名铭刻在我心里，它与我的生命同在，甚至比我的生命还长久。

如今，母亲离开人世多年了，父亲也驾鹤仙逝。但他们的生命一直在我身上延续。我先当爸爸，然后又当爷爷，现今已是年近七旬的军休干部。我的同乡、著名作家孙犁有诗云："梦中每迷还乡路，愈知晚途念桑梓。"自从参军远离故乡，我像一只飘飞的风筝，不论飞得多高多远，一直被乡思的线牵着。身在军营，心系家国。家是什么？父母在哪，哪就是家。如果说我是一只小鸟，那么家就是父母筑的鸟巢，国则是任我飞翔的广阔的天空；如果说我是一叶孤舟，那么家就是父母建造的港湾，国则是任我远航的浩瀚的海洋。

这些年，每当我忆起或是听到乡亲们呼唤我的乳名，我便想起母亲，闻到母亲的乳香，而且越来越浓，这是我与生俱来刻骨铭心的记忆。啊，母亲，我的亲娘，是您，给我了我幼小的躯体，给了我乳名，给了我灵魂，给了我如何做人行事的准则。我的一切都得益于您醇美甘甜的乳汁！退休十年来，我几乎每年都要回家乡转一转，当听到乡亲们呼唤我的乳名，倍感亲切，仿佛又回到无忧无虑、天真无邪的童年。“此夜曲中闻折柳，谁人不起故园情。”母亲，是故园最伟大、最纯洁、最善良的妇女，是永远矗立在我心中的一尊美轮美奂、可亲可敬的雕像。

我十分欣赏唐代马祖禅师的一首小诗：“为道莫还乡，还乡道不成。溪边老婆子，唤我旧时名。”或许马祖禅师也曾有自己的乳名吧。朋友们，请记住我的乳名——挤咕，其语音与叽咕相似。当年，我的爹娘亲切地唤我叽咕、叽咕，而今，年事已高的乡亲们仍然唤我叽咕、叽咕。这淳朴自然的乡音，像乡村清脆悦耳的鸟鸣，呼唤着平原上的黎明。

流泪的太阳

我又想起了她，在阳春三月一个飘着杏花雨的日子。“沾衣欲湿杏花雨，吹面不寒杨柳风。”她太熟悉这两句古诗了。此时雨中的柳丝微微摆动，像她那飘动的长发；路边的桃花开得正艳，像她那泛红的脸颊；凌空飞翔的小燕子，声声呢喃，传递着春的气息。这春天的画面使我想起舞台上唱歌的她。

是的，她走了，像一颗闪光的流星，消失在苍茫的天际；像一片飘零的落叶随风而去。也许，她不知道，远在四川雅安的父母，心已破碎，悲痛欲绝；与她十年来朝夕相处的丈夫，那个钢铁般坚强的共和国的军人，经常泪花打梦，彻夜难眠；还有，她那天真可爱的男孩，用嘶哑的声音呼唤着“妈妈”。

刚三十出头的她被可恨的病魔夺去了宝贵的生命。医院诊断，她患的是艾滋病。可是，到了她也没说清病因，便悄然离开了这个使她眷恋的世界。因为她是第一例死于艾滋病的女军人，所以引起军内外极大的关注。就在她撒手人寰远去不久，社会舆论哗然！出于人性的同情者有之，但寥若晨星，而中伤她的流言雪片般飞来，正如《诗经·将仲子》所云：“人之多言，亦可畏也。”我想，假如她还活着，一定会被这么多人的唾沫淹死。我不明白，为什么会有那么多熟悉或不熟悉她的人，对她任意中伤，雪上加霜，落井下石呢？

这，的确让我惊愕了！

许多人想知道她的病因，甚至成了人们谈论的热门话题，而对她的追求和事业则淡忘了。

关于她的病因，我听到有两种可能，一是她生孩子时剖宫产输血感染，再就是她和艾滋病患者性接触所致。到底病从何来，至今还是个谜。这，只有她本人清楚，可她只字未提，默默离开了这个纷纭交错的世界。

她是我的部下，我是她的领导，因为工作接触颇多，自然我也被列入怀疑对象，有好几位朋友打来电话劝我去查体，使我不禁哑然失笑。我身处领导岗位，一向把同事视为兄弟姐妹，怎敢做出荒唐之事呢？对朋友的劝说，我常常以自己写的一首小诗来回应："常与文人会日暮，举杯惊见云飞渡。我本博陵一狂客，学诗独闯天涯路。静时文思太行云，兴来笔扫江南雾。禅心已是柳梢月，不随春风到江湖。"

阴云在天空弥漫，太阳变成了黑色。我分明看到太阳在伤心地流泪，期盼着能听到太阳穿透云层的声音！

不论病因如何，她毕竟是一位受害者啊！面对遥远天堂里的她，我能说些什么呢？我什么也不想说，只想用唐代诗人庞蕴的一首诗为她默默祈祷："黄叶飘零化作尘，本来非妄亦非真。故宅有情含秋色，无名君子湛然身。"

我希望她、她的亲人和朋友能用禅理超凡脱俗，不为流言所困惑、所烦恼。"本来"是离开一切烦恼和染污的清净本源，不变不迁，非真非妄，在圣不增，在凡不减，非生死之能羁，非涅槃之能寂，染净俱泯，纤尘不立，明同皎月，湛若太虚。

当她被确诊为艾滋病住进隔离病房，医院严格控制探视。我与医院政治机关一位领导取得联系，他答应为我“开绿灯”，并约定当天下午亲自陪同我去病房探视。过了两个时辰，我接到电话，说她已经走了，给我留下一个终生的遗憾。那天夜里，我真的梦见了她，穿一身洁白的衣衫向我走来，微笑着对我说：“我再给你唱一遍《杏花雨》吧，这是你写的歌，我喜欢唱。”

梦中的歌比现实生活中的歌要美一百倍！

杏花雨，杏花雨，淅沥沥，淅沥沥。带着诗一样的浪漫，带着梦一样的希冀，点点滴滴，打湿我绿色的军衣。呵，杏花雨，你像洒落的珍珠，流泻的玉：红了江南，绿了塞北，你融化了自己，滋润了大地。呵，杏花雨，战士爱你，最爱你！杏花雨，杏花雨，淅沥沥，淅沥沥。带着花一样的祝福，带着海一样的情谊，点点滴滴，打湿我绿色的军衣。呵，杏花雨，你像醇香的美酒，甜美的蜜：乐了黄河，喜了长江，你熔化了自己，滋润了大地。呵，杏花雨，战士爱你，最爱你！

多么熟悉的一首歌啊！这首歌是我们医院的组歌之一，歌词是我写的，著名作曲家孟庆云谱曲，选定她来演唱。那天晚上孟庆云老师带领我和她到八一电影制片厂的录音棚录制这首歌，她演唱了十遍才录制成功。当我们走出录音棚已是凌晨两点，我们找了一家饭馆，每人吃了一碗馄饨，便各自回家了。这首歌博得广大医务工作者的喜爱，并获得全国第九届人口文化创作奖。记得在人民大会堂举办的颁奖仪式上，当时任中共中央政治局常委的宋平把奖杯递给我时，我的心情是何等激动啊！

万万没想到，当她告别人世时，又把这首歌送进了我的梦。我禁不住泪飞如雨，啊，杏花雨，点点滴滴，打湿了我的梦。

其实我和她相识纯属偶然。那天上午，总部一位首长的秘书打来电话，向我推荐解放军艺术学院毕业的她，希望我所在的医院接收她。我们约定，中午在附近一家饭店共进午餐，顺便对她进行面试和考核。我带领宣传处的张处长一同赴约。

她穿着一身非常可体的绿军装出现在我的面前，两只眼睛澄澈如秋湖，含着宝石般晶莹的眸子。她话不多，像许多年轻女子一样，在陌生的男人面前，脸上总是泛起淡淡的红晕，流露出一种无法掩饰的怯懦。她的眼神告诉我，一种求职的渴望占据了她整个心灵。我知道，对于一个刚走出大学门槛的毕业生来说，能找到一份满意的工作，等于一步跨入了天堂。

餐桌上，我们边吃边聊。为了使她紧张的情绪放松一点，我把她视为晚辈，时而用筷子给她夹菜。

“听说你是从新疆部队考入军艺的。20 世纪六七十年代我在军队一家杂志社当编辑，奉命去伊吾军马场采访，到了巴里坤草原，也去了乌鲁木齐。新疆真是太美了。”我和她从这个话题谈起。

“我喜欢新疆，特别喜欢天山的雪莲，它冰清玉洁，笑傲冰雪，无愧为世上群芳之首。”她说到此，显然有些激动。

“你是学声乐的，为何不去文艺团体呢？”

“我参加空军文工团的考试，没有被录取。”

“你想来我们医院做什么？”

“当文化干事，你看我行吗？”

我笑了笑，没有回答。

“吃完饭，你唱首歌好吗？”我问她。

“好吧。”这是她预料之中的事，当然也是她的强项，她愉快地答应了。

真是太凑巧了，餐厅里就有卡拉 OK 装置，她请服务员点了一首歌——《我用胡琴和你说话》。当她拿起话筒演唱这首歌时，所有在餐厅就餐的人员都把目光投向了她。

“星儿低垂，月儿高挂，远方的故乡你好吗？风儿无声，鸟儿归家，我用胡琴和你说话。我的胡琴拉的是军旅情，训练场上有金戈铁马；我的胡琴拉的是良宵夜，故乡的田野你是否刚睡下……我的胡琴有两根弦，一根系着火热的军营，一根拴着我那远方的家。”

我的心被强烈地震撼了！这首歌，词美，曲美，她演唱得也美。我想，我们医院的规模居全军医院之首，文化建设任务重，要求高，很需要她这样的文艺人才，打着灯笼也难找呀！特别是我们医院排练的女子小合唱《军中白玉兰》，参加全军军营之声比赛获得了第一名。最近准备将这个女子小合唱录制成电视专题片参加全国电视歌曲大赛，我正为找不到合适的领唱犯愁呢。这真是踏破铁鞋无觅处，得来全不费工夫。

面试考核完回到医院，我问宣传处张处长意见如何，他只说了一个字“要”！我交代他赶紧写报告。没想到，事情进展得非常顺利，医院政治部党委和院党委先后研究同意，接收她来院工作。

她如愿以偿，高高兴兴来我们这个医院，当了一名文化干事。她第一次在医院的舞台上唱歌便一炮走红，不论院领导、专家还是医生、护士，乃至年轻的战士们，都喜欢听她唱歌。她那甜美的歌声，成了人们内心的期盼。

那次出征武汉，为她展示艺术才华提供了一次难得的机遇。为参加全国电视歌曲比赛，我院精心挑选了十位年轻的女军人组成女子合唱队，由我带队前往武汉电视台将我院展现护士风采的经典歌曲《军中白玉兰》拍成电视歌曲。她，既是合唱队的演员，又是工作人员。

在风景如画的武汉江城，武汉电视台的领导和导演选择了城市一块绿色的草坪作为排练场地。女子合唱队的十姐妹，每天天不亮就出发，太阳落山才返回宾馆。紧张的排练使她们的体力消耗甚多，一个个腰酸腿疼。而她，却精力充沛，看不出一点疲劳的样子。

那天傍晚，我独自在宾馆附近散步。她来了，陪我在月光下边走边聊。温柔的晚风和撩人的月色，使我们沉浸在诗情画意中了。

“听说你是诗人，这次来武汉你有没有写诗？”她问我。

“写了几首，不过我比较满意的是一首散文诗《江城赋》。”

“朗诵一下可以吗？我也喜欢诗。”

“喜欢唱歌的人自然喜欢诗，诗歌不可分呀。”说完我给

她朗诵《江城赋》。

雾锁江城，不见琼楼玉阁，何处寻黄鹤？只见高柳鸣蝉，绿叶粉荷，三镇灯火。月下东湖，睡美人；江城，千载悠悠，怀抱玉琵琶，弹奏一江雪浪花！

她沉默许久，静静品味着。她说我是一个富于想象而且很有胆魄的人，把东湖誉为“睡美人”，把长江誉为“玉琵琶”，这是前无古人的尝试！

我对她说：“过奖啦。其实，文学是艺术的灵魂，生活是艺术的源泉，创造是艺术的生命。没有创造，何谈艺术？比如说吧，女子合唱队排练的《军中白玉兰》这首歌，把护士誉为洁白的玉兰，以独特的舞姿和优美的旋律展现白衣天使的风采，很有创意。”

她点了点头，对我说：“我们一定尽最大努力演唱好这首歌。”

经过一周的精心排练，女子合唱队演唱的《军中白玉兰》被录制成电视专题片，在中央电视台多次播放。我相信，许多观众不会忘记女子合唱队那优美的舞姿和动听的歌声。

“弯弯的小路边，开满了白玉兰，小路上走来的姑娘，歌声是那么甜。姑娘在花中舞，采一束白玉兰，白衣衫衬着那绿军装，阳光下格外鲜艳。啊，小路上走来的姑娘哟，为什么这么喜悦浪漫，轻盈的脚步，动人的歌声，还有那迷人的笑脸。小路上走来的姑娘哟，风儿在把心的秘密递传，病房中的战友就要归队，花儿为他送去祝愿。”

女子合唱队演唱的这首歌，在全军军营之声歌咏比赛夺冠以后，又在全国电视歌曲比赛中获得银奖。

春天，当医院的白玉兰盛开的时节，我见她在玉兰树边伫立，望着如雪的玉兰凝思。

她喜欢天山的雪莲，也喜欢北京的玉兰。她心中的雪莲和玉兰把她身上的白衣衫辉映得纯净而洁白。

大概是因为她的歌越唱越美，所以她的名气与日俱增。她参加过中央电视台举办的青年歌手大奖赛，获得优秀歌手奖。看得出来，她因未获得名次而有点沮丧。

我安慰她说："能上央视的舞台已经不错了，表明了你的实力。你未获得名次，我觉得主要是歌没选好，影响了你的成绩。这样吧，我为你写两首歌，你选一首，下次参赛。"

她高兴地对我说："真的？说话算数呀，我等着你的歌。"

作为具体分管宣传文化的政治机关的领导，我多么希望自己的单位出现一位歌星，用最美的歌赞颂这个群星灿烂、无比辉煌的医学殿堂。我没有失言，为她下次参加央视青歌赛特地创作了一首歌《大海和月亮对话》。

"大海遥望着月亮，越过岁月沧桑，把古老的梦幻，化作万顷海浪！月亮啊月亮，你听见吗，大海日夜在歌唱！月亮窥视着大海，穿过夜色茫茫，把思念的月华，洒在苍茫的大海上。大海啊大海，你看见了吗，月亮那秀丽的脸庞。海知明月心，爱恋那皎洁的月光；月知大海情，爱恋那澎湃的海浪。海浪呵海浪，月光呵月光，把彼此的思念，洒满天空，融进海洋！"

以上这首歌词由作曲家谱好曲，她非常喜欢这首歌。正当她准备参加央视青歌赛时，她已怀孕八个月，不得不放弃参赛。

这次机会是失去了，可是日益丰富的医院文化生活给她展现艺术才华提供了广阔的舞台。她多次参与组织或主持医院的歌咏比赛、文娱联欢晚会，组织创作医院组歌、院歌，为繁荣医院文化日夜忙碌，甚至很少照顾年幼的孩子。

那次高原之行至今记忆犹新。总部在青海格尔木召开文化工作会议，指定让我们医院介绍文化建设的经验。我带领一位处长、一位科长还有她，奔赴格尔木。格尔木，蒙古语的意思是“太阳升起的地方”。这座“兵城”坐落在八百里瀚海，怀抱世界最大的盐湖，背靠莽莽昆仑山，闪烁着五彩石和雪浪花的格尔木河像一条彩带，在阳光下飘动着。我们来到格尔木河边散步，河滩上的五彩石星罗棋布，我们仿佛徜徉在璀璨的银河。

我告诉他们，我曾经来过格尔木，在这座“兵城”住了二十多天，到汽车团、输油管线团调查。那次，除了完成几篇经验的总结，还写了一篇散文《戈壁五彩石》和一组散文诗《七月，远山在落雪……》。

她说：“我读过你的诗集《彩雪》，书名大概是从你写的那一组散文诗中选定的吧？”

我说：“是的。那一组散文诗先后在《西藏日报》和《北京日报》刊登。在中国散文诗协会举办的诗歌朗诵会上，我还登台朗诵过呢。”

她问我：“还记得吗？能不能在这昆仑山下的格尔木，也就是你酝酿并写成这组散文诗的地方，给我们朗诵一遍？”

我见大家饶有兴致，便对着头顶雪冠的昆仑山，朗诵《彩雪》：

“湿漉漉的太阳从灰色的云层里探出头，射下了万缕彩线。”

“稀稀疏疏的小雪花，在明媚的阳光映照下，那么瑰丽，那么迷人！给昆仑山披上了色彩斑斓的节日服装。”

“啊，昆仑七月飘彩雪！”

我对阳光里的彩雪产生了极大的雅兴，情不自禁地伸出手指，一片一片地数着那徐徐飘落的雪花，可是，又怎么能数得清呢？

一颗狂跳的心，久久才能平静下来，我忽然明白了一个道理：天空有阴，也有晴；即使云层很厚、很暗，也不会长久地遮住丽日。瞧，那彩色的雪花，不正是太阳冲破云层后发出的喜报吧？……

一阵婉转清越的歌声打断了我的遐思。草滩上，一群穿着彩裙的藏族姑娘正在放牧，马群、羊群、牛群像一片片彩云，在草丛里移动。牧羊女甩着长鞭，雪花被甩得满天飞舞，犹如五彩缤纷的花瓣。

每一片雪花，都映着一个小太阳！

她陶醉在诗的美妙意境中了，从来没有过那样激动，用诗的语言对我说：“这真是雪起昆仑，又雪落昆仑。当年你面对昆仑飞雪诗兴大发，如今，你又把一颗诗心带回了昆仑山。”

我说：“你讲得不错，我一直怀揣着一颗诗心，诗，使

我感到生活更美了。我写了一副对联：‘诗心明如千秋月，歌声幽若万古琴。’如果你用一颗诗心唱歌，那歌声一定很美。打个比方吧，诗是昆仑泉，歌是甘甜的泉水。”

她问我：“怎样才有一颗诗心呢？”

我说：“诗心来自对生活的挚爱和文学的修养。就说我的老师王宗仁吧，他是全国著名的作家，从1958年参军到青藏高原，当了一名汽车兵。他爱高原，爱文学，开始是在驾驶室写诗，写散文。方向盘是他文学的起点，他是从驾驶室里走出来的作家。他1965年调到总后机关工作，几十年来他几乎每年要去一次青藏高原。有人说他用自己创作的几百万文学作品建造了一座‘文学昆仑’，是因为他‘魂泊昆仑’。我读过他不少作品，字里行间都跳荡着一颗诗心。他是用诗的语言、诗的意境赞美诗一样的生活的。他给自己的书斋起了个名字：望柳庄。柳就是诗，诗就是柳，永远辉映着生命的绿色。”

我们沿着弯曲的格尔木河，一边散步，一边聊天，她信手从河岸的一棵树上采下一片绿叶，抛进河中。

哦，我明白了，共和国的军人都是一片绿叶，流进岁月的长河里，流进祖国的春天里。绿，那是我们军人的本色啊，给人以纯净的美、蓬勃的美、安全的美。

即使是最平凡的人，在人生中也会有自己的亮点。她，终于等来了这一天，用生命的绿色凝聚成闪光的亮点。

建院50周年，医院要举办一次大规模、高水平的文娱联欢会，她是具体的策划者和组织者。从大合唱、小合唱、男女二重唱、独唱到舞蹈、小品，她一项一项抓落实，并利用她和文化艺术界广泛的联系，请来了宋祖英、阎维文等著名歌唱演员，为这次联欢会助威增色。她也再次在舞台上亮相，用优美动听的歌声赞颂医务工作者的精神风貌。中央电视台转播了这个盛大的文娱联欢的实况。

我坐在电视荧屏前，又看到了她的身影，听到了她的歌声。她的歌声唱得更美了，犹如喷涌的山泉、流动的花溪水、跳动的雪浪花，撞击着我的心灵；又恰似飘飘洒洒的杏花雨，点点滴滴洒落在我的心海里……

包括我在内的亿万观众被这次演出成功震撼了。因为她作出的努力和贡献，她荣立了三等功，并被评为优秀共产党员。这荣誉凝聚着她的心血和汗水。

可是，她走了，永远走了，走到无边的遥远，走到一个陌生的世界。她带走了什么呢？什么也没有带走。

她给人间留下了什么呢？给父母留下悲痛和思念，给丈夫留下悲伤和孤独，给孩子留下眼泪和呼唤，给善良的朋友留下同情和怜悯，给许许多多熟悉或不熟悉她的人留下疑问、猜测、嘲笑和流言……

有一位习惯称我叔叔的年轻企业家，当年是他开着自己的桑塔纳轿车，拉着作曲家孟庆云、我和她一起到八一电影制片厂录音棚录制《杏花雨》这首歌。当得知她走了，他眼含泪水对我说："我喜欢听我姐唱歌，以后再也听不到了。"我送给了他一个录有我院八首组歌的唱片，每次去石家庄，我都要去他开办的西雅图腾茶楼品茶。我们一边品茶，一边听茶楼播放的歌曲《杏花雨》。这首歌早已输入我的手机，我走到哪里，哪里就飘荡着她唱的《杏花雨》的歌声。歌声，红了江南，绿了塞北，乐了黄河，喜了长江。

杏花雨变成了挽歌，挽歌变成了杏花雨。清明节就要到

来，也许她天堂有知，苍天恸哭。写到这里，窗外正飘洒着杏花雨，天地间一片烟雨蒙蒙！

遥望万里云天，太阳在悄悄流泪……

附：当我写完这篇悼文，新闻媒体传来一条引人注目的消息：2008 年 4 月 16 日，南非前总统纳尔逊·曼德拉出现在各国议会联盟第 118 届大会会场，在电视屏幕上拥抱一名年轻的女艾滋病患者。会场内，来自 116 个国家的 1400 多名议员长时间起立鼓掌。曼德拉对这次大会把防治艾滋病列为重要议题感到由衷欣慰，他在录播电视致辞中说，艾滋病是全人类面临的重大威胁，状况堪忧：全世界现有大约 3300 万艾滋病人和艾滋病病毒携带者，每天 5700 人死于艾滋病，6800 人遭受病毒感染。他呼吁各国议员投身抗艾队伍，督促各国政府和机构发挥强有力领导作用，有效应对艾滋病。曼德拉呼吁大家“千万不要歧视艾滋病患者，一定要亲近他们，爱他们”。曼德拉向全球吹响号角：“为了青年，为了未来，我们必须立即行动起来，展开一场抗击艾滋病的运动。”

沉默是一种美

——访朱德总司令的孙女朱新华

月儿不语，在天空保持着沉默。

小河无声，在大地恪守着沉默。

月光和波光交相辉映，昭示出沉默的美丽，美丽的沉默……

不知道是谁给这条小河起了这么一个好听的名字——金沟河！美好而意蕴深远，浪漫而富有诗意。小河朝沐晨曦，暮熔晚霞，日日夜夜静静地流着。河水清澈碧亮，无浪花闪烁，亦无杂物漂浮，宛如一条彩带缓缓伸展向远方。

远方在期待着什么？

我没有忘记，十年前金沟河畔建起了一家干休所，安置了一批军队离退休老干部。当时在解放军总医院急诊科担任主治医师的朱新华被调到这家干休所门诊工作。据我所知，是她主动要求得到领导机关批准才走马上任的。她业务全面而且有抢救经验，已有 20 年临床经验，是负责干休所老干部医疗保健的合适人选。作为医院政治机关的领导，我知道朱新华是朱德总司令的孙女，当时我对她主动要求到干休所门诊工作很不理解。你想，总医院急诊科抢救任务重，是医院一个重要窗口，也是造就医学人才的前沿，可以说大有用

武之地，有广阔的发展空间。而干休所门诊这个小小的天地，怎能与之相比！朱新华只想做一个平平常常的人，她愿意为老干部服务，觉得很光荣。

我明白了她的初衷。

平，非无波，不与波争流谓平；

常，非凡俗，不与奇夺异谓常。

朱新华来到金沟河干休所门诊，扑下身子，一干就是十几年。许多人早已把她遗忘，她也似乎遗忘了外面的世界。

遗忘是人生的最高境界！

今年早春一个阳光明艳的日子，我和著名作家王宗仁、军报资深记者聂中林来到金沟河干休所采访，我当然想重点采访朱新华这样一位出身帅门又甘愿寂寞平淡的人。

久别重逢，穿着一身绿军装的朱新华出现在我面前，依然是那么英姿勃勃，散发着军人特有的气质。齐耳的短发使她显得非常干练利索，长长的睫毛下闪动着坦诚聪慧的眼神。她得知我这些年“退而不休”，潜心于文学书法，一见面就毫不客气地向我索要书法作品。

我欣然答应了。

在宽敞明亮的会议室里，我们坐下来，听金沟河干休所所长崔京宾、政委王小班介绍情况。

我们的采访正式开始。

准确地说，这家干休所是无法想象的军队巨大的“人才库”。所里的离退休老干部，绝大多数是在全军最高的医学殿堂——解放军总医院工作了几十年的医学专家。医学泰斗、一代宗师姜泗长，心脏病专家苏鸿熙、黄宛，脑外科专家段国升，医疗保健专家牟善初、赵东海，放射科专家高育敖，妇产科专家叶惠芳，等等，这些军内外乃至世界著名的医学专家都在这里安身休养。有趣的是，这家干休所有若干对夫妻，双方都是专家教授，如唐洪川和王孟薇、张国华和顾卓云、田牛和罗毅，等等。如今，这些老干部老专家已是雪染双鬓，平均年龄 79.8 岁，其中 80 岁以上的 68 人，90 岁以上的 7 人。虽然他们年逾古稀，但集渊博的医学知识和丰富的临床经验于一身，其生命的价值无法估量，因此被视为“国宝”。说这家干休所“遍地是金”一点也不过分，故以金沟河冠其名，真是名副其实。

朱新华的服务对象正是这样一大批德高望重的医学专家。

采访中，所长崔京宾、政委王小班不无激动地对我说：去年，金沟河干休所党委被评为总医院先进党委，我们所被评为原总后勤部先进干休所。其中一个过硬的条件，是我们所的医疗保健工作做得好，老干部老专家非常满意，几乎听不到任何意见。这在全军干休所中是很难做到的。我们一方面靠的是医院这棵大树，另一方面靠的是朱新华。她不仅周到细致地为老干部老专家服务，而且坚持原则，不该给的药不随意给，大家都很佩服。朱新华身为元帅的后代却不争官儿，出身名门却不计名利，能享受特权却不要照顾，已跻身医学殿堂却主动要求到干休所门诊，这样的人打着灯笼也难找。朱新华是干休所党委委员，那是党员们民主选举上来的，她晋升技术 5 级，那是我们给她跑来的。凡涉及名和利的事，她从来不向领导开口。

听到所长、政委的夸奖，朱新华脸上泛起淡淡的红晕。她已习惯于沉默。沉默是金！

第二次去金沟河干休所采访，是个雪后初霁的日子。我没有忘记对朱新华的承诺，特地给她写了一幅草书长卷，内容是宋代才女李清照的一首词：

天接云涛连晓雾，星河欲转千帆舞。仿佛梦魂归帝所，闻天语，殷勤问我归何处？我报路长嗟日暮，学诗漫有惊人句。九万里风鹏正举，风休住，篷舟吹取三山去！

我赠送此幅作品的用意是祝她在事业上“风鹏正举”，扬帆远航。

她会意地笑了，笑容像月光一样姣美。

我与作家王宗仁一起走进朱新华的办公室，一边品茶一边采访。

朱新华负责的这家干休所门诊共有八位医护人员，他们实行网络式管理，将150余位老干部、老专家和遗属一一登记上网，分组服务，由朱新华全面负责。像鸟儿熟悉蓝天白云，像鱼儿熟悉碧海清波，朱新华对每位老干部的身体状况了如指掌。交谈中朱新华递给我一张统计表：肿瘤病19人，高血压伴肾功能不全4人，患五种疾病以上61人，生活不能自理4人，不能参加活动的19人。根据老干部的身体状况，朱新华定期登门巡诊。她是干休所每一家的“常客”。

朱新华拉开办公桌的抽屉，取出一本《干休所工作人员与老干部联系登记簿》，她递给我说：“这是我的巡诊记录，其中不少老干部你认识。”

“对，我和干休所的一些老干部、老专家至今保持着联系。”我仔细翻阅着朱新华的巡诊记录，一个个熟悉的名字跃入我的眼帘。

“你认识老红军杨磊吗？她是已故总医院蒲院长的夫人。”朱新华问我。

“我认识她。老人家很热情开朗，我和她多次聊天。”

“如今她89岁了，在金沟河干休所休养。我每周到她家去一趟，老人家心里话都对我说，每次都取出水果、饮料招待我，把我看成自己的孩子。”

没错，朱新华是红军的后代，她身上流淌着红军的血液。

如果你凭想象以为朱新华居住的是爷爷奶奶留下的豪华住宅，那就大错特错了。金沟河干休所有一个属于她自己的小家，她爱这片蓝天，爱这片土地，她觉得自己是一粒沙，紧紧地贴在大地的胸膛。

金沟河干休所环境优美，楼房排列整齐，甬道亦很宽阔，花木扶疏，芳草茵茵，生活设施配套。新修建的院门庄严气派，很惹人注目。所内的文化广场、门球场、健身园是老干部老专家白天休闲娱乐之地。

夜晚，干休所楼群的灯光与金沟河的波光辉映闪烁出神秘的童话。楼群很静，小河无声。在这座喧嚣的大城市很难寻到这么安静的地方。要说，最美的是金沟河上空那一轮明月了，朗朗地照着楼群，照着河水，周围的一切都沉浸在融融的月色里。

干休所不少老干部老专家喜欢到金沟河边赏月，他们觉得这里的月色很美，比起颇具盛名的“卢沟晓月”，一点也不逊色。月初，伴随着夜幕降临，月牙儿悄然出现在金沟河边的树梢，那弯弯的月儿仿佛是开启天堂的钥匙。十五月圆之时，高悬在天空中的月亮像一位俊俏的姑娘，静静地对着

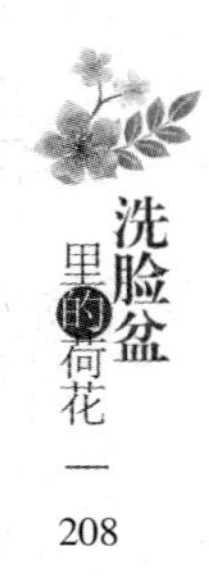

金沟河照镜子，梳妆完毕便去亲吻夜空的星星，拥抱黎明的太阳。如果你没有神情专注地欣赏过金沟河上空的明月，你就无法想象那月亮有多美。可以肯定地说，当你在寂静的夜晚来到金沟河边，遥望天空的明月，你必然会陶醉，因为那是醉月！

朱新华不正是高悬于夜空的一轮明月吗？她甘于寂寞，把皎洁的月华洒满天空和大地。

第三次采访朱新华，是与她共进午餐之后，我和作家王宗仁再次来到她的办公室，听她讲干休所发生的故事。

那是2005年8月的一天，金沟河干休所组织老干部参观卢沟桥抗日战争纪念馆。当晚九点，副军职休干陆训、沈友竹夫妇正在家里看电视。突然，陆训感到头痛，接着呕吐。朱新华接到门诊值班员呼叫，迅速赶来。她立即联系神经内科专家罗毅前来会诊。经检查，陆训血压低，有病理反射，可能脑内有问题。朱新华当机立断，将陆训送到总医院神经外科诊治，确诊为脑内出血，第二天便成功地做了手术，使陆训转危为安。

采访中，朱新华和我们谈到黄宛教授。

“你们认识黄宛教授吗？”朱新华问。

“我当然认识他，听说他给越南共产党主席胡志明看过病。”

“是的。他也给毛泽东主席、周恩来总理和我爷爷朱德看过病。应该说，他是我国心电图的开山鼻祖。如今，他已是90岁高龄了，他和夫人身体都欠佳，走路不行了，两人出门都坐轮椅。”

接下来，朱新华讲了这样一件事。

几年前，金沟河干休所老专家高育敖两次到总医院口腔科看病，都没挂上号。总医院口腔科得知这个情况，觉得对老干部老专家照顾不周，特地向高育敖教授赔礼道歉。事后，朱新华作了专门调查，发现干休所不少老干部老专家牙齿有毛病，因出行不便没去医院治疗。黄宛教授经常牙痛，这位出门坐轮椅的老专家只好忍着。朱新华向干休所领导反映了这个问题，并一起研究，给总医院领导写了专题报告，建议在干休所增设口腔门诊。这个建议很快得到批准，房间、设备、医生全部到位，干休所口腔门诊正式开业。朱新华将这个好消息及时告诉了黄宛教授，并亲自陪同黄宛教授来到口腔门诊修牙补牙。黄教授的牙痛病治好了，他对朱新华非常感激。朱新华对他说："几十年来，你诊治并挽救了成千上万名心脏病患者，我爷爷还找您看过病呢，为您服务是应该的。"这真挚朴实的话语，掷地有声！

朱新华是在平凡的岗位上默默地奉献着爱心。一桩桩一件件似乎平凡的小事，使我心灵发生了强烈的震撼！我觉得，她是春天的一朵小花，不与群芳争奇斗艳；她是夏天的一滴雨珠，滋润着祖国大地；她是秋天的一支芦笛，吹奏出和谐的乐曲；她是冬天的一片雪花，映现出人间的圣洁！

采访结束，与朱新华告辞，她赠送我一本《朱德诗词集》，这是一件珍贵的礼物。

初春的傍晚，我在金沟河干休所院内徜徉，任温柔的晚风轻轻吹拂，陶醉于多年来未曾感受过的迷人月色。皓月当空，月华如练，浩浩银河，群星闪耀。每一颗星，都是天宇感激月亮的眼泪。夜幕下，我发现楼群的每一扇窗户都映着一个小月亮！

月亮沉默不语，却那么美丽！

二十里雪路

天空冷不丁飘起雪花。雪下得那叫大呀，乱絮飞花，纷纷扬扬，飘飘洒洒，遮住了天，盖住了地。雪花扑打着我们的脸，亲吻着我们的红帽徽、红领章，苦恋着两个匆匆赶路的年轻军人。

这是1969年冬季的一个风雪之夜。我和战友张志忠各自骑着自行车，从总后大院出发，直奔丰台火车站。张志忠是河北唐县人，他父亲坐火车来北京探望当兵的儿子，深夜11点半到站，张志忠让我和他一起去接站。

我和张志忠都是1965年参军，同在一个团政治处宣传股，经常一起下连队采访，挑灯夜战写稿子。那次，《解放军报》约我们写一篇部队学习毛主席关于全国形势大好的“最新指示”的文章，我俩一起骑自行车，行程三十里，到太行山施工的连队采风，连夜赶写出一篇题为《毛主席最新指示照得我们心红眼亮方向明》的稿子，隔了一天，《解放军报》就刊登出来了。这是我俩第一次在《解放军报》发表文章，引起首长和战友们的关注。

是的，我和张志忠不仅在工作上并肩战斗，比翼双飞，而且在生活上互相关照。他经常给我理发，理的是分头；我也经常给他理发，理的是小平头。每次去洗澡堂，我俩互相搓澡，望着从彼此身上搓下的泥，他笑我，我笑他，谁身上的泥都不少，因为我俩都是泥土里长大的农民娃。

张志忠参军前匆忙择偶，与中学的一位女同学从订婚、热恋到结婚，总共不到10天，可谓闪婚。张志忠对我讲述过大山里那个宁静的夜晚。婚前，他和女友在简陋的平房里交谈到深夜，突然，小油灯熄灭了，黑暗中，张志忠的女友有点紧张，对他说："油里没灯啦!"真逗，哪里是油里没灯啦，是灯里没油啦！我一直抓住张志忠这个笑柄，他小子对我不老实，我就揭他这个老底子。记得，那是1967年，张志忠的爱人从河北唐县来到团机关驻地山西太谷，我去探望小两口，硬逼着嫂子唱歌。她无法推辞，羞答答地唱了起来："天上布满星，月牙儿亮晶晶，生产队里开大会，诉苦把冤伸……"歌罢，我说："嫂子，甭唱了，油里没灯啦!"她的脸腾地泛起桃花红，指着我说："嘎小子!"

1969年，我和张志忠一起被任命为原总后勤部后勤杂志社编辑。张志忠的父亲来北京探亲，深夜到站，他让我结伴去迎接，我当然不能推辞。

雪越下越大了。雪花在天地间狂舞，眼前似乎是无边天际的网，把周围的世界网在白茫茫的雪幕中。天空变得浑然一片，大地铺上了雪毯，而道路因来往车辆碾碎积雪仍依稀可辨。我和张志忠骑着自行车，像在雪海里游，浪尖上飞。到达丰台火车站，我见到了张志忠的父亲。这位大伯60岁开外，头上裹着白毛巾，脸上布满了皱纹，那对襟黑棉袄和颇显臃肿的黑棉裤，一眼便可看出是大山里生活了一辈子的庄稼人。张志忠的父亲是河北唐县百花山的农民，几十年和山打交道，朝迎东山日出，暮送西山晚霞，他把汗水洒在山坡地上，年年岁岁，播下自己的期待。他的相貌、衣着、语

音都昭示大山的标记，大山一样的身躯，支撑起一片蓝天。

张志忠的父亲拍打着我军装上的雪花，亲切地说：“志忠在信上多次提到，你和他是亲密战友，今儿终于见到你啦。孩子，这么大的雪，你来车站接我，让你受累啦。”我说：“大伯，应该的。张志忠不会骑车带人，我行。这样吧，等我骑上了自行车，你坐上自行车后座，我带你。”

雪夜，不见月光，也不见星光，只有路灯在雪幕中闪烁，雪花在路灯映照下像缤纷的花瓣徐徐飘落。我骑上自行车，大伯按照我的嘱咐蹿上我的自行车后座，因为有积雪，路滑，我和大伯都跌倒在雪地上。一次，两次，三次，每次我俩都仰面朝天摔倒在厚厚的雪毯上。

大伯对我说：“孩子，这雪路太滑，不能骑车带人，咱们还是步行吧。”

我迟疑了片刻，对大伯说：“丰台火车站距总后大院 20 多里，踏雪步行，你体力能行吗？”没承想，大伯回答得很干脆：“没问题，俺生活在大山里，练就了一双铁脚板。”

张志忠对我说：“你陪我父亲走，我回去找一辆摩托车。”

商定后，张志忠骑着自行车离我们而去，消逝在茫茫雪幕中。

我推着自行车，与大伯一起边走边聊。雪覆盖了我们的脚印，但无法抚平我心中的内疚。一路走来，大伯滔滔不绝地讲述当年日本鬼子扫荡百花山的情景。他亲眼看见日寇烧掉老百姓的房屋，抢走老百姓的粮食和牲畜，年轻妇女被日本鬼子奸淫，数不清的平民百姓在鬼子的枪口和刺刀下丧生。百花山在血泊中昂起不屈的头颅，每一块山石都记载着中华民族对侵华日军的刻骨仇恨。大伯对我说：“孩子，知道俺为什么送儿子当兵吗？一句话，为咱老百姓过上太平的日子！”我告诉大伯，抗战时期，我父亲担任本村青年抗日先锋队主任，母亲担任村妇救会主任，叔叔参加了八路军。父母多次对我讲述日寇扫荡冀中平原的残暴罪行，我家乡的人民提起日本鬼子，个个牙齿咬得流血。我对大伯说：“您老人家放心吧，我们这些当兵的，自从穿上军装，心上就烙下四个字：保家卫国。谁心里没这四个字，就不配当共和国的军人。”

路漫漫，雪茫茫。我和大伯踏雪而行，聊得很有兴味，谁也不觉得冷，不觉得累。但愿长夜无尽头，雪路无尽头。凌晨两点多钟，我和大伯行至沙窝，只见一辆三轮摩托车迎面驶来。张志忠跳下车，把父亲扶上车。他转身对我说：“中午请你喝酒，家乡红枣酿成的酒。”

望着他们消逝的背影，我在想，这确实是一个令人难忘的风雪之夜呀！雪路，二十里雪路，使我对人生有了新的感悟。人类与雪花何其相似！人来到人间，为他人活着，用爱心点亮人群中一盏盏心灯，让这个世界光如琉璃，灿然明亮。雪花从天空悄然飘落，融化了自己，滋润了大地，冬雪消融之后，艳阳下处处是烂漫的春花。

书斋名缘

位于北京西郊的“明日家园”，是解放军总医院刚刚建成的一个生活小区，新楼高耸，芳草茵茵，绿树婆娑，石山、喷泉、小湖、长廊点缀其中，确有苏州园林的风韵和雅趣。我有幸成为明日家园的住户，搬进一个拥有四室两厅的单元房。乔迁新居，倍感温馨，欣慰之至，特作几首小诗以抒情怀。

夜赏灯火日观山，白云悠悠飘窗前。
莫道阳台天地小，大千世界入眼帘。
——《阳台风景》

壁挂竹林七贤图，自书洞箫醉剑诗。
人品修养论书画，山川万物皆文史。
——《客厅书画》

绿遍江南千顷茶，香飘塞北万古韵。
八方来客茶一杯，品味人生百滋味。
——《品味人生》

月色撩人小窗幽，清风徐徐拂衣袖。
浮名浮利随云散，禅心悄然追月走。
——《小窗幽趣》

房子宽敞了，于是，我便有了一个梦寐以求的书房。

回想这些年来，我利用业余时间默默耕耘，写出了几十万字的诗歌、散文、报告文学，已先后结集出版。其中，有的在军队或全国获奖，有的作为精品文萃入集，有的被编入教科书，而这些文学作品几乎都是在床铺或餐桌上写出来的。对于喜欢看书和写作的人来说，多么希望能有一个属于自己的书房！坐在书房里，避开尘世的喧嚣，博览群书或埋头写作。自从卸任之后，这个梦终于实现了。

书房是有了，四个书柜装满了我喜爱的藏书。墙壁上悬挂着几幅名人字画，给书房增添了几分雅气。写字台摆放于窗前，白天能看到窗外隐约的楼群和如黛的西山，夜晚有清风明月做伴，还可以欣赏那迷人的灯火。“半生戎马退方静，始知书斋有妙境。沉醉书中山水美，忘记春夏和秋冬。”这首小诗是我陶醉于书房的真实写照。

给书房起个名儿吧！家人和朋友都多次提醒我。我知道，自古不少文人雅士的书房名字耐人寻味，而我穿了几十年军装，来个“丘八”学秀才，给自己的书房起名，那不是有点附庸风雅了吗？但又转念一想，我好歹也是一位军旅诗人、散文作家、书法家，算得上一个穿军装的文人吧，给自己的书房起个名儿，不会被人取笑。于是，经反复琢磨，我给自己的书房起了名字：琴心斋。

怎么想出了这么个名儿呢？那是因为我爱人的芳名含一“琴”字。她与我相伴几十年，全力支持我的工作，把孩子抚养成人，付出了多少辛劳！如今，我们有了一个温馨的家，我在有生之年如何回报她呢？想来想去，只能是做人行事让她称心如意。因此，书房取名琴心斋。书房定名之后，

先后有几位熟悉的书法家为我题字，字写得或苍劲有力，或潇洒飘逸，使我的书房蓬荜生辉。最近读了苏东坡的一首《琴诗》，其中的妙处让人回味悠长："若言琴上有琴声，放在匣中何不鸣？若言声在指头上，何不于君指上听？"诗中所表现的不正是琴心的情趣吗？而苏东坡《十八罗汉颂》中"空山无人，水流花开"二句，则被清代学者张潮称为"极琴心之妙境"。不错，苏东坡作为宋代才子，其诗词和书法让后人推崇备至，原来，他有一颗清静自然、超凡脱俗的琴心呵！更有趣的是，司马相如曾经以琴心挑逗新寡美女卓文君，借琴传情，琴声优雅，韵味悠长，使情感与自然和谐吻合。我不想去考证这风流逸事的真伪，但我相信琴心产生的艺术魅力，让人难以言妙！

说到这，我愈加满意书房的名儿琴心斋了。"琴心"二字，能把我带进一个空灵幽雅、恬然忘我、自然任远的境界。在静静的书房里，多年来难得清闲的我，或阅读老庄韩柳、李杜苏辛，自由自在地在书海里畅游；或思考人生、回味自然，笔端流出一篇篇散文和一首首小诗；或读帖临帖，挥毫泼墨，在书法天地里纵横驰骋，的确其乐融融！说来琴心斋没有负于我，我也没有愧对琴心斋，我的新作诗集《杏花雨》、散文集《滹沱河，故乡的河》可望出版，另有上百幅书法作品飞到全国各地，或漂洋过海……

如果说，世上一切皆缘，那么，我书房的名字琴心斋，是情缘、书缘，还是文缘？这的确难以言喻，管他呢，人世间许多事情原本是模糊的，又何必非要去弄清楚呢！我只想说，我喜欢我的书房，也喜欢书房的名字琴心斋，因为确确实实给我带来了人生的乐趣和生活的芬芳。每当我走进自己的书房，心，自然就静下来，不知不觉地进入石屋禅师一首诗所描绘的那样一种境界：

道人缘虑尽，触目是心光。
何处碧桃谢，满溪流水香。

珍藏一份清淡

戎马半生，退休后，往日的繁忙已离我远去，在悠闲安逸的日子里，我开始寻找适合于自己的雅趣。

那天，朋友来访，他是我的同乡，退休前担任某军分区司令，现在是一位颇有名气的书法家，也是一位收藏家。在客厅里，品茶，聊天，彼此趣味相同，心扉都敞开了，毫无芥蒂，自然聊得很投机。

“我刚弄到一对清代的核桃。”他如获至宝，脸上露出几分欣喜。

“那肯定是古董了，带来了吧，让咱欣赏欣赏。”我向他投以期待的目光。

他从衣兜里掏出一对核桃来，递给我。我仔细瞧，这对核桃油光红亮，宛若玛瑙一般玲珑剔透。这是一对文玩核桃，俗称野核桃。说实话，那时我对野核桃的种类和价值全然不懂，心想，这山林野果不可食用，只不过是一般玩物罢了。经朋友介绍，我才知道野核桃从古至今被视为“手中珍宝”，清代流传这样的顺口溜：“贝勒爷有三件宝，扳指核桃笼中鸟。”野核桃品类繁多，其中尤以“狮子头”最为珍贵。据媒体报道，一对百年“狮子头”竟卖出几十万的天价！

因多年的颈椎病致使我双手麻木，野核桃对于我可算得上有用之物了。我是个清心寡欲之人，压根没有收藏名贵野核桃的奢望，却想买一对价格低廉的普普通通的野核桃，以按摩手心，疏通经络，相信会有益于健身。

深秋的一个周日，我和妻子、儿子、儿媳一起游览灵山。返回途中，我们打算在大山里买一些水果带回去，心想，山里的水果兴许比城里的水果既新鲜又便宜。汽车在山路右侧一个卖水果的摊位旁停了下来。甭问，看守果摊的那一男一女，十有八九是父女俩，从朴素的衣着打扮和黝黑泛红的脸庞，一看便知是地地道道的山里人。妻子在摊位精心挑选着苹果、鸭梨和葡萄，我蹲在地上那一大堆核桃前，问摊主："有野核桃吗？"

"家里有，你若要，我回家去取。"

"离家远吗？"

"不远，立等可待。"

话音刚落，他迈开双脚，直奔山脚下的小山庄去了。不一会儿工夫，摊主回来了，他从裤兜里掏出十几个野核桃来，任我挑选。遗憾的是，这些野核桃个儿都不大，只有枣儿般大小。摊主看出我不怎么称心如意，解释说："是的，这野核桃很普通，很平常，它们是我从大山里捡来的。甭看它们个儿不大，但凝聚着山里的秋天，坚实厚重。挑俩吧，不要钱，就算是送给你的小小的礼物。"我被这位山里人的真诚和实在深深感动，咱当兵的人懂得"不拿群众一针一线"，于是，我掏出二十元钱塞给他，挑了两个野核桃，匆匆离去。路上，我手里握着两个野核桃，感觉山里的秋风、秋雨、秋色奔涌而来。我终于明白了，这小小的野核桃，原本是大山的精灵呵！真是有什么样的心态，眼前便出现什么样的风景。人难得保持一种平常心，以平常心观察和对待身

边的事物。世人大都追求高贵，而忽略了平常。还是我一位乡友说得好：平，非无波，不与波争流谓平；常，非凡俗，不与奇异谓常。平常心，多么像我刚刚得到的野核桃，朴实无华，平淡无奇，却凝聚着大山里多彩多姿、无穷无尽的韵味。

自从灵山归来，我便与山中带回的一对小小的野核桃终日为伴了。屈指一算，已三年有余，而今，这对野核桃已由淡黄色变成了咖啡色，油润光泽，坚如铁石，在手中摩擦时发出的声音，是那么美妙动听。无论在家还是出行，我手中经常握着这两个小宝贝。看大山的缩影，赏大山的秋韵，我觉得这野核桃，蕴含着一种品格、一种情怀、一种境界。儿子看出我对野核桃产生了雅兴，瞒着我特地到一家专卖店，花了一千六百元为我选购了一对野核桃。儿子对我说：这对野核桃，虽不是上品，但比你去灵山买的那一对野核桃上档次。你先玩吧，过两年，我再给你买一对价值过万的野核桃。我批评儿子，这大可不必。我有一对野核桃，已经知足了。对收藏者来说，野核桃有档次高低之别、价格贵廉之分，而对于我只为了按摩健身，就不在乎其档次了。我追求的不是名贵，不是奢华，而是一种雅趣和清淡。古代圣贤说过：心无物欲即是秋空霁海。这正是我所历练修心渴望达到的一种绝妙圣境。

世人读有字之书，不读无字之书；弹有弦之琴，不弹无弦之琴；能以迹用，不以神用，何以得超凡脱俗之妙趣。清淡，是无字之书、无弦之琴、无形之神韵，可惜，许多人尚未悟到恪守清淡的真谛。

苏东坡云："人间有味是清欢。"请允许我心底珍藏一份清淡，就像我去灵山挑选的一对极普通的野核桃，平平淡淡，却其乐融融，总是令人回味悠长……

月光下的小路

风吹疏林，风过而不留声；燕渡秋湖，雁去而不留影。许多往事就像穿过的风，远飞的雁，在记忆里悄然消逝，已无声无息，无影无踪了，亦如春梦无痕。然而，有一件往事过去四十年了，我一直铭记在心。

忘不了月亮下面那条弯弯曲曲、坎坎坷坷的小路，那是通往赵州石桥的一条乡间土路。三十多里路，像一条用人间真情编织的美丽的彩链，在我心灵的天空显现，一头系着共和国军人的心，一头系着平原小伙子的情。每当我想起那条洒满银色月光的小路，我的心就飞到冀中平原，紧紧贴在大地的胸膛。

那是1973年春天，我作为部机关的年轻干部，受领导派遣前往河北省赵县高村，去见我的战友王焕发，有要事面谈。当时他正在老家休假，照顾刚刚分娩的妻子。

高村是王焕发的岳母家，距赵州石桥十里左右。我一直牢牢记得儿时学会的一首民歌，并且还能哼唱呢。

赵州石桥什么人来修，玉石栏杆什么人留，什么人骑驴桥上过，什么人推车轧了一道沟。

赵州石桥鲁班爷来修，玉石栏杆圣人留，张果老骑驴桥上过，柴王爷推车轧了一道沟……

清晨，我穿上绿军装，唱着歌儿出发了，直奔丰台火车站。那时我很年轻，是个毛手毛脚的小伙子，独自出差远行，我不断暗自提醒自己，千万别耽误时间赶不上火车。到达丰台火车站，我发现一辆火车刚刚进站，于是，赶紧去检票，然后一溜小跑，登上了火车。幸好车厢里有空座位，我心绪安定地坐下来，取出随身带的一本书阅读。没过多长时间，火车上的广播喇叭响了："旅客同志们请注意，终点站北京车站到了，请旅客们准备下车！"

天哪，我要去河北赵县，怎么到了北京站呀!？这真是一个天大的笑话。还好，北京火车站的服务员知道此情后，劝我不必着急，随即在我的火车票背面盖了一个"误乘"的印章，嘱咐我乘另一辆开往石家庄方向的列车。车站服务员亲切的笑容、热情的叮嘱，使我想起雷锋说的"对待同志像春天般的温暖"。

当我换乘另一辆列车到达河北元氏县火车站（赵县没有火车站），已是下午四点了。

斜阳下的大平原，忙于春耕的农民们陆陆续续收工回家，乡村里飘起袅袅炊烟。赵县高村在哪里？元氏县城离高村有多远？我走进附近一个公社的办公区询问。值班的是一位二十来岁的小伙，身材高挑，面容英俊，目光透着诚实和善良，咋看咋像一个朴朴实实的乡村青年。他告诉我，元氏县城离赵县高村三十多里，况且没有通往那里的公共汽车。这真的让我犯愁啦，怎么办呀？我一下子想不出好招来。

"这样吧，我骑自行车送你一趟。"小伙子真诚地对我说。"不，天已经晚了，不好意思劳驾你。"我婉言谢绝了他的好意。“甭这么说。现在全国都在学习雷锋，解放军同志有难处咱帮个忙是应该的。”

话音刚落，小伙子毅然将自行车推到公社的院子里。说实话，我不忍心麻烦这位热情助人的小伙子，可又一时想不出推辞的理由。“不要再犹豫了，上车吧。”小伙子推着自行车走出院门，用命令的口气对我说。我对他说：“这样吧，我骑车带你，你来指路好吗?”小伙子说：“你不熟悉道路，还是我骑车带你吧。”

我拗不过他，只好顺从，纵身一蹿，坐在自行车的后车架上。

乡间小路在大平原上蜿蜒伸展，绕过一个村，又穿过一个庄，仿佛没有尽头。路，高低不平，自行车颠颠簸簸地行进。静夜里能听到小伙子急促的喘息声。那个夜晚，月色很美，皎洁的月光素练般地垂落在平原上，月光下的小路多么清晰，多么宁静，多么温馨，春天泥土的气息和花草的芳香氤氲而来。我已经多年没感受这么美好的月夜了。我忽然意识到，还没来得及问一声小伙的姓名，我也没告诉他自己的姓名。小路承载着一个军、一个民，我俩都是二十岁刚出头的年轻人，虽素不相识，却有缘相遇，像亲兄弟般一起融在淡淡的月色里。此时，我想起一首小诗：“青山不识我姓字，我亦不识青山名。飞来白鸟似相识，对我对山三两声。”

大平原的夜，明月高悬，月华如练，银河交辉，群星闪烁，晚风送来阵阵花香和芳草香，月光下的小路，宛若一条金色的飘带，弯弯曲曲地穿过大平原，一直通向遥远的天边。也许，远方的风景更美!

晚上八点多钟，我们终于赶到赵县高村。王焕发的岳母喜出望外，热情款待我和小伙子。烙饼、炒鸡蛋，煮小米粥，一会儿工夫，热气腾腾的饭菜摆上了餐桌。王焕发的爱人小孙，几天前生下一个女婴，躺在炕上不能亲自招待我们，便扯着嗓门喊："小乔，咱乡下没什么好吃的，都是普普通通的家乡饭，你跟小伙子一定要吃饱哇。"

我对着门帘大声说："嫂子，放心吧，到了这就是到家了，一定吃个饱。"

小伙子也不见外，狼吞虎咽地吃着可口的饭菜，脸上直淌热汗珠子。

我劝他："甭着急，慢慢吃，要吃得饱饱的。一会儿你还要骑车赶路，三十多里路啊！"

"别担心，我年轻，浑身力气，三十多里路算个啥。"小伙子的话，仿佛铁锤砸在地上，铿锵有力。

吃罢晚饭，小伙子飞身上车，匆匆踏上归程。平原夜归人，只有晚风、明月陪伴着他。小路弯弯，在苍茫的夜幕下伸展开去……

光阴荏苒，四十个春秋在不经意间从指缝里流走了。这些年，我经常遥望夜空，寄托思念，感觉星星还是那个星星，月亮还是那个月亮。月亮下面，冀中平原那条小路还存在吗？骑车带我的小伙子今在何处？你已不是原来的你，我也不是原来的我，我俩从二十岁刚出头的年轻人已变成年逾六旬的老人了。我反反复复地想，"远观山有色，近听水无声。春去花犹在，人来鸟不惊。"这首深含禅意的小诗简直太美了。多好啊，春天过去了，花依然绽放，依然芬芳。是的，我们挽不住宝贵的青春时光，却能留住花儿般美好的心灵。当年，我们在月光下走过的那条小路，不正是一条实践和见证雷锋精神、开满鲜花的人生之路吗？这条路负载和传承着真善美，一直在你我他和越来越多的后来者的脚下延伸，路漫漫而花灿灿，使人感受到岁月的流水香。

忘不了大山的黎明

我在熟睡中被摇醒了，心里非常明白：下半夜两点钟已到，该我接岗去深山国防工地巡逻。我怕惊醒酣梦中的战友，没有拉灯，摸黑穿上军装，披上雨衣，接过巡逻归来的战士的钢枪，独自走进夜幕中，沿着弯弯曲曲的盘山路奔向国防工地。

不知道是班长特意安排还是算我幸运，恰逢国庆节由我这个新兵在大山深处站岗巡逻。我意识到非同往常，这是一次具有特殊意义的值勤。

夜色笼罩下，那连绵起伏的大山像巨兽般横卧在我眼前，白天满山翠绿的松柏此时变成漆黑的云雾，像巨兽的皮毛，而那呼啸的山风像巨兽安睡时发出的喘息。说实话，参军前我从来没有在深夜里离开过家门，第一次在漆黑的夜里去大山里站岗巡逻，孤身一人，只有沉沉的夜色和夜幕下的大山陪伴着我，心里多少有点害怕。因为我知道，枪膛里没有一颗子弹，万一遇到坏人或野兽袭击，怎么办？只好硬拼啦。我下意识地鼓起勇气，战胜胆怯的心理。

那时，我是个很要强的新兵。可是在战友的眼睛里，我是一位懦弱的书生。当时，全连战士仅有三位高中生，我是其中一个，而且是从学校参军的，没当过一天工人和农民。班里那些农民出身的愣头愣脑的战士，对我总是另眼相看，在施工中，蓄意与我比试高低。譬如随车装沙土石子，抡铁锤打钢钎，背水泥袋扛木头，干这些力气活，我确实比不过他们，但我从来不示弱，好像生来就有一股倔劲！在班里，干力气活我不占上风，可是，出黑板报墙报，编排文艺节目，教歌和指挥唱歌，那都是我的拿手好戏，在全连乃至整个工兵营颇有名气，难怪连长、指导员把我当成“宝贝”。

我想，今夜在深山站岗巡逻，不论是班长有意还是无意考验我，都不能“掉链子”。“作为一名共和国的士兵，祖国和人民需要你献出生命也要在所不辞”，我用指导员上课时讲过的话给自己壮胆。

下雨了。秋风瑟瑟，秋雨潇潇，打破了深山的寂静。偶尔一道亮闪，把苍茫的夜空撕开长长的一条口子，紧接着便是震天撼地的雷声，在大山深处激荡。我环绕着国防工地巡逻，电闪之下能清楚地看到公地上堆积如山的钢材、木材、沙石，还有大货车、推土机，这都是国家的财产呀！

此时此刻，持枪站岗巡逻的我暗自掂量着手中钢枪的分量，思考着军人的责任和岗位的神圣。共和国的军人都把“一不怕苦，二不怕死”作为座右铭，这“两不怕”说起来容易做起来难啊！

风卷着雨，雨伴着风，在大山中肆虐。我不时地用手抹去脸上的雨水，用警惕的眼睛巡视着国防土地。雨水打湿了我的裤腿，感觉有些凉意。但我的心是热的，因为心里燃烧着一种从未有过的激情。我明白了自己不再是一个学生，而是一名军人，在为共和国站岗呵！风雨中，我站在工地旁，像山一样岿然不动，钢枪上亮闪闪的刺刀一如夜空的闪电。此时，我耳边仿佛响起指导员的声音：“‘两不怕’精神不是

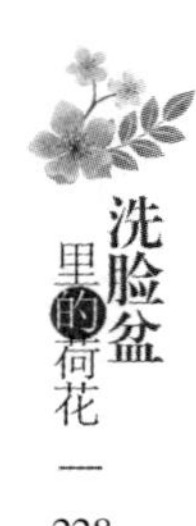

天生的，也不是喊出来的，而是练出来的。”这次深夜站岗巡逻，对我这个新兵来说，的确是一次锻炼和考验。

天刚蒙蒙亮，雨终于停了。这时，我才发现碧空如洗，雨后的山峦显得格外苍翠，山林那些不知名的鸟儿鸣叫不停，也许是用大合唱迎接国庆节的来临吧。群山知情，鸟儿会意，参军后的第一个国庆节的早晨，竟如此生动美妙地在大山中开始，令我激动不已。

我站在山岗上，眺望东方的天际，只见那素练般的白云渐渐变成了金红色，蓦地，一轮红日像硕大的红玫瑰绽开了，瞬间腾空而起。平原上长大的我，第一次在高山上观日出，那瑰丽壮观的景象的确令人陶醉。雨后的太阳是那么明亮，那么红艳，那么美丽。顿时，群山被晨曦漆成了胭脂红，深山的国防工地，清晰地映入我的眼帘，那里，留下了我巡逻的足迹。我知道，一个新兵巡逻的足迹，不可能被人们注意，但它毕竟留在国防工地，与那莽莽苍苍的群山、郁郁葱葱的林海和喷薄而出的红日，一起融进共和国的生日里。

几十年过去了，我一直没有忘记大山里那个金色的黎明！

第五辑

情寄鼓浪屿

指尖上的太阳

早在读中学时，我从伟人毛泽东的一首诗词中就领略过秦皇岛雨中的风景：海上滔天的白浪，消失的打渔船，还有秦皇魏武登临的碣石，宛如一幅巨大的山水画卷在萧瑟秋风中徐徐展开，深深留在我的潜意识里。那海市蜃楼般的绿岛，碧波连天的海湾，让我心驰神往。参军来到北京，一直没有机会去秦皇岛，只有放飞一颗心，去亲吻北戴河海域的雪浪花。机会终于盼来了。盛夏，我携妻带子，同 301 医院十几位专家一起到北戴河休假。晚上枕着涛声入眠，白天踏着涛声观海，尽览海上风光。然而，最有兴味雅趣的莫过于观赏海上日出了。

北戴河的早晨凉爽而静谧。天朦胧，海惺忪，湿润的海风拨动黎明的琴弦，海浪有节奏地拍打着沙滩，奏响黎明的乐章。为了观看海上日出，我和妻子、儿子趁黎明之前赶到海边，等待那个令人向往甚至痴迷的时刻。长长的海岸上，等待日出的游客影影绰绰。哦，盛夏的黎明，怎么有这么多的人走近你——这秦皇岛宁静的海湾，这北戴河诱人的海？

平原上长大的我，对于地平线上红日喷薄而出的景象再熟悉不过了。参军后，我有机会在高山、海岸和飞机上看日出，一次次领略未曾见过的奇观。诚然，在不同的地域和环境观日出，其景象和感觉迥然不同，但有一点毋庸置疑，日出总是给人间带来光明和温暖，所以历代文人墨客、中外名家雅士对日出讴歌赞美，留下不少佳作。汉代的《郊祀歌》有“日出入”篇，慨叹日出入无穷，人命却短暂，愿乘六龙成仙上天。《淮南子·冥览训》记载，鲁阳公与韩激战，时至黄昏，鲁阳公挥戈使太阳退三舍（一舍三十里）。唐代大诗人李白反其意写出了《日出入行》，认为日月运行，四时变化是自然规律。“日出东方隈，似从地底来。历天又复入西海，六龙所舍安在哉？……鲁阳何德，驻景挥戈？逆道违天，矫诬实多。吾将囊括大块，浩然与溟涬同科。”

等待海上日出，对于来自天南海北的游客的确是一种奢侈的等待。日出的一瞬间，以其蓬勃、鲜活、新奇、壮观，留在人们的视野里、镜头里和心海里。游客们各自怀揣秦皇岛上的太阳踏上归程，于是，世界各地便拥有这里的碧海红日了。因此可以说，渤海湾是太阳湾，北戴河是太阳河，秦皇岛是太阳岛！

我站在海岸，遥望东方，远处两只海鸟凌空飞翔，鸣叫着掠过海面，啄破了大海的梦。只见海天连接处露出了一抹微红，渐渐地，那一抹微红拓展成玫瑰花的花瓣，鸡冠花的花冠，继而，由深红变成了鲜红、艳红、火红，简直红得刺眼了。

海滩沸腾了！我身边的一对年轻夫妇激动地呼喊着、跳跃着。

“老公，快看呀，太阳从海里升起来了，像初生的孩子。”

“太阳是孩子？那，母亲是谁？”

“海，无边无际，深不可测的海。”

“海是母亲，父亲哩？”

“山，巍峨耸立，高不可攀的山。”

“哦，我明白了，海连着山，山连着海，海和山相依相伴，太阳是他们的轿子。”

“老公，咱们来北戴河度蜜月，这里的海和山有蜜月吗？”

“依我看，他们比蜜月还美哩！海和山相亲相爱，每天都过着甜蜜的日子。他们生下两个孩子，男孩是太阳，应取名甜日；女孩是月亮，应称为蜜月。”

呵，甜日，蜜月，多么浪漫，多么美妙！

小两口的绵绵絮语，使我联想到高山、大海、太阳、月亮的和谐之美。妻子也被这蜜月中的心语打动了，瞧她那眼神，流动的全是羡慕。

“妈，爸，你们看，太阳在洗澡呢。”刚满十岁的儿子阳阳，用手指着从海里钻出来的红彤彤、湿漉漉、水淋淋的太阳，大声喊着，逗得身边那一对年轻夫妇偷偷地乐。

“乖孩子，你长大了，不用妈妈给你洗澡了。”妻抚摸着儿子的头说。

“可是，太阳是永远长不大的孩子，他每天早晨在大海母亲的怀抱里洗澡。让母亲洗澡，那是人生最幸福最快乐的事情。”话到此，我蓦地想起早已辞世、远在天堂的母亲，也许，她老人家也在眺望海上日出吧。

此刻，太阳像一个巨大的火球离开了海面，缓缓地上升，方才笼罩在海空的暗云一下子变成了五彩云锦，仿佛是给初升的太阳准备的彩衣。红日和朝霞斗艳，碧海与长天争蓝，橘红色的阳光在海面上铺开一条宽阔的大道，犹如玛

瑙、琥珀、珪璋镶嵌的海路，色彩斑斓，闪闪烁烁。我想，那是太阳眷恋大海投下的万缕情思吧。

“阳阳，快，举起右手，伸出食指，爸爸给你拍一张照片。”

“干吗让我伸出食指呀？”

“指尖顶太阳，这样的照片实在难得，象征着天人合一。你年纪小，不懂这个大道理。”

“我知道乔阳这个名字是爸爸起的，你给我起名时咋想的，是让我像初升的太阳吗？”

我点了点头，举起相机，对准镜头，当儿子的指尖顶住红色乒乓球般的太阳那一瞬，我迅速按动了相机的快门。于是，一张梦寐以求的艺术照便定格在镜头里。此时，我不禁想起诗人郭璞“愧无鲁阳德，回日向三舍”的一声长叹，笑他不知“驻景挥戈”纯属矫诬之谈。日月运行终古不息，四时运转皆循自然，谁也无法改变这自然规律。如今，我借助小小的相机，却将太阳定位在指尖上，成为永久的留念。

金灿灿的太阳高悬在北戴河的海空，秦皇岛的万物都浸润在金色的阳光里。每一个楼顶，每一扇窗户，每一张白帆，每一朵浪花，每一株花蕾，每一片草叶，甚至每一个海贝，每一个蟹壳，都隐藏着一个小太阳。而我，偏偏钟情于儿子指尖上的太阳，那是我的至诚至爱，能引发我无限的遐想。

从初次到北戴河观海上日出，至今整整 20 个年头，光阴荏苒却似弹指一挥间。我和妻子一直珍藏着指尖上的太阳那张照片，每当翻开影集，总是凝目良久，浮想联翩。今天是儿子 30 岁生日，我和妻子又翻开影集，同儿子、儿媳一起观看那张不寻常的照片。

儿子说："爸妈，这张照片你们珍藏多年，太阳在我的指尖上，我在你们的心尖上。"

儿媳说："你正处在事业的风口浪尖，虽初露锋芒，但要继续努力打拼，才不辜负父母对你的厚望。"

我说："儿子，照片上的你能用手指顶起太阳，相信你没有克服不了的困难。"

妻说："太阳在儿子的指尖上，相信你一生不会缺少光明和温暖。"

美好的希冀与祝福，一如阳光般亮丽而清馨。

愿我亲爱的朋友们，都拥有一枚希望的太阳！

情寄鼓浪屿

题记：蓝蓝的大海呵，我多次扑进你的怀抱，但我至今还不认识你……

一、梦海

大海啊，你是我一个蓝色的梦！

那望不到边的海面，像绸缎一样蓝，有时水平如镜，有时风起浪涌，多变的情绪一如诗人的个性。

海蓝得像天空，天蓝得像大海。梦中的海鸥，是从云中飞来，还是在海中游戏？

带着咸味的海风吹来，海面腾起排排雪浪，哗哗的海浪声，使我仿佛听到大海心脏的跳动。不，那是大海在唱歌。我知道大海在唱什么，因为我是大海的知音。

我把心给了大海，大海知情，那美丽的雪浪花常常打湿我的梦啊！

二、海泳

这次去鼓浪屿，准备二月十日出发，十五日返回北京。正值早春，只能观海，不能游海呀！

我不禁想起在北戴河、青岛、兴城海滨畅游。海浪不时涌来，浪峰把我轻轻地托起，我像一片漂浮的落叶；当海水将我吞没，我在海中潜游，感觉自己变成了快活的小鱼儿；在海面仰游，仿佛在大海摇篮里酣睡的婴儿。

大海啊，给了我母亲般的温馨。海水吻遍我全身，我在大海的怀抱里，变成了一朵小小的浪花……

三、海上弧线

厦门被誉为鹭岛，与鼓浪屿一江之隔。鹭江，碧蓝的鹭江，宛若系在两岛中间的一条翡翠项链。

清晨，从我下榻的厦门鹭友嘉酒店的窗口望去，云雾笼罩的鼓浪屿，多么像一位“犹抱琵琶半遮面”的少女呀！绿树掩映着一幢幢白墙红瓦的小楼，昭示出一种雅致和神奇。

游艇穿梭般在海湾疾驶，海面留下一条条白色的弧线。我想，那弧线不就是我的诗吗？在朋友的心海里闪出一道亮光，而后稍纵即逝，不知道能否留下一点朦胧的回忆？

四、瞻仰郑成功雕像

轮渡离开厦门码头，在碧波荡漾的大海上环绕鼓浪屿航行。眼前的鼓浪屿，已不是过去那个古老荒凉的小岛，她以海上花园的独特风貌映入我的眼帘：碧波环绕，绿树叠翠，别墅成群，小楼雅致，海滨游人如云，日光岩巍然高耸……而最引人注目的是屹立在鼓浪屿海滨岩石上的郑成功的雕像。

瞧，这位民族英雄一身戎装，巍然屹立在巨石之上，眼睛眺望着大海。他在想什么呢？三百多年前，他率领两万五千官兵收复了被荷兰侵占的“台湾”。而今，“台独”分子气焰嚣张，宝岛台湾尚未回归祖国呀！我仿佛看到郑成功的眼

睛里喷射着怒火，胸中激情澎湃，如波涛汹涌的大海！

我望着郑成功的雕像，思绪一如万里海天云起云飞……

五、眺望日光岩

日光岩为鼓浪屿的最高峰，位于鼓浪屿中部偏南的龙头山、旗尾山。龙头山隔鹭江海峡与厦门的虎头山遥相对峙，构成龙虎守江镇海之势。

我踏上鼓浪屿，眺望日光岩，只见岩顶像一柄利剑刺破云天。日光岩呀，“上有浩浩之天风，下有泱泱之大海”，犹如一位巨人见证着鼓浪屿的历史沧桑。

我相信，假如日光岩有知，它会高度赞赏改革开放的今天，而且会十倍地赞扬鼓浪屿美好的明天！

六、鼓浪屿的榕树

走进鼓浪屿，那一棵棵高大挺拔的榕树引起我极大的兴趣和关注。我站在一棵生长了四百一十七年的榕树下，望着它那粗壮高大的树干，绿叶繁茂的树冠，感叹不已。经历了四百多年的风风雨雨，这棵榕树不仅没有衰老，而是越发旺盛！

你看它那繁茂的绿叶，简直苍翠欲滴了。是的，树是有生命的，而榕树顽强的生命，是天风海涛锻造出来的。鼓浪屿的每一棵榕树，都是一个神话，一个奇迹呀！

我站在榕树下，照了一张相，相片上，我和榕树的生命融合在一起了。我觉得，我变成了鼓浪屿的一棵榕树。

七、夜幕笼罩下的鼓浪屿

当夜幕降临之时，鼓浪屿恰似一位身穿彩衣的美女，进入甜美的梦乡。那灿烂的灯火闪闪烁烁，仿佛是镶嵌在她服饰上的珍珠和钻石，那环绕小岛幢幢的彩灯，是一条系在她颈上的项链。

岛上幢幢小楼的窗口，飘出动听的钢琴、小提琴和古筝的琴声弦音，伴随着晚风和涛声，使鼓浪屿变成了海上仙境。如果你到鼓浪屿，千万别忘了欣赏小岛这迷人的夜色啊！

八、水上莲花

来到鹭岛，天一直阴着，直到第三日，天才放晴。太阳一出来，给我一阵惊喜。

在鹭友嘉酒店二十八层，从窗口眺望，阳光下的鼓浪屿像碧波簇拥的一朵青莲。此刻，我忽然想起在普陀寺山石上镌刻的两句诗：

水上莲花心上佛
山间明月指间弹

呵，佛在心上，禅在指间，能悟出其中意，也不枉费此行。

九、鼓浪屿，我为你唱首歌

今天再次踏上鼓浪屿，恰逢一个浪漫的日子——情人

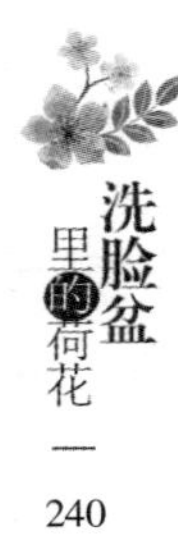

节！阳光下，鼓浪屿天仙般美丽动人，碧蓝的大海拥抱着小岛，海风拨动琴弦，海浪弹响古筝，海鸥唱着眷恋的歌……

我徜徉在鹿礁路上，看见一对对年轻的情侣怀抱鲜花走来走去，他们大概是让大海作证，证明他们情深似海吧。

海边礁石上站着一只白色的海鸟，望着海岸的行人久久不肯离去，那只海鸟不就是我吗？明天我就要离开鼓浪屿，我真想唱首歌，让我的歌声和海风、海浪融汇在一起，永远留给鼓浪屿——我有缘结识的天仙女。

十、再看你一眼吧，鼓浪屿

这几天，像寻梦一样，走进朝思暮想、魂牵梦绕的鼓浪屿。岛上那雅致的小楼，弯曲的小巷，风景名胜，花园别墅，还有那喧闹的海滨、棕榈榕树、岩石海浪，都清晰地留在我的记忆里。

鼓浪屿，你是一幅优美的画，你是一首多情的诗，你是一支动听的歌啊！辽阔的蓝天当纸，浩瀚的大海为墨，也写不尽对你的痴爱和眷恋！

当我乘坐快艇离开鼓浪屿的时候，温柔的海风亲吻着我的脸，白色的海鸥追逐着鸣叫，疾驶的快艇在海面上留下跳跃的雪浪花。那雪浪花是我写给鼓浪屿的诗呀！

我在快艇上扭回头，默默地说：鼓浪屿，让我再看你一眼吧，你的美将永远留在我的记忆里！

日照的月亮

1

日照，这座海滨小城被誉为太阳的故乡，都说那里的太阳永不坠落。我宁愿相信这是真的。

为了追寻不落的太阳，我和春天一起来到日照。我惊异地发现，日照的月亮比太阳更纯净、更美丽。

是因为不落的太阳的折射，使日照的月亮粲然明照，光亦全辉？还是因为碧蓝的海水的浸洗，使日照的月亮纤尘不染，冰清玉洁？

莫非我和月亮有缘吗？为什么第一次见到海上明月，竟然一望而生仰慕之情。在日照短暂停留的日子里，我每天傍晚来到海边，与月亮约会，仿佛回到了年轻的岁月，品尝着初恋的甜蜜。

2

日照海湾的黄昏凉爽而静谧。

暮霭熔金，远山含黛，温柔的海风亲吻我的脸，海面上腾起一簇簇雪浪花，那是在欢迎一位穿了几十年戎装已经身心疲惫的共和国的老兵吗？

也许，只有军人没有赏月的闲情逸致吧。如今，作为一名军队退休干部，清闲安逸的生活竟然使我产生了赏月的雅兴。

我伫立海岸，等待月亮出海。莫笑我痴，我人生第一次追寻和等待海上明月。知道月亮美的价值吗？我至今才明白，不爱月亮的人，他的感情世界无疑有一块空白。

观赏海上明月，是我多年的期盼。如今，我在海边等待，人生的际遇莫过于一次美的等待。

3

月亮在海里洗了一个澡，然后水淋淋、湿漉漉地钻出了海面，像一朵白莲在我眼前绽放。我望见，海中有月，月中有海，月亮和大海交融在一起，于是，海空变得如此和谐。

月亮像一把钥匙，开启了大海的心灵。大海像一块碧玉，托起了月亮这颗珍珠，海风抚琴，奏响了一曲海月恋歌。

月亮像一盏银灯高悬在夜空，当我走进她，唯恐把她撞碎，因为没有她，这个世界会变得更加黑暗。

只因为看了一眼海上明月，我的心一万年也不缺少光明。

4

月华如练，把我的魂牵走了，只剩一个空壳儿。我躺在海滩上，疲惫地进入梦乡。梦中，月亮微笑着向我走来，我迎上去，当我用双手抚摸月亮时，月亮哭了。

枕着海入眠，这确实是一件浪漫的事。海浪打湿了我的梦，月亮悄悄地为我抹去脸上的泪痕。

我知海月心，海月知我情。

5

海天万里，看不到尽头。海雾迷蒙，给我心头平添几许惆怅。

海风呜咽，断断续续倾吐着心事。

海鸥唱着凄婉的歌，撞击着我的心灵。

我一颗颤抖的心扑向海上明月。月亮啊月亮，请你睁开眼睛，展开双臂，我来了。

追月的路，从来没有想象的那么遥远。

月亮啊，梦中的仙子，送你一片镜儿海，明净澄碧，愿你有海一样宽阔的心胸，海一样澎湃的激情。

月亮啊，心中的美神，你是大海的女儿，而我，只是一只海鸥，我把心中的歌献给你，但愿能引起你的共鸣。

6

月亮为什么沉默不语？莫非你有羞涩难言的心事，深深埋藏在心底。

海风啊，请你吹开月亮心灵的一扇门吧，我想解读月亮的心事。

从小到大，听人们讲述过许多关于月亮的故事，每一个故事都是一个美丽的童话。

如今，我伴随着月亮走进童话世界，我感觉置身于童话中的故事并不美丽，更多的是凄婉孤寂和忧伤，即使这样，我也不愿走出与月亮相伴的童话世界。

7

生平第一次见到这么美丽的海上月色。

皎洁的月光照亮了海湾每一个角落。

海滩上，汪起无数片海水，每一汪海水都有一个小月

亮。而我心中，只有一个月亮，那是我永恒不变的美神。

月亮走我也走，我拼命追赶着月亮。月亮离我多么远，我的思念和爱恋就多么远。

近，固然很美，其实，远比近更美！

8

月亮高悬在天空，听海浪吟诗，海风抚琴，海上巨轮汽笛长鸣。

你遥望海上日出，天边落霞，还有消逝的帆影……

你可望见了我，一个执着的追月人？我仰望着你，珍惜这美好的一刻。我把握今天，相信明天胜过今天。

月亮啊，你应该明白，人的情感可以超越时空和年轮。

世界上最美的是海上明月。一首《春江花月夜》堪称诗中的诗，成了千古绝唱。

我爱皎洁的月亮，尤其爱这日照的月亮，她让我心醉，让我神往。

我把心交给了你，把梦交给了你，无论你走到哪里，我都要和你一起翱翔在苍茫的天宇。

9

我发现，月亮是从太阳的背后钻出来，绽开迷人的笑靥。她不愿和太阳媲美，总是在暗夜里悄然露面。

世上许多美不易让人发现。“银碗盛雪”雪无痕，“明月藏鹭”鹭无影。真正的美是看不到的。

大白天，谁见不到太阳呢？夜晚，如果你不经意，怎么能见到月亮呢？

月亮悄然无声地把光明洒满人间，但是，有多少人留意看一看她那美丽的倩影呢？哪怕是望上一眼！

我不远千里来到日照，观赏海上明月，不为别的，只是为了见证美的价值。

10

海滩很静，静得只能听见大海的呼吸，那富有节奏的海浪声告诉我，大海并没有安睡。

大海也在望月吗？

此刻，我想起了10年前写的一首小诗——《海月恋》。

大海遥望着月亮，
越过岁月沧桑，
把古老的梦幻，
化作万顷海浪。
月亮啊月亮，
你听见了吗，
大海日月在歌唱！
月亮窥视着大海，
穿过夜色苍苍，
把思恋的月华，
洒在苍茫的大海上。
大海啊大海，
你看见了吗，
月亮那秀丽的脸庞。
海知明月心，

爱恋那娇美的月光，
月知大海情，
爱恋那澎湃的海浪。
海浪啊海浪，
月光啊月光，
把彼此的思恋，
洒满天空，融进海洋……

11

我如醉如痴地望着天上的明月，感觉整个身心融进银色的月光里。

月光里的我依然是那么渺小，小得宛如一滴海水。

我知道，一滴海水胜过我一生得到的阳光和月光。

海风徐徐，送来阵阵芳香，是花香，茶香，还是芳草香？

月儿望着我笑，笑得很神秘，也很甜蜜。我忽然明白了，原来，日照的月亮是香月！那是春花、春茶、春草把她熏染的吧。

卡伦海滩掠影

这难道也是一种巧合吗？2011 年 2 月 25 日凌晨，当我和妻子、儿子、儿媳同机飞抵泰国的普吉岛，中国救援队当天也到达了新西兰的基督城，那里刚刚发生了 6.3 级强烈地震。曾记得，2004 年印度洋大地震引起的海啸，致使普吉岛几千人罹难于大海。我这次来普吉岛，不仅为了观赏绿岛风韵，同时亲临劫难之地，祭奠海啸中的亡灵。

同在一个星球上的人对遇难者自然怀有怜悯之心。

我们一家四口人下榻的是普吉岛卡伦梅沙酒店。这家四星级酒店依山傍海，与海滩只有一路之隔，站在酒店门口便可清楚地看见那长长的卡伦海滩和蓝蓝的安达曼海。

走，下海游泳去。我们身穿泳衣，头顶着中午火辣辣的太阳，来到了卡伦海滩。遍布海滩的太阳伞宛若春花绽放，伞下躺椅上是来自世界各地的游客，男男女女，老老少少，共同分享这海滩的乐趣。海滩上的沙洁白、松软、柔润，难怪吸引了那么多孩子在海滩上玩耍。

瞧，那两个大约三岁的金发女孩，模样何其相似，肯定是一对双胞胎。她们的小脸蛋白皙透着微红，眼睛像海水一样碧蓝。一个手握蓝色的小铲，爸爸看着她在海滩上挖坑；一个手提粉色的小桶，妈妈拉着她的手去取海水。哗啦啦，一桶海水倒进海滩上的小坑里，两个女孩高兴得跳起来。

哦，她们是要造一个海呵！我惊叹她们天才的想象和宏大的气魄！这两个女孩天真无邪的心，像海一样澄碧纯净。我多么想走进孩子们心中那一片海，窥探她们憧憬的蔚蓝世界。

“你快来看，那个男孩用沙子修建了一座城堡。”妻子用手指了指海滩上隆起的一座新城。那是沙子堆成的几幢楼房，广场上矗立着一座金字塔，四周有城墙包围着。我简直不能相信，这位神奇的建筑师竟是一个四岁的男孩。他的头发是金黄色的，眼睛像蓝宝石，雪白的皮肤在阳光映照下微露红晕。我不知道这个四岁的男孩是否听大人们讲述过印度洋的地震海啸，他精心修建的城堡是为普吉岛劫后建造的家园吗？他用沙子堆成的金字塔是纪念亡灵的无字碑吗？那四周的城墙是用来抵御凶猛的海啸吗？

看着沙滩上的孩子们无忧无虑地尽情玩耍，我仿佛又回到了童年时代，没有忧愁，没有悲伤，没有痛苦，天真，自由，爽快，那是多么令人眷恋的美好境界呵。莫笑我痴，我这个戎马半生的共和国老兵，此时竟变成了一个傻乎乎的孩子，对海滩上的一切都感到新奇有趣。置身于孩子们中间，我想，只要没有地震海啸，再深的海水也不会淹没孩子们在海滩上留下的足印。

手拉着手，我和妻子下海了。这就是印度洋的安达曼海吗？海水碧蓝，清澈，温暖，柔润。我们细心体验着海的温情，海的博大，海的辽阔，把整个身心都浸润在蔚蓝的海水里，的的确确有一种回归大自然的感觉。其实，人原本就是海中细小的生命进化而成的，大海无疑是人类生命最原始的摇篮。人类不应该忘记大海的恩宠，所以，来自世界各地的游客都如醉如痴地拥抱大海，像婴儿扑进母亲的怀抱。妻子从来没学过游泳，她紧攥着我的两只手，惊恐地站在没胸的海水里，不敢挪动一步。

“老伴，我来教你游泳。”

“唉，年过半百的人啦，早过了学游泳的年龄。”

“人衰老的主要标志不是年龄和身体，而是心态。冰心老人说过，人生九十是少年。照此说来，我们不过是婴儿。你攥紧我的手，趴下身子，用两只脚蹬水，别害怕，试一试。”

这时，儿子儿媳也游过来保驾。

妻子匍匐在海水里，用两只脚蹬水，扑腾腾，扑腾腾，海面绽开一簇簇浪花。

初试成功，妻子第一次享受海泳的乐趣。她惬意地笑了，笑得像婴儿般天真。我会永远记住她在安达曼海这么开心的微笑。

大海知情，起伏的海浪簇拥着我们，依偎着我们，亲吻着我们，海水深含着对我们的厚爱；海风抚琴，海鸟欢唱，仿佛为我们祝福。远山无语，却见证了一个和谐家庭；大海亦无语，却是我们最好的知音。我们陶醉在安达曼海宽广温馨的怀抱里，感受从未有过的悠然和畅快。

妻子回到海滩，坐在太阳伞下看我和儿子、儿媳游泳。儿子、儿媳自幼学会了蛙泳，此刻趁机在海中一展身手。在故乡冀中平原的清水塘里泡大的我，最拿手的游式是仰泳，不仅游出很远，而且可以静静地躺在水面上一待就是一个钟头。说好了，此番来普吉岛，妻子要亲眼看见我在安达曼海施展一下自己的“绝技”。

顺着海风，挟着海浪，我在大海里开始仰游。我觉得，

苍茫的大海像蔚蓝的天空，而我像一片漂浮的落叶，浑身感到轻松爽快，这种舒适感在陆地上是不可能体验到的。毕竟年逾六旬，仰游了半个时辰，我的双臂有点痛，于是，我躺在海面上漂浮，为防止身体下沉，我用两只手轻轻拂动海水，此时我感觉大海就像一张温床，平软而舒适。天上火辣辣的太阳当空照着，有几片薄纱似的白云点缀在湛蓝的天空。或许是我常年在室内伏案写作，难得清闲晒太阳，此刻心生几分贪婪，巴不得把这些年丢失的阳光全部捡回来。我安安静静地躺在海面上，任阳光流水般倾泻而下，洒遍我的全身。

“爸，你来看，我在海底摸到了一只寄居蟹。”儿子游到我身边说。

我站在齐肩深的海水里，接过寄居蟹，仔细观看。小家伙躲在橄榄般大的虎斑螺中，先伸出毛茸茸的爪儿，然后露出头来，两只黑米粒般的眼睛闪着黝黝的光泽。

“走，让你妈瞧瞧。”我和儿子奔向海滩。没料到，一只小小的寄居蟹却引起海滩上许多游客的好奇和雅兴，纷纷围上来观看。

我对儿子说：“把这只寄居蟹带回北京，看到它，就想起安达曼海，想起印度洋的地震海啸。”

妻子不同意，她说：“寄居蟹离开海，会死掉的。”

儿子思考了片刻，最后作出决定，将寄居蟹送给了海滩上修建城堡的小男孩。

那个小男孩手捧着寄居蟹观看了很久，然后小心翼翼地把它送回了大海，他是让寄居蟹和海啸中几千个亡灵做伴吗？

大海猝然欢腾起来，浪花在阳光下闪烁，像孩子们脸上绽开的笑容。

卡伦海滩沸腾了！没有伤痕，没有悲痛，也没有余悸，沉浸在欢乐中的人们似乎忘却了昨日的劫难，浓浓的海趣在海滩上蔓延开去。安达曼海那如泣如诉的海浪声，仿佛向游客们倾诉着绵绵不尽意味悠长的心语……

我像一个好奇的追梦人，在卡伦海滩寻觅着那场灾难的影子。

醉卧皇帝岛

2011 年 2 月 26 日上午，我和妻子、儿子、儿媳乘快艇离开普吉岛，向皇帝岛进发。普吉岛被誉为泰国的“珍珠”，印度洋的“金银岛”，而皇帝岛则是世界十大浮潜胜地之一，较之普吉岛别有情趣。

快艇像一支离弦的箭在海上疾飞。墨绿的大海，风急浪涌，快艇颠簸得很厉害，坐在快艇上，整个身子被颠得快要散架了，没办法，只好强忍着。可是，当我看到快艇上的二十多位游客，一个个若无其事，那么悠然自得，谈笑风生，真的自惭形秽，觉得自己过于娇气了。

妻子拉了我一下，说：“你看，那雪浪花，真美!”

我转过身来，望着快艇后面的那一片海，两道银光闪烁，那是快艇犁开的一簇簇雪浪花，翻腾跳跃着，追随着快艇，银链般伸展飘荡。

快艇在海上航行了四十分钟，终于在皇帝岛的海湾码头停了下来。走下快艇，跨过舟桥，来到皇帝岛海滩，我被海滩上的银沙吸引住了。那厚厚的、软软的、润润的银沙，在阳光的照射下熠熠生辉，恰似洁白的雪，筛过的银。海湾里，来自世界各地的游客正在追波逐浪，不少游客浮潜于清澈的海水里，与鱼儿嬉戏。在海滩上，幸遇七八位来自北京的游客，倍感亲切。他们说，这皇帝岛的海滩太美了，来一百次也不烦。

时至中午，我和妻子、儿子、儿媳到临近海滩的一家山间饭店就餐。登上山坡，儿子喊了一声：“看，巨蜥！”我顺着儿子手指的方向看去，只见山间树丛中有三只巨蜥正在争食，追逐着，撕咬着，好不热闹。

真没想到，我们来到皇帝岛，寄居的寓所竟是海边椰林深处的小木屋。别看这小木屋外观简陋，屋内却生活设施齐全，整洁干净，应该说是一个幽静舒适的住所，没什么可挑剔的。轻风习习吹来，花儿的芬芳透过窗口在小屋里弥漫着，让人醉意蒙眬。此时，如入仙境，我真正感受到什么是心旷神怡，我想，即使世上的神仙皇帝也难得如此舒心清静吧。

清晨，我的梦被小鸟啄破了，醒来的时候，我听到椰林里那些不知名的鸟儿在欢叫，真好听，心想，这偌大的椰林不就是一个“音乐王国”吗？林中那些鸟儿们，既可瞭望大海，又能闻到花香，自由自在，没有一点忧愁和烦恼，世人如果像鸟儿那样悠闲自得该多好呀！

太阳升起老高了，我们穿上泳衣，带上浮潜用具，沿着椰林中的小路来到海边。海岸有五棵高大粗壮的雨伞树，浓密的树荫遮蔽着炙人的阳光，每棵树下都摆放着躺椅，供游客躺着休息，也可坐着观海。

我和妻子都未曾在海中浮潜过，比到过马尔代夫潜海观鱼的儿子、儿媳，对浮潜更感到新奇，简直有点跃跃欲试了。

任何一种尝试都可能带来成功的喜悦，因此我从来不拒绝尝试，哪怕是潜藏着可以预知的风险。

还是儿子想得周到，他不仅为我和妻子准备好了浮潜用具，多次教我们演练，嘱咐我们如何用嘴吸气呼气，还特地为我们租了救生衣。我和妻子“全副武装”，手拉手下海了。这里的海水竟然清澈得像碧玉一样透明，可以清清楚楚地看到海底那大大小小的鹅卵石，那蓝色、红色、褐色和黄黑条纹的小鱼儿穿梭般游弋，真让人目不暇接。我渐渐走到齐肩深的海水处开始浮潜，刹那间，好大一群鱼忽地围过来，对我这位远方的来客亲热得不得了，莫非我的前世曾经是鱼们的同类？我顿时心生一种奇异的想法，能抓住一条鱼儿吗？我用手抓呀，抓呀，可那些鱼们真是贼精、贼精，动作敏捷，我怎么也捉不住。哦，一条一尺多长的大鱼游过来了，它仿佛向我说了一声“您好”，然后一摆尾，闪电般地消失了。我羡慕海中鱼们的生活，它们拥有真正的自由，这是人类不可企及的。

“爸，你来看，妈被鱼咬了一口。”儿子走到我跟前说。

“怎么可能呢，我来看看。”我托起妻子的一只手，仔细观看，发现她的手背有一个红红的血印。我告诉妻子，那不是鱼咬的，是鱼亲了一口。

“去你的。”妻子向我身上撩了一把海水，然后“扑哧”笑了。

海风，带着湿润和咸味的海风，轻轻亲吻着我们的脸。海浪，饱含温柔和深情的海浪，缠绵地簇拥着我们。我、妻子、儿子、儿媳，都醉入这片蓝蓝的海。

我想记住这座美丽的岛，这片美丽的海。浮潜结束，我打算在海边拣几颗小石子带回北京，放在书桌上，这样，每天都可以看到皇帝岛的剪影，听到大海的涛声。正当我在浅水处弯腰拣石子时，一排海浪涌来，将我拍倒，跌在鹅卵石上。我用力挣扎，怎么也爬不起来。这时，正在海岸休息的一位来自欧美的游客，迅速跑了过来，几乎同时，妻子也赶到了，他们将我拉了起来。妻子嗔怪我，不该贪心拣石子，这明摆着是一种惩罚。我无言以对。可不是吗，皇帝岛上的小路是用鹅卵石铺的，饭店和小别墅的底墙也是用鹅卵石砌的，在这小岛上，鹅卵石是有大用场的。而我，想把鹅卵石作为欣赏的玩物，皇帝岛能答应吗？大海能同意吗？想到这儿，我甘心受惩罚。

今日，恰巧是儿子的生日。妻子和儿媳在皇帝岛一家酒店安排了丰盛的晚餐。

夜幕低垂，晚风送爽，附近传来有节奏的海浪声。我和妻子、儿媳举杯为儿子祝贺生日。儿子从来没有这样高兴，着实有点受宠若惊了，那神气的样子简直就像“小皇帝”。餐罢，我们一家四口在酒店里玩扑克，直到深夜。

皇帝岛枕着涛声早已进入了梦乡，梦中，也许会听到我们开心的笑声吧。

附记：这次赴泰国旅游，因缺乏海游的经验，没有采取防范措施，我的皮肤被太阳灼伤了，儿子说我像“煮熟的螃蟹”，妻子说我像“非洲黑人”。回国后，两只胳膊和后背、前胸的皮肤脱了一层皮。我对着镜子一照，哎呀，简直变成了“金钱豹”。

春上茶山

这条蜿蜒伸展的山间公路，相传是当年乾隆皇帝到龙井品茶经过的路线，因此称之为乾隆路。乾隆皇帝六次下江南，四次来到龙井茶区，品茶赋诗，在天竺作诗一首，名为《观茶茶作歌》，并封胡公庙前的十八棵茶树为“御茶”。那个年代，乾隆皇帝到龙井乘的是马车还是轿子，我不得而知。反正，我和爱人、儿子、儿媳此次游览龙井茶区，乘坐的是一辆出租小轿车，想必要比乾隆皇帝神气多了。

出租车沿着乾隆路驶入悠长的峡谷。刚才见到二月早春的杭州街巷和西湖岸边还是俯首可见尚未融尽的残雪，而眼前的这大山深处竟被浓浓的翠绿弥漫着，群山如黛，碧水如蓝，看来，春姑娘早已来到茶山。

出租车在一个名为杨梅岭的村庄停下来，此地属于龙井二队，村里的标志牌赫然写着“狮峰龙井中央礼品茶产地”字样。出租车司机告诉我们，历史悠久、名扬天下的龙井茶是我国第一名茶，产于杭州西湖的狮峰、龙井、五云山、虎跑一代，素有“狮、龙、云、虎”四个品类之分，其中尤以产于狮峰的品质为最佳，故被定为“中央礼品茶”，这足以昭示狮峰龙井的极高品位。

我喝了多年龙井茶，对其色绿、香郁、味醇、形美四觉钦佩之至，了然于心。龙井茶扁平光滑挺直，色泽嫩绿光润，滋味甘鲜醇和，香气鲜嫩清高，汤色碧绿黄莹，叶底细嫩成朵。每当我将龙井茶置于杯中冲泡之后，便仔细观察那色翠绿略黄的茶叶，或翩翩起舞，或亭亭玉立，恰似绿衣天使美丽动人。宋代大文豪苏东坡书于茶联曾曰：“欲把西湖比西子，从来佳茗似佳人。”这比喻，真是恰如其分。我觉得，龙井茶的确是世所罕见、独领风骚的茶中之王，但是不论是“御茶”还是“中央礼品茶”，这都不重要，因为在很多时候，人认茶，茶却未必认得人。龙井茶诚然是大自然馈赠人类的佳品，但早已被平常百姓饮用。像这种从阳春白雪到下里巴人都受用的东西，不知还有多少。

我站在山坡公路边，环顾杨梅岭这个群山环抱的小村庄，山脚下，山坡上，一幢幢雅致的小楼鳞次栉比地坐落在这幽静的大山里，小楼风格各异，色彩不同，背靠着茶山，被一层一层的绿铺展着。

这时，山道边一位衣着朴素的妇女热情招呼我们到她家品茶。这家茶叶专业户是一幢四层楼房，一层宽敞的大厅专门用来招待客人品茶。而我们选择了在她家楼前小院里品茶。我们一家四口围坐在餐桌旁，头上蓝天白云，四面青山碧水，沐浴着和煦的阳光，举杯品茶，体味回归自然的畅快。当然，杯中乾坤和人生滋味，绝非一时能领悟明了。茶妇得知我们是从北京来的客人，显得格外亲切，给人以春天般的温暖。她不仅泡茶倒水，还端来当地产的花生和瓜子。

世界之大，芸芸众生，喝茶的人何其多也。但是，能到龙井茶区品茶，实在是机会难得。我来到狮峰茶山品茶，青山做伴，山风抚琴，齿间留芳，此时的心情是何等愉悦，作为军旅诗人，真想赋诗吟诗。

古代文人墨客赋诗赞美龙井茶，留下了不少佳句。

苏东坡在《白云茶》中诗云："白云峰下两旗新，腻绿长鲜谷雨春。"

元代茶人虞伯生在《游龙井》中写道："徘徊龙井上，云气起晴画。澄公爱客至，取水挹幽窦。坐我檐葡中，余香不闻臭。但见瓢中清，翠影落碧岫。烹煎黄金芽，不取谷雨后。同来二三子，三咽不忍漱。"

明代诗人高应冕有《龙井试茶》："天风吹醉客，乘兴过山家。云泛龙沙水，春分石上花。茶新香更细，鼎小煮尤佳。若不烹松火，疑餐一片霞。"

时光在杨梅岭一秒一秒流逝。

天交晌午，天上的太阳当空照着，阳光明亮而温暖，从山里吹来的小风略带一点寒意。小院很静，我注意到茶妇家的两只狗，在阳光下安卧在楼前的台阶上，眼睛微闭着，似乎在聆听什么。茶香若兰，心静如水。

茶妇是地地道道的大山的女儿，名叫胡采莲，今年 65 岁，看上去她要比实际年龄年轻十几岁。我揣摩着或许是青山绿水能养人吧。胡采莲从出生到现在，从未走出大山。她眷恋着大山，魂泊大山，她的生命与那山、那水、那树、那茶都融为一体了。杭州、北京的亲戚朋友几番请她到城市里转转，可她至今没有那份心思，真是"故土难离"呀！我想到自己十八岁参军离开故乡，在大城市工作生活了四十余年，闹市的喧嚣，事业的压力，人事的繁杂，使我一颗心难得清静。没想到，千里迢迢来到杨梅岭，尚未买茶，茶妇先给我安上了一颗清静的心。

出乎我意料的是，茶妇曾接待过党和国家领导人及外国贵宾，她指着客厅墙壁上的照片说：“这是江泽民同志陪同英国女王来我家品茶留下的合影。”哦，我惊叹，这寂寞的深山竟有如此巨大的魅力，吸引了尊贵的客人光临。我吩咐儿子把那张合影拍照下来。茶妇还荣幸地告诉我们，她儿子被评为全省茶叶行当的优秀技师，还上过中央电视台呢。说完，她带领我们参观了她家炒制茶叶的作坊，那炒茶的大铁锅、筐箩等器物，使人一见便知这家茶叶专业户历尽沧桑，她家种植和加工茶叶的历史古老而漫长。我忽然想到，近代高僧赵州和尚对众多请教佛法的弟子总是答复三个字——“吃茶去”，这已成为广为流传的吃茶参禅的典故。

看完茶妇取来的一摞购茶单据，我对这家茶叶专业户更增添了信任感。

茶妇说：“不论城市还是农村，只要购茶信件寄来，我们就把茶叶寄去，先寄茶再付款。”

我问她：“你不担心茶寄去了，人家不给寄钱吗？”

她笑了，对我说：“喝茶人大都有文化修养，我们相信人家。这些年，还没遇见一个寄了茶不付钱的人。”

哦，我突然领悟了，原来这深山茶叶专业户与四面八方的购茶人彼此信任，心与心之间架起了美丽的彩虹。知否，多少人期待着这信任彩虹在人们心宇横空出世，永存于人世之间！

我们买了茶叶，与茶妇告别。淳朴善良的茶妇执意要送我们到汽车站。如今，这种人在大城市并不多见，而在这个茶山，与茶妇短暂接触，我才理解了“人之初，性本善，性相近，习相远”的深刻含义。沿着高高低低、弯弯曲曲的街巷，穿过杨梅岭，那一幢幢小楼不断映入眼帘。茶妇喜形于

色道，她小时候，杨梅岭坡坡洼洼都是茅草房，中华人民共和国成立后陆陆续续出现了砖房。如今，改革开放几十年，全村家家户户都建起了小楼，茶山变富了，变美了，城里人到茶山游览买茶的越来越多了。

可不是吗，那承载着历史典故的乾隆路上，小轿车大客车穿梭般来往，是茶山的春天召唤着天南海北的游客，还是天南海北的游客惊醒了茶山的春天？

呵，我真的被陶醉了，这如诗如画、如情似梦的茶山之春！

坝上眷恋

那是一条盘旋蜿蜒于群山之中的巨龙吗？那是一道凌空飞架于草原之上的彩虹吗？那是张北坝上草原天路——一个被世人传颂的神奇！

我是立秋之后来到坝上的，熟透的秋思，一如神奇的天路穿越辽阔的空中草原。说实话，我并非为欣赏草原的景色而来，而是为了呼吸草原上清新芬芳的空气。久居被污染的城市，此行也许是最低调的奢华吧。

沿草原天路行驶，我们走进一望无际的坝上草原。儿媳开着车，我和老伴、小孙女坐在车上，仿佛进入如诗如画、如情似梦的绿色天堂。草原上，牧草青青，野花争艳，牛羊如云，度假村、农家院、旅游点星罗棋布，秋风把花草的芳香送到遥远的天边，极目望去，处处是一幅令人陶醉的图画。

透过风挡玻璃，我惊异地发现，草原上空，天像海一样碧蓝，镶嵌在蓝天上的白云，形态各异，或像洁白的棉絮、晶莹的冰雪、起伏的海浪，或像矗立的雪峰、奔腾的骏马、飞泻的瀑布，蓝天白云，昭示出天空的纯净清澈。在被污染的城市，难得见到这么湛蓝的天、这么洁白的云，真让人眼馋心醉！曾记得，在天山脚下的巴里坤草原，在雪域高原的青海湖畔，在海南的海棠湾，在山东的蓬莱、威海、崂山，

以及在泰国的卡伦海滩，我都被蓝天白云迷恋，沉醉于天然美景而流连忘返。可是，这些年，我生活的大城市却很少见到蓝天白云，雾霾接踵而来，那不见天日的日子简直让人无法忍受。

请看我用诗写的日记：

2014 年 11 月 23 日，《雾霾》：魔鬼似的雾霾，在天空肆虐，我无法看清，这朦胧的世界。往日的蓝天，掩面哭泣，受伤的大地，心滴着血，而我们刚刚觉悟，生命受到威胁。伤心、抱怨、诅咒，又有何用？懦夫和懒汉的眼泪，岂可将魔鬼淹没?！迎接挑战，要不惜一切，才能和污染诀别，走出这雾霾的世界。

2014 年 11 月 30 日，《真的觉醒了》：雾霾像一块灰色的布，遮住了整个天空，同时，也擦亮了我的眼睛，使我对这个世界看得更清楚了。雾霾像一张灰色的网，罩住了整个大地，同时，也惊醒了我的灵魂，使我对这个世界更爱惜了。

2015 年 3 月 16 日，《这座城市，在雾霾中呻吟》：雾霾又悄悄袭来，大地悲伤地哭泣，这座城市即将窒息。人们在疯狂地诅咒，诅咒贪婪的私欲，还是这污染的世界？这座城市在呻吟，人们在痛苦中觉醒，既然已经向雾霾宣战，并且亮出了撒手锏，那么就开始行动吧，拼出一个蓝蓝的天。

应该说，从党和国家领导人到普通老百姓，对治理环境污染取得了共识，并推出一系列举措，治污初见成效。但是，治理环境污染毕竟是一个艰巨而复杂的系统工程，任重道远，决不可懈怠。

热爱生活的人，谁不想拥有一片蓝天呢？可是，因环境污染，蓝天白云与城市和乡村依依惜别，只有在海边和草原才能经常见到。在坝上草原，只要不是阴天，蓝天白云就会与草原相依为伴。

车在草原天路旁的山坡上停下来。我们想休息片刻，观景拍照。站在青松环绕的山坡上，仰望天空，我觉得海移到了天上，那白云宛若海中的雪浪花；俯视草原，感觉云飘落到草原，那是缓缓蠕动的牛群和羊群。孟浩然诗云："野旷天低树"。这熟烂于心的诗句，来到坝上草原才有了真实的感受。坝上地势高，草原又很辽阔，站在山坡上，觉得天低云近，伸手便可触摸蓝天，采摘白云，如入人间仙境。

天空和草原浑然一体，给人一种天然之美、和谐之美、纯净之美，使我整个身心都融入自然。这时我想起了《菜根谭》书中一段话："云兴而悠然共逝，雨滴而冷然俱清，鸟啼而欣然有会，花落而萧然自得。"无论何人，只有回归自然，融入自然，才能尽情享受大自然之美。人这样，那草滩上的牛和羊，又何尝不是如此呢。我发现，草滩上聚而成云、散若珍珠的牛和羊，一会儿静静地吃草，一会儿抬头望天，那么悠闲，那么自在。牛羊吃草，是在品尝牧草的芳香还是岁月的甜美？牛羊望天，是在羡慕蓝天的高远还是白云的洁净？

从车窗里，我望见前面一片花海，在艳阳的照耀下灿若云霞，蔚为壮观。这草原上的花海，使蜂拥而来的旅客如痴如醉。我和家人当然不会错过赏花的机会。据花海守护者介绍，这里的花全部是野花。我想，这些野花在草原上默默地盛开，它们望着蓝天丽日，望了多么久？它们等待旅客观赏，等待了多久？虽然它们很渺小，却向来自天南海北的旅客绽放着美丽。草原上的野花告诉每一位旅客，你们不可能

带走坝上的蓝天白云，也不可能带走坝上的牧草鲜花，但你们一定会带走对坝上草原的美好记忆。

在环绕花海的道路上，我看到奇异的一景：一位壮年男子牵着一只高大的公羊，公羊拉着一辆小木车，在草原上奔跑。车上坐着的男孩，扬起鞭子不时地吆喝着公羊，车行如飞，吸引了许多旅客的眼球。

这是特地为孩子们设置的娱乐项目。一颗颗童心花朵般绽放，一阵阵笑声银铃般响亮。草原，成了孩子们欢乐的天堂。

公羊拉着小木车归来，那个男孩不肯下车，想坐车再跑一圈。牵羊的似乎是男孩的爸爸，对男孩说："孩子，快下车。你瞧，那么多孩子等着坐车呢。明年咱们再来坝上草原，还坐羊拉车。"

男孩跳下车，望着公羊和小木车，久久不肯离去。

可以肯定地说，草原是马的家乡。如果说你到草原没见到马，那就等于说走进大山没见到石头。来到坝上草原，谁不想在马背上体验一次骑士的风采？而我和老伴年事已高，小孙女才满三周岁，都不宜骑马。对儿媳来说，骑马已不再是新鲜事了。所以，我们商定，不骑马，但一定去跑马场看看，那里是坝上草原最精彩的风景。

我无法弄清坝上草原到底有多少个跑马场，只能说不计其数。目光所及，只要看到骏马如云，游人如潮，草原上最热闹的地方，那便是跑马场了。

站在跑马场附近，我怀着极大的兴趣观看马背骑士们相互角逐的场面。快马追风，瑟瑟秋风被甩在马后；马蹄踏花，片片残花溢出芳香，草原沸腾了！西斜的太阳不忍心坠落，闪动着兴奋的眼神；一片片白云飘过来，莫非是想为骑手们擦去脸上的热汗？年近七旬的我，此时竟怦然心动，想变成一匹追风马，把隐藏在心底的爱恋洒遍坝上草原。

夜幕降临，沉沉的夜色笼罩了草原。白天的蓝天白云被朗月繁星代替，月光下的草原遥望着月亮，把古老的梦幻，化作牧草的芳香。月亮窥视着草原，穿过夜色茫茫，把思恋的月华，洒在苍茫的草原上。草原知明月，月知草原情，把彼此的思念，洒满天空，融进草原。我第一次在草原过夜，那撩人的月色，皎洁的月光，使我久久不能入眠。窗外，传来悠扬的琴声，度假村的空地上正在举办篝火晚会，我来了，悄悄加入狂欢的人群。

秋风阵阵，篝火熊熊，点亮了牧民与游客共同的家园。“金黄的月亮挂在夜空，秋风送来牧草的芳香，草原度假村的空地上，篝火燃烧得又红又旺，来自天南海北的游客，围着篝火边跳边唱，相逢何必曾相识，来到草原就像亲人一样。手拉手，友情在草原上流淌，歌对歌，草原变成了欢乐的海洋，篝火燃不尽心底的激情，晚风吹不散脸上的月光，今宵夜色如此美丽，游客都把草原当故乡。”这首小诗是我对草原篝火晚会真实的描述。

篝火晚会上，不知道是谁唱起德德玛演唱的那首歌——《草原夜色美》。那优美的歌声拨动了我的心弦，让我沉醉在皓月当空，群星灿烂，牛羊如云，琴声悠扬，牧歌清脆的草原之夜。

这首歌，我再熟悉不过啦，因为我和德德玛是熟悉的朋友，我多次听她演唱这首歌，因此也学会了唱这首歌。

十余年前，德德玛到国外演出，因患脑出血几乎全身瘫

痪，被送回国内治疗。她四处求医，被送到多家医院治疗，效果欠佳。后经解放军总医院的医务人员长达一年时间的精心治疗，竟奇迹般地重返文艺舞台。记得那个春节前夕，德德玛随中央民族歌舞团来解放军总医院慰问演出，她连续演唱了五六首歌曲，现场掌声雷动。作为医院政治机关的领导，我具体组织了这场演出。院首长交代，演出后让我安排专家为德德玛会诊。所以，德德玛对我印象颇深，彼此成了莫逆之交。

我对德德玛十分关注，她演唱的歌曲，我几乎全部听过，其中有几首歌曲包括《草原夜色美》。

是夜，我枕着融融月色进入了梦乡，梦中，我变成了天河的一颗流星，带着绿色的眷恋，坠落到坝上草原……

大茂山，我想对你说……

我是午饭后乘车进山的。山路崎岖，像从天而降的一条飘带缠绕着大茂山，从车窗望去，群峰被云雾笼罩着，看不见山顶，而薄纱似的云雾在山间弥漫开来，真是千姿百态，不是仙境，胜过仙境。正值盛夏伏天，可这大茂山深处凉爽宜人，一阵阵湿润的山风吹过来，好舒服呀！

我们在一个名为和家庄的小山村停下来。陪同我进山的朋友小贾告诉我，抗日战争时期，河北唐县和家庄是晋察冀军区司令部所在地，他出生在这个村，他们家的老宅与晋察冀军区司令部还是邻居呢。走，陪你去参观。我们一行四人跟随小贾去参观，穿过整洁干净的街道，来到坐落在山坡上的一个四合院，门口一侧竖挂着一个木牌，上面写着：晋察冀军区司令部。

跨进门口，迎接我们的是一位戴着眼镜身穿粉红色连衣裙的年轻姑娘，模样很俊俏，身材苗条，言谈举止使人感到她是受过高等教育的城里人，却没想到她是和家庄土生土长的山里人。她告诉我，1939 年 5 月至 1941 年 8 月，晋察冀军区司令部在和家庄驻扎了两年多时间，在这里指挥了黄土岭、百团大战等战役，召开了晋察冀政治工作会议、娘子关高干会议等重要会议。晋察冀军区司令部在和家庄期间，聂荣臻任司令员兼政治委员，聂鹤亭任参谋长，舒同任政治部

主任。她带领我们走进聂荣臻同志当年办公和居住的房屋，屋里的墙壁上悬挂着好几幅聂荣臻的照片，其中一幅是聂荣臻和他保护收养的日本女孩的合影。

我想，在和家庄这个简陋的小屋里，聂荣臻司令员度过了多少个不眠之夜呀！他运筹帷幄，指挥晋察冀军民同日寇展开生死决战，取得一个接一个的胜利，建立了卓越功勋。

时至今日，大茂山的群众还清楚地记得击毙日军“名将之花”阿部规秀的真实故事。那是1939年10月，日军迁村大队对晋察冀边区扫荡，其下场惨得很，被当时年仅25岁的“白袍小将”杨成武全部报销。日军恼羞成怒，气急败坏，派出最精锐的独立混成旅第2旅团1500人来找杨成武报仇，而带头的鬼子正是阿部规秀。号称“名将之花”的阿部规秀率领的日军最精锐旅团，根本不把土八路放在眼里，竟然摆出一字长蛇阵，大摇大摆地进入我军埋伏圈。杨成武等蛇尾巴全部进入口袋后，拔出枪一声令下，我军炮火对着谷底的鬼子狂轰滥炸。当时只有18岁的小炮手李二喜，发现不远处有个日军指挥所，于是就打了几炮，没料到这几炮竟然把阿部规秀给炸死了。消息传到日本国内，真是举国哀号，《朝日新闻》头版头条报道：“名将之花凋零太行山上”。说得具体点，“名将之花”阿部规秀正是丧命于大茂山一带。

我问姑娘：“聂荣臻司令员办公和居住的这个房屋是原来的吗？”

姑娘淡然一笑：“你想一想，70多年过去了，这房屋能这么新吗？是几年前根据原来的结构翻新的。政府专门拨款，不仅将晋察冀军区司令部所有的办公室和首长、战士们居住的房屋全部翻新，还将全村农民的房屋进行了修建，你进村看见了吧，村民的房屋一水的灰瓦白墙，街道用石板铺路。这个美丽幽雅的村庄已经成为革命传统教育基地，至今接待了七八万参观的群众。”

就在晋察冀军区司令部所在的四合院，我看见东西两侧的平房门口，都挂着小小的木牌，上面写着作战室、机要室、会议室等等。可以想象到，在抗日战争的艰苦岁月里，晋察冀军区司令部的灯光彻夜亮着，与大茂山上的月亮和星星相互辉映。不知道是谁选的这样一个隐蔽的地址，和家庄四面环山，绿树掩映，非常僻静，当年交通闭塞，山高路险，日本鬼子侵略的魔爪很难伸到这里来。即使能摸到这里，和家庄的军民也会将鬼子送去见阎王。

如果你有幸来大茂山的和家庄参观晋察冀军区司令部，千万别忘记在院内那棵老香椿树下留个影。此刻，我正站在老香椿树下拍照呢！这棵又粗又高的香椿树，没问是谁栽，它已经有 70 多年的高龄了，而今依然树干粗壮，枝叶繁茂，昭示出顽强蓬勃的生命力。据说，当年在和家庄先后指挥过抗日战争的有程子华、唐延杰、许建国、贺龙、关向应、杨成武、吕正操、王震、罗元发、赵尔陆、陈漫远、王平、刘道尔、孙毅、彭真、刘澜涛、宋劭文、朱良才、陈伯钧、王宗槐等，可谓将帅出征，群英荟萃。我想，他们在和家庄的春天，一定品尝过这院内香椿树的春芽吧。那香椿芽蕴藏着大茂山天地之灵气、日月之精华，他们无愧为大茂山之子！

因为时间紧，我没来得及一一瞻仰贺龙、舒同、杨成武、罗瑞卿、吕正操、聂鹤亭以及白求恩的居住地，也未参观红色书屋和文化广场，我相信来年一定有机会前往。

更为遗憾的是，我是七月下旬来到大茂山，错过了五月

满山红牡丹盛开的季节。解说员姑娘告诉我，和家庄五百多户人家，一千七百多人口，在大茂山一带应该是不小的村庄了。但村里没有一户人家是真正种庄稼的，全村的地都用来种植牡丹。这里是大茂山牡丹基地，每年 5 月，牡丹花开得正艳，山山岭岭，片片红云，山野里的风把浓郁的花香送到很远的地方，吸引来不少参观的游客。

我对朋友小贾和解说员姑娘说，当年，和家庄是晋察冀军区司令部，这个村庄点燃的抗日烽火，映照着晋察冀辽阔的大地；而今，和家庄是革命传统教育基地和牡丹种植基地，这个村庄所传播的正能量和牡丹花的芳香，丰富了广大群众的精神生活和审美情趣。大茂山，我想对你说，你是革命的山、英雄的山，也是美丽的山、幸福的山！

图书在版编目（CIP）数据

洗脸盆里的荷花 / 乔秀清著．—北京：中国社会出版社，2018.4

（凌翔阅读丛书 / 凌翔主编）

ISBN 978-7-5087-5930-2

Ⅰ．①洗…　Ⅱ．①乔…　Ⅲ．①散文集—中国—当代

Ⅳ．①I267

中国版本图书馆 CIP 数据核字（2018）第 056895 号

丛 书 名： 凌翔阅读丛书
丛书主编： 凌　翔
书　　名： 洗脸盆里的荷花
著　　者： 乔秀清

出 版 人： 浦善新
终 审 人： 王　前
责任编辑： 张　迟

出版发行： 中国社会出版社　**邮政编码：** 100032
通联方式： 北京市西城区二龙路甲 33 号
电　　话： 编辑室：（010）58124856
销售部：（010）58124848
网　　址： www.shcbs.com.cn
shcbs.mca.gov.cn
经　　销： 各地新华书店

中国社会出版社天猫旗舰店

印刷装订： 北京楠萍印刷有限公司
开　　本： 147mm×210mm　1/32
印　　张： 9
字　　数： 200 千字
版　　次： 2018 年 6 月第 1 版
印　　次： 2019 年 6 月第 2 次印刷
定　　价： 49.80 元

中国社会出版社微信公众号